Eine glückliche Beziehung, ein fester Job, ein gemütliches Sofa ... Alles ist perfekt in Mariekes Leben – bis sie sich an Silvester ohne Freund, dafür mit siebzehn Umzugskisten in einer fremden Hinterhauswohnung wiederfindet.

Zurück auf Start? So hatte sich Marieke ihr Leben mit Mitte vierzig nicht vorgestellt. Ihre Schwester, eine bekannte Paartherapeutin, ist fürs Reparieren der Beziehung; ihre beste Freundin für Neusortieren.

Marieke selbst weiß nicht, was sie will. Auf dem Weg, das herauszufinden, bekommt sie Unterstützung von ihren neuen Nachbarinnen: von Susann, der Schneiderin aus dem Seitenflügel, deren Freundin Nada, die den Hinterhof in ein blühendes Paradies verwandelt, und von der alten Frau Schröder von gegenüber, die auf die Liebe wettet.

Während Zucchini das Haus überschwemmen, Kornblumeninseln im Straßenmeer auftauchen und ein namenloser Hund ihr Herz erobert, schlägt Marieke Wurzeln. Und je blühender und bunter ihr Leben ist, desto interessanter wird sie wieder für ihren Ex. Und nicht nur für den ...

Ilke S. Prick ist Psychologin und freie Autorin. Sie schreibt satirische Kolumnen, veröffentlichte mehrere Jugendbücher und ist Dozentin für Kreatives Schreiben im Bereich Lese- und Literaturpädagogik. www.daswortlabor.de

Im insel taschenbuch ist erschienen: *Essen mit Freunden* (it 4246).

insel taschenbuch 4488

Ilke S. Prick

Vergissmeinnicht war gestern

Ilke S. Prick

VERGISSMEINNICHT WAR GESTERN

Roman

Insel Verlag

Erste Auflage 2016
insel taschenbuch 4488

Vertrieb durch den Suhrkamp Taschenbuch Verlag
Umschlag: ZERO Werbeagentur München
Umschlagfoto: Julia Hoersch, Picture Press, Hamburg
Satz: Satz-Offizin Hümmer GmbH, Waldbüttelbrunn
Druck: CPI – Ebner & Spiegel, Ulm
Printed in Germany
ISBN 978-3-458-36188-6

VERGISSMEINNICHT WAR GESTERN

Für meine Mutter

Lola fühlte sich von Leerstellen erfüllt. Leerstellen und Abwesenheiten konnten einen Menschen auf erstaunliche Weise ausfüllen. Sie schienen viel Raum einzunehmen. Lola fragte sich oft, wie eine Abwesenheit – etwas, das gar nicht da war – so stark präsent sein konnte. Die Abwesenheit von Menschen zum Beispiel.

Lily Brett: Lola Bensky

Eisblumen

Raketen und Knaller seit nachmittags um zwei. Funkenregen über den Dächern in Rot und eisigem Weiß. Ein kaltes Gleißen, das den Himmel in zwei Teile schnitt. Anfangs war sie zusammengezuckt, wenn sich der Widerhall in der beinahe leeren Wohnung verfing. Jetzt schloss sie nur noch für Momente die Augen. Bald wäre es vorbei. Eine oder zwei Stunden, dann würde wieder Ruhe einkehren, zumindest in der Stadt. Der Lärm in ihr jedoch, dessen war sie sicher, würde lange nicht verklingen.

Vorhin, als sie die Tür hinter den beiden geschlossen hatte und die Schritte im Treppenhaus verhallten, war es in der Wohnung so kalt gewesen, dass sich an dem dünnen Glas des Küchenfensters zarte Eisblumen gebildet hatten, und obwohl sie wirkliche Wärme auch jetzt vermisste, öffnete Marieke die Balkontür und trat hinaus. Frierend, auf Socken, die Strickjacke eng um sich geschlungen, sah sie über den Hof zum Vorderhaus. Die hell erleuchteten Fenster wirkten wie ein Fotoalbum. Ein Setzkasten voll fremder Leben. Die Wohnung unten links schimmerte Fernsehblau. In der Etage darüber eine Familie, die Kinder tobend auf der Wohnzimmercouch. Rechts im zweiten Stock ein Paar. Sie, nur ein Schatten, mehr zu ahnen, als klar zu erkennen hinter der Milchglasscheibe des geschlossenen Badezimmerfensters. Er, gestikulierend mit ausholenden Bewegungen in der Küche. Mantel, Schal. Kurz vor Mitternacht. Sicher müssten sie sich beeilen. Trotzdem noch schnell einen Lidstrich ziehen, die passenden Schuhe suchen. Dinge, die regelmäßig mehr Zeit kosteten, als eingeplant war. Marieke brauchte die Worte im zweiten Stock nicht zu hören, nicht auf den Mund des Mannes zu schauen. Sie kannte all die Sätze, die er vermutlich sagte. Hatte sie selbst oft genug gehört in den letzten Jahren. Jedes Mal, wenn sie zu einer Feier gehen wollten und Marieke nicht fertig war. Die Wohnung über dem Paar blieb dunkel, in den Fenstern in der dritten Etage links blinkte ein Weihnachtsbaum in offensichtlich menschenleeren Zimmern.

Im Dachgeschoss hingegen strahlten alle Zimmer hell. Diese Wohnung thronte dort oben wie ein festlich illuminierter Atlantikdampfer, der durch das Häusermeer pflügte. Menschen tanzten durch die Räume, stießen ihre Gläser aneinander, fielen sich um den Hals, schritten hinaus auf die Dachterrasse. Zwischen dem Grün dort oben ein heimliches Wunderkerzenfunkeln unter den himmelhohen Feuerwerksfontänen. Lachen wehte herüber und Fetzen von Musik. Marieke wendete sich ab, schloss die Balkontür und zog den Vorhang zu. Sollte das neue Jahr doch ohne sie beginnen.

Glücksklee

Kinderlachen, laut und hell. Das Gefühl von Freiheit und Unendlichkeit. Der Wind in den Haaren, in den Ohren. Die alte Schaukel quietscht unter dem Baum mit den Schattenmorellen in der lauen Luft eines Sommernachmittags. Nackte Füße mit Gänseblümchen zwischen den Zehen, die hoch in einen blauen Himmel schwingen. Hände an den Schulterblättern, warm und sicher, geben Anschwung, höher und höher. Schenken dem kleinen Mädchen Momente sorglosen Schwebens, lassen es zum Engel werden. Im Augenwinkel ein Sommerkleid, bauscht sich im Wind, leuchtender Klatschmohn auf wehendem Georgette. Ein Lachen verschmilzt mit dem Juchzen des Mädchens. Kirschen regnen plötzlich und zerplatzen rot. Ein Rufen, ein Schreien. Oben und unten verschwimmen in einem Meer der Gefühle, bis nur noch das haltlose Schweben bleibt und zum Schwindel wird.

Marieke vermied es so lange wie möglich, die Augen zu öffnen, und versuchte stattdessen, sich innerlich und im Stillen zu sortieren. Das Schwingen, das Schaukeln, nur eine Illusion. Das Lachen, das nicht ihres war und doch so vertraut. Das ihr wie immer wegrutschte, wenn sie erwachte, und das nie ein Gesicht bekam. Die letzten Fetzen des Traums entglitten ihr, und sie spürte nicht mehr die warme Sommerluft in ihrem Haar, sondern nur die Matratze, auf der sie lag. Sicherer Grund. Tief atmete sie durch, um der aufsteigenden Übelkeit nicht nachzugeben. Sie müsste sich konzentrieren, um gänzlich anzukommen in sich, in ihrem Leben. Aber im Grunde wollte sie das gar nicht. Denn wenn sie jetzt die Augen öffnete und mitten in der Realität landete, müsste sie sich außer mit ihrem verkaterten Körper auch mit dem auseinandersetzen, was sie hierher, auf diese Matratze geführt hatte. Und sich damit zu beschäftigen war ihr eindeutig zu viel.

»Lass mal, Mädel, das ist unsere Sache«, hatte der Große mit dem Stiernacken gestern Nachmittag gesagt und sich mit Schwung den ersten Karton auf die Schultern geladen. Sein überraschend mitfühlender Blick hatte die Vermutung nahegelegt, dass er sich mit Situationen wie dieser auszukennen schien. Also hatte Marieke mitten im Schlafzimmer, das sie bis zu diesem Zeitpunkt in Gedanken immer noch als *unser gemeinsames* bezeichnet hatte, widerspruchslos die Hände sinken lassen und ab da einfach nur danebengestanden – neben der Tür, durch die der Stiernacken und sein Kompagnon Kiste für Kiste über die Freischwingertreppe aus dem ersten Stock in den Pritschenwagen in der Auffahrt jonglierten, als wären es kleine, bunte Bälle. Neben den gepackten Kartons, siebzehn an der Zahl. Neben der alten Anrichte und ihrem Grafikschrank, die seit Jahren im Schuppen eingelagert waren und fast vergessen, nun aber auf jeden Fall mit sollten. Am meisten jedoch stand sie neben sich selbst. ›Vertrau mir‹, hatte Babette vor drei Tagen gesagt, als sie das letzte Mal geskypt hatten, ›wenn du schon einen großen Abgang willst, sollte er zumindest stilvoll sein. Also schlepp den Kram bitte nicht selbst. Außerdem liebt es doch jede Frau, muskulösen Männern bei der Arbeit zuzuschauen.‹ Zwei Stunden später hatte Marieke eine Internet-Adresse mit dazugehöriger Telefonnummer und eine Uhrzeit im Mail-Postkasten, so dass sie den Auftrag nur zu bestätigen brauchte. Wie Babette es geschafft hatte, über tausende Kilometer hinweg eine Umzugsfirma aufzutreiben, die an Silvester nach vierzehn Uhr arbeitete, war Marieke ein Rätsel geblieben. Sie hatte kurz gezögert, doch dann den Termin bestätigt, auch wenn muskulöse Männer das Letzte waren, wonach ihr zurzeit der Sinn stand. Dann hatte sie ihre alten Kartons aus der hintersten Ecke des Dachbodens hervorgeholt und sich beim Packen gewundert, auf wie wenig Raum sich sechsundvierzig Lebensjahre zusammenfassen ließen. *Ihre* sechsundvierzig Jahre. Bücher, Kleidung, Bettwäsche. Bücher, Bilder, Schuhe. Noch mehr Bilder und Erinnerungsstücke. Hiervon aber nur ein paar. Sie war nicht sentimental.

Doch obwohl nun wider Erwarten unzählige Erinnerungen hochschwappten, nutzten sie ihr nichts und führten nirgendwo hin. Kein Grund also, sich damit zu beschäftigen. Nur eins zählte im Moment: Wenn sie sich nicht bald entschloss, die Augen aufzuschlagen und den Tag zu beginnen, müsste sie sich ungewaschen und ohne Frühstück mit ganz anderen Dingen als ihrer Übelkeit auseinandersetzen. Und bevor ihr diese anderen Dinge ins Haus stünden, bräuchte sie unbedingt einen Kaffee.

Ein vehementes Klopfen an der Tür. Sie blickte zur Uhr: zwei Minuten vor drei. Zumindest war sie mittlerweile geduscht und angezogen. Die Matratze war so hergerichtet, dass sie mit etwas Phantasie als ordentlich gemachtes Bett durchging. Das Geschirr stand gewaschen im Spülbecken, und die leeren Flaschen von gestern Abend waren in der Speisekammer versteckt. Ansonsten lag nichts herum, was sie hätte wegräumen müssen, denn außer ihrer Kulturtasche und ihrem Lieblingspyjama hatte Marieke nichts ausgepackt. Etwas zu essen hatte sie allerdings nicht hinunterbekommen. Zu groß war das schwankende Gefühl, das seit dem Wachwerden in ihrem Körper schaukelte. Also gut – Luft holen jetzt und Schultern straffen. Auf das eingeübte Lächeln verzichtete sie. Erneutes Klopfen. Marieke wappnete sich für das, was unüberhörbar und voller Elan ihre Tristesse entern wollte und vermutlich wild entschlossen war, aus dem Handbuch für seelische Notfälle die passende Lösung für das herauszusuchen, was Marieke momentan eigentlich noch gar nicht lösen konnte. Lösen wollte.

»Hätte ich mir ja denken können, dass in so einem Haus die Klingel das Letzte ist, was funktioniert«, tönte es ihr entgegen, kaum dass sie die Tür geöffnet hatte.

»Danke! Dir ebenfalls ein schönes neues Jahr.« Sie fühlte sich unendlich müde.

»Oh, tut mir leid, ich bin schon seit heute Morgen um neun auf Betriebsmodus. Also: alles Liebe auch für dich, Rieke. Ach Mensch, komm her, lass dich drücken«, sagte Alexandra und zog Marieke auf der Türschwelle in eine Umarmung, die sich weich und warm anfühlte und nach irgendwas mit Vanille roch. Die so vertraut war und zum Versinken einlud, dass in Marieke eine große Welle Traurigkeit nach oben flutete. Nur nicht heulen, nicht jetzt!

»Komm rein«, sagte sie darum schnell und wand sich aus den Armen ihrer großen Schwester. Noch wollte sie die Fassung nicht verlieren, noch keine Ratschläge hören. Auch wenn beides im weiteren Verlauf dieses Nachmittags wohl nicht zu vermeiden wäre.

Alexandra und Marieke waren ein eingespieltes Team und hatten seit ihrer Kindheit viel Zeit darauf verwandt, ihre Rollen zu finden und zu festigen. So viele Kämpfe, so viele Vorwürfe und so viel Verzeihen lagen hinter ihnen, dass sie diese Rollen nun nicht mehr aufgeben wollten, sondern sie beherzt und mit großem Enthusiasmus verteidigten. Schwestern wie aus dem Bilderbuch, die gegensätzlicher nicht sein konnten. Niemand würde bei Alexandra der Großen vermuten, dass sie in einer Kurzschlussreaktion ihr wunderbar geregeltes Leben über den Haufen werfen könnte. Eher würde sie ein Dutzend fundierter Erklärungen finden, um einen eventuellen Missstand als etwas Normales zu definieren, und einfach neue Regeln aufstellen, die das Konstrukt ihres bisherigen Lebens und ihres familiären Miteinanders weiter zusammenhielten. Genau dies Deuten und Umdeuten betrieb sie professionell und erfolgreich: als Paartherapeutin in einer Gemeinschaftspraxis mit ihrem Mann. Manche sagten, sie seien die besten in der ganzen Stadt. Ein Team seit vielen Jahren. Beruflich, privat, die Grenzen waren fließend. Bei Marieke hingegen ging niemand davon aus, dass es in ihrem Leben überhaupt klare Regeln gäbe, auch wenn sie in den letzten Jahren eine gewisse Kontinuität an den Tag gelegt hatte. Im Stillen wurde, so schien es, von allen Außenstehenden eine Situation wie diese früher oder später erwartet. Die Schwestern waren wie Feuer und Wasser, Schneeweißchen und Rosenrot, Klarheit und glühendes Chaos. Und darin hatten sie sich eingerichtet.

»Erzähl mir jetzt bitte nicht, du hättest tatsächlich deine gesamten Sachen mitgenommen«, sagte Alexandra, als sie das Zimmer betrat, in dem die siebzehn Kisten standen.

Genau an der Stelle, an der die Möbelpacker sie gestern abgesetzt hatten. Der Grafikschrank war an die Wand gerückt, gleich neben einer alten Tür, die auf zwei farbbekleckstem Holzböcken lag. Babettes Arbeitsplatte. Alexandra bohrte nach: »Ruht darin auch euer Tafelsilber und dein furchtbarer Kronleuchter aus dem Flur?« Sie deutete auf eine der Kisten, auf der mit dickem rotem Filzstift geschrieben stand:

~~Bücher~~
~~Bettwäsche~~
~~Akten und Unterlagen -> Arbeitszimmer~~
Geschirr! Vorsicht zerbrechlich!!!

Marieke seufzte. Musste sie wirklich antworten? Insgeheim fragte sie sich, warum sie Alexandra überhaupt in die Wohnung gelassen hatte. »Der Kronleuchter hat leider nicht mehr reingepasst«, sagte sie schließlich. »Und das Besteck war nicht aus Silber, sondern aus Cromargan.«

»Ist!«, stellte Alexandra klar. »Das Besteck gibt es ja noch. Nur eure Beziehung … nun ja … macht gerade, sagen wir mal: Pause.«

»Pause. Mhm, so siehst du das also. Wenn ich mich richtig erinnere, hieß *Pause* früher eigentlich immer: Schatz, ich will jetzt nicht sagen, dass ich mich trenne, aber irgendwie solltest du dich langsam doch mal nach was Neuem umschauen, denn das habe ich auch schon gemacht, will es dir aber nicht so knallhart sagen.«

»Distanz kann manchmal sehr anregend sein«, behauptete Alexandra und strich mit der Fingerspitze durch den Staub auf der Fensterbank.

»Für wen? Für Jochen? Oder für mich?«, fragte Marieke zickig. Sie merkte, wie Wut in ihr hochstieg. Und im

Grunde war sie dankbar dafür, da sich das gar nicht schlecht anfühlte. Jedenfalls besser als all diese ekelhaften Gefühle, mit denen sie seit dem Wachwerden kämpfte.

»Natürlich für Jochen *und* dich«, sagte Alexandra. »Trennung hieß vielleicht *Pause*, als wir fünfzehn waren und es nicht besser wussten. Jochen ist einundfünfzig. Vielleicht braucht er nur ein bisschen Zeit für sich.«

»Hört sich an, als hättest du mit ihm geredet«, hakte Marieke nach.

»Habe ich nicht. Aber ich kenne die Fachliteratur.«

»Na prima, und sagt deine Fachliteratur auch was über Pausen, die Jessica heißen? Die beiden sind jedenfalls über den Jahreswechsel zusammen an die Nordsee gefahren. Das also zum Thema: Zeit für sich haben.« Sie lachte bitter.

»Jessica ist nur eine Phase, mehr nicht. Jochen braucht etwas Bestätigung, ein bisschen Angehimmeltwerden. Hat er das denn die letzten Jahre von dir bekommen? Genug Wertschätzung? Bewunderung? Er will noch einmal der große, starke Mann sein, mehr nicht.«

»Und woher weißt du das?« Marieke wurde ungeduldig.

»Aus Studien«, antwortete Alexandra. »Auch Männer haben Wechseljahre. Sind verunsichert. Müssen sich neu orientieren und mit dem Alter klarkommen. Du wirst ihn nicht verlieren, du wirst ihn zurückgewinnen. Ihr habt schließlich eine gemeinsame Geschichte. Das verbindet und hält Paare zusammen. Jedenfalls wenn die Euphorie über den grandiosen ersten Sex mit der Außenbeziehung abgeklungen ist. Meistens. Du musst nur bereit dazu sein, dich zu bewegen.«

»Wie du siehst, liebe Schwester, habe ich mich bereits bewegt. Quer durch die halbe Stadt. Mit dem ganzen Kram, den ich mitgebracht hatte, als ich bei ihm eingezogen bin. Das dürfte doch eigentlich Bewegung genug sein, oder?«

»Genau das ist der Punkt«, sagte Alexandra und seufzte. »Im Grunde machst du nur dieselbe Bewegung wie immer.«

»Wie immer? Was willst du damit sagen?«

»Nicht viel, nur dass es so aussieht, als wären das genau die Kisten, mit denen du vor acht Jahren bei Jochen eingezogen bist, oder?«

Dieser Satz klang eher nach einer Feststellung als nach einer Frage, weshalb Marieke keine Antwort, sondern nur ein genervtes Schnaufen von sich gab. Und sie erwähnte auch nicht, dass es fast zehn Jahre waren, die sie zusammengewohnt hatten. »Ist das mit den Kisten irgendwie wichtig?«, fragte sie stattdessen retour.

»Wenn man es vom psycho-hygienischen Standpunkt aus betrachtet: Ja! Man sollte sich von Altlasten trennen, sobald man sich in neue Zusammenhänge begibt. Jedenfalls wenn man es ernst meint.«

»Und das bedeutet?« Marieke ärgerte sich, dass sie nach dem Aufstehen nicht doch etwas gegessen, sondern auf nüchternen Magen zu schnell zu viel Kaffee getrunken hatte, denn ihr Herz verfiel in Galopp, und ihre Magensäure schwang dabei die Gerte.

»Es bedeutet: Du hast mit diesen Kisten schon mindestens fünf Umzüge gemacht, bevor du zu Jochen ins Haus gezogen bist. Es könnte etwas Richtiges werden mit dir und ihm, hast du damals gesagt. Etwas Dauerhaftes. Die Kisten aber hast du in den Keller gestellt, für den Fall der Fälle. Als wolltest du sie nur zwischenlagern. Als sollten sie dort auf den nächsten Umzug warten. Wenn du Jochen und dir aber von Anfang an ernsthaft und aus vollem Herzen eine Perspektive hättest geben wollen, wäre das sicherste Zeichen gewesen, sie gleich nach deinem Einzug zu entsorgen. Ein klares Signal setzen, dass du bleiben willst und nicht nur auf einen Sprung bei ihm vorbeigekommen bist, verstehst du?«

»Auf den Dachboden«, sagte Marieke so ruhig wie möglich.

»Wie: auf den Dachboden?«, fragte Alexandra irritiert.

»Ich habe sie auf den Dachboden gestellt, nicht in den Keller. Im Keller liegen nämlich schon die Leichen, mit denen ich mich nicht auseinandersetzen will. Das hast du mir zumindest vor einer Weile vorgeworfen, als ich vergessen hatte, Papa zum Geburtstag zu gratulieren.«

Ein triumphierendes Lächeln zog über Mariekes Gesicht, woraufhin Alexandra mit den Augen rollte, wie es nur große Schwestern können.

»Kannst du eigentlich ein einziges Mal ernsthaft auf das eingehen, was ich dir sage, und nicht immer aus allem ein Theaterstück machen?«

»Ich nehme dich ernst, das weißt du doch. Sonst hätte ich mir das gar nicht gemerkt.« Mariekes Stimme war wie Saccharin, künstlich und viel zu süß, nur konnte das die Kaffeebitterkeit in ihrem Inneren nicht überdecken.

»Wenn du mit Jochen genauso umgehst wie mit mir, wundert es mich gar nicht, dass er sich zur Erholung mal etwas gesucht hat, das nicht sofort mit jedem Satz die Messer wetzt, sobald die leiseste Kritik kommt.«

»Super gekontert, danke schön! Sag mal, bist du so zu deinen Klienten? Haust du da auch gleich auf die Stelle, wo es am meisten weh tut? Ist das die Methode, mit der ihr so erfolgreich seid? Es wäre nett, wenn du ein wenig einfühlsamer wärst. Ich bin frisch getrennt. Hast du das vergessen? Oder muss ich erst damit drohen, mich aus dem Fenster zu stürzen, damit du Mitleid mit mir hast?«

»Mitleid hilft dir jetzt nicht weiter. Und natürlich bin ich mit meinen Klienten sanfter. Aber du bist nun mal nicht meine Klientin. Du bist meine Schwester.«

»Ja, verstehe. Und für Schwestern gibt es keine Verlängerung bei der Krankenkasse. Schwestern hat man ganz ohne Überweisung am Hals.«

»Genau, und darum bin ich jetzt auch hier. Außerhalb der Praxiszeiten und mit ein paar Dingen, die du vielleicht nicht in deinen Kisten hast und trotzdem gut gebrauchen kannst.« Ohne einen weiteren Kommentar abzuwarten, zauberte Alexandra etliche kleine Frischhaltedosen aus ihrer beeindruckend großen Umhängetasche, mit Schildchen auf den bunten Deckeln: Lachsröllchen, Bulgursalat, gefüllte Weinblätter, Auberginenmus, Hummus, Knusperschnitzelchen, Datteln im Speckmantel, Fleischklößchen mit Erbsen. »Du wolltest gestern ja nicht zu uns kommen und mitfeiern. Da musste sich das Büfett wohl auf den Weg zu dir machen.«

Mitten auf Babettes Arbeitsplatte baute Alexandra kleine Türme aus den Boxen und beförderte schließlich auch Milch, Obst, Cherrytomaten, Brot, Käse, Margarine und zwei kleine Flaschen mit grünen Smoothies ans Tageslicht. Marieke hatte den Eindruck, als wäre sie in einem Märchen gelandet. Nicht unbedingt in dem vom Schlaraffenland, sondern in einem, in dem Riesen kleiner wurden, wenn sie näher kamen und Zimmer drinnen größer waren, als die Häuser von außen vermuten ließen. Ähnlich war es anscheinend mit Alexandras Umhängetasche. Sie war eine wahre Wundertüte und enthielt das, was andere Menschen nicht einmal in der Kühltruhe einer vierköpfigen Familie unterbringen könnten. Zu guter Letzt folgten dem Rest des Silvesterbüfetts und dem gesunden Allerlei drei Tafeln Bioschokolade.

»Mit fünfundachtzig Prozent Kakaoanteil«, sagte Alexandra, »denn wenn du schon einen Frustfressanfall bekommst, dann landet es wenigstens nicht gleich auf den Hüften. Ist jedenfalls besser als eine Packung Riesenschoköküsse in Kombination mit Chips und Cola.«

»Cola-Rum«, korrigierte Marieke sie, und ein schiefes Lächeln wehte über ihr Gesicht. »Seit ich volljährig bin, darf es zu solch besonderen Anlässen wie Trennungen und Auszügen gern auch mal etwas Alkohol sein.« Wobei sie vorsichtshalber die anderthalb Flaschen Wein, die sie sich gestern Abend zur *Jahreswende Eins* nach dem Beziehungsaus gegönnt hatte, mit keiner Silbe erwähnte.

»Klar, Alkohol. Das hatte ich beinahe vergessen.« Alexandra zwinkerte ihr zu. »Und weil dein neues Jahr besser anfangen soll, als dein altes zu Ende gegangen ist, habe ich dir das hier mitgebracht.« Aus einer Außentasche ihrer tragbaren Vorratskammer zog sie einen Blumentopf mit Glücksklee und einem goldenen Hufeisen – und eine kleine Flasche Champagner. »Ich vermute mal, dass du mit niemandem auf das neue Jahr angestoßen hast.«

»Stimmt«, sagte Marieke, denn beim Mit-sich-selber-Trinken ist es etwas schwierig anzustoßen. Es sei denn, man nimmt zwei Gläser. Doch das tut man nur, um sich entweder über seine Einsamkeit hinwegzutäuschen oder um doppelt so schnell betrunken zu werden. Und weder das eine noch das andere hatte Marieke gestern vorgehabt. Auch wenn sie Letzteres dann nicht ganz hatte vermeiden können.

»Gläser?«, fragte Alexandra.

Marieke zögerte, ob sie Babettes alte Senfgläser aus dem Küchenschrank holen sollte, doch dann atmete sie durch, öffnete die oberste Kiste – Geschirr! Vorsicht zerbrechlich!!! – und wickelte zwei der Sektkelche aus Muranoglas aus. Die Gedanken an die erste gemeinsame Reise mit Jochen schob sie zur Seite. Venedig im Herbst, kurz bevor die Stadt im Nebel versank und es unangenehm feucht wurde. Es war ein Traum gewesen. Nicht daran denken! Und auch nicht daran, dass sie die Kisten eigentlich gar nicht hatte öffnen wollen, weil sie heimlich hoffte, dass Jochen sie bereits vor dem Auspacken wieder zurück nach Hause holen würde, wenn er mitbekam, dass sie wirklich gegangen war. Aber sich darauf zu verlassen, schien ihr nicht sehr vernünftig. Eine SMS mit halbherzigen Wünschen am Neujahrsmorgen um halb elf ließ leider nicht vermuten, dass er sie sonderlich vermisste.

»Jetzt also noch mal offiziell: Auf dich, auf das neue Jahr, auf das Glück und auf die Liebe.« Alexandra hielt ihr das gefüllte Glas entgegen, bereit zum Anstoßen. Doch bevor Marieke den Toast erwidern konnte, liefen ihre Tränen.

Tulpen

Ein Brummen riss Marieke aus dem Schlaf. Es war kein alles erschütternder Lärm, doch da das Telefon auf den Holzdielen neben dem Kopfkissen lag, klang sein Vibrieren so durchdringend wie ein Zahnarztbohrer. Dieses Geräusch würde sie momentan aus jedem noch so tiefen Schlummer holen. Im Dunkeln tastete sie nach dem Apparat. Babettes Name leuchtete auf dem Display.

»Du weißt, wie spät es ist, oder?«, jammerte sie ins Telefon, nachdem sie das Gespräch angenommen hatte.

»Klar! Hier ist es kurz nach halb sechs am Nachmittag. Und bei euch?«, säuselte die fröhliche Stimme am anderen Ende.

»Das weißt du genau. Wir sind sieben Stunden weiter. Es ist mitten in der Nacht.« Marieke gähnte laut.

»Sag bloß, du hast geschlafen? Das ist doch sonst nicht deine Zeit. Oder willst du mir erzählen, du arbeitest wieder für diesen untreuen Halunken und musst morgen früh um sieben raus, um bei ihm auf der Matte zu stehen?«

»Oh, Babette, bitte!«

»Na, egal, jetzt bist du ja wach. Dann kannst du auch schnell mal dein Notebook anschalten und ein bisschen mit mir skypen, um mich auf den neusten Stand zu bringen, bevor Miguel nach Hause kommt. Außerdem, Süße, ein schönes neues Jahr dir. Bis gleich.«

Und ehe sich eine Erwiderung in Richtung Lateinamerika auf den Weg machen konnte, hatte Babette aufgelegt. Marieke überlegte, ob sie das Gespräch einfach ignorieren sollte, das Telefon auf stumm schalten, sich umdrehen und weiterschlafen. Nur war sie inzwischen tatsächlich so wach, dass sie sowieso eine Weile bräuchte, um wieder in den Schlaf zu finden. Außerdem hatte sie sich noch nicht bei Babette gemeldet, seit sie vor zwei Tagen in deren Wohnung gezogen war. Die *Homebase*, wie Babette sie nannte und die sie gemietet hatte, kurz bevor sie nach Costa Rica gegangen war. Offiziell um ihre Möbel unterzustellen und einen festen Ort zu haben, wenn sie Urlaub in Deutschland machte – inoffiziell vielleicht auch für den Fall, dass sich die Beziehung zu dem neuen Mann in ihrem Leben als Seifenblase entpuppen sollte. In der Zwischenzeit vermietete sie einen der Räume immer mal wieder für eine Weile an Studenten. Dass die Homebase ausgerechnet jetzt frei gewesen war und Marieke ein neues Zuhause bieten konnte, war eine gute Fügung gewesen und hatte den Auszug bei Jochen sehr vereinfacht. Grund genug also, nun doch das Notebook hochzufahren.

»Wie süß! Du hast den Tulpenstoff aufgehängt«, quietschte es aus dem Computerlautsprecher, kurz nachdem Babettes Kopf auf dem Bildschirm erschienen war und sie anscheinend nicht nur Mariekes Gesichtsausdruck in Augenschein genommen, sondern auch schon einen kurzen Blick über deren Schulter geworfen hatte. »Du musst mich echt vermissen.« Sie lachte.

»Es war eher so etwas wie Notwehr«, murmelte Marieke, die mit Gardinen jeglicher Art ein Problem hatte, denn Gardinen waren ein Streitpunkt, immer. Zwischen Traditionalisten und Freigeistern, zwischen Verheimlichern und Offenbarern, zwischen Jochen und ihr. Zarte Voileschleier dienten für ihren Geschmack nur dazu, das Private in besseres Licht zu tauchen, da sie der Welt mehr zeigten, als sie verbargen. Schwere Samtvorhänge hingegen empfand sie als Kokon, der die Welt aus- und die Bewohner einsperrte. Ähnlich wie eine Asthmatikerin neigte Marieke in samtgeschützten Zimmern zu Beklemmungen. Bombastische Ornamente oder Geometrisches aus den Siebzigern waren bei dieser Debatte noch eine Kategorie für sich. Von floralen Mustern in Kartoffeldruck, bei denen die Tulpenblüten aussahen wie aufgeschlagene Eierschalen, mal ganz abgesehen.

Babette jedoch liebte die Tulpenblüten, schließlich waren sie vor allem ihre Idee gewesen. Nessel, drei Meter fünfzig auf eins achtzig, der Kartoffeldruck in Pink und Mintgrün. Vor Jahren – oder besser: Jahrzehnten – hatten die beiden gemeinsam Workshops für Kinder gegeben, deren Eltern nur das Beste für ihren vermeintlich hochbegabten Nachwuchs wollten. Eltern, die fest überzeugt davon waren, dass tief versteckt in der kleinen Nathalie-Marie das Genie von Dalí schlummerte und dass zwei Kunststudentinnen im sechsten Semester dieses Talent hervorkitzeln würden. Wenn es sein musste auch mit Kartoffeldruck-Tulpen. Dabei konnte Nathalie-Marie dem Spiel mit selbst gemischten Farben rein gar nichts abgewinnen und wollte stattdessen viel lieber den Nachmittag mit ihrem Barbie-Pony verbringen. Marieke hatte diese Workshops beinahe vergessen, bis der Silvesterabend zu hell für ihre düstere Stimmung war. Nach kurzer Suche in den Kommoden war sie auf den Nesselstoff gestoßen. Alle anderen Tücher und Stoffe waren nicht lang genug für die Balkontür. Das immer bedrängender werdende Gleißen der Raketen hatte sie dann dazu getrieben, den Tulpenstoff widerwillig zum Vorhang umzufunktionieren. Angetrunken und ein bisschen schwankend, war sie auf Babettes alte, wackelige Holzleiter geklettert, um die Stoffbahn an den durchhängenden Metalldraht zu klammern, mit dem bereits einer der früheren Untermieter eine Gardinenleiste improvisiert haben musste. Marieke war in dem Moment nahezu egal, dass sie die gedruckten Tulpenköpfe noch nie hatte leiden können. Genauso wenig wie die Kurse. Hauptsache, es war dunkel genug, um zu schlafen.

»Wir waren jung, das entschuldigt vieles«, sagte Babette mit einem Lachen, nachdem sie sich gegenseitig mit immer weiteren beinahe vergessenen Details aus der Workshop-Zeit befeuert hatten.

»Und unser Geld war ebenso knapp wie die Hoffnung groß, dass wir mit diesen wahnsinnig kreativen Ideen die Welt verändern können«, ergänzte Marieke kichernd.

»Diese Hoffnung habe ich allerdings immer noch«, stellte Babette mit einem eindeutig ernsteren Ton klar.

»Bei mir hingegen ist nun das Geld genauso knapp wie meine Hoffnung auf irgendwas.« Marieke wandte sich ab und streckte sich nach der Wasserflasche aus. Zum einen, weil ihre Kehle vom Reden trocken geworden war, zum anderen wollte sie nicht, dass Babette mitbekam, wie ihr Tränen in die Augen stiegen.

»Das heißt also, du bist nicht nur raus aus dem Haus, sondern willst tatsächlich auch raus aus dem Job in seiner Praxis?«

Marieke nickte zögernd. »Stell dir doch nur mal vor, wie mein Weiterarbeiten ab jetzt dort aussehen würde: Ich sitze vorn an der Anmeldung, lese die Krankenkassenkarten ein, gehe ans Telefon, rufe die Patienten auf und versuche seelenruhig zu ignorieren, wie hinten im Raum die Arzthelferinnen tuscheln. Und da ich weiß, wie sie normalerweise über die tratschen, die es nicht hören können, vermute ich jedes Mal, wenn ich ihr Flüstern mitbekomme, sie reden über mich. Schlimmer noch, wenn irgendeine Patientin bei der Zahntaschenreinigung fragt, warum denn die Frau vom Doktor – oder was auch immer ich in deren Augen wohl bin, denn einen Ehering tragen wir ja beide nicht – so blass aussehen würde. Ob sie denn krank sei. Schließlich wäre sie ja in einem Alter, wo man sich den ein oder anderen Gedanken macht. Und die Arzthelferin sagt dann: ›Nein, krank ist sie nicht, aber wissen Sie, seit der Doktor ein Verhältnis mit einer jungen Patientin hat, geht es ihr einfach nicht so gut. Kann man ja auch verstehen. Aber was soll man machen? Der Doktor ist nun mal in den besten Jahren, und wenn es dann beim Bleachen funkt, sind das Umstände, gegen die man sich nicht wehren kann.‹ Kannst du dir den Blick der Patientin vorstellen, mit dem sie anschließend vorn bei mir den nächsten Termin ausmacht? *Ich* kann es, beängstigend gut sogar! Und allein bei dem Gedanken an ihr offensives Mitleid im frisch geputzten Lächeln könnte ich schreiend davonlaufen. Bevor ich mir also deswegen irgendwann tatsächlich noch aus lauter Verzweiflung eine ernsthafte Krankheit wünsche, durch die ich längere Zeit ausfalle, kündige ich lieber gleich und gehe aus freien Stücken.«

»Du hast recht, wie schrecklich. Zahntaschenbehandlung – igitt! Wie du dich in einen Zahnarzt verlieben konntest, habe ich nie verstanden. Aber darüber brauchen wir jetzt nicht mehr zu reden. Hat sich ja erledigt. Immerhin hast du ihn damals nicht im Kittel kennengelernt.« Babette stockte kurz, bevor sie weitersprach: »Wie man es allerdings schafft, sich beim Bleachen zu verknallen, kann ich gar nicht nachvollziehen. Das hat was echt Perverses. Solche Leute stehen sicher auch auf Sex mit Gummimasken.«

»Bitte, Babette, du bist unmöglich. Ich leide!«, versuchte Marieke sie zu bremsen.

»Ja, schon gut, ich höre auf. Jedenfalls muss der liebe Jochen aufpassen, wenn sich rumspricht, dass er beim Zähnebleichen etwas mit Patientinnen anfängt, sonst hat er bald eine lange Warteliste für Bleaching mit Sonderleistung.« Babette kicherte.

»Ich glaube nicht, dass das für ihn ein Problem wäre. Mein Gast heute Nachmittag hat mir nämlich eindrücklich erklärt, dass Jochen gerade in einem Zustand sei, in dem er solche Sonderleistungen gut gebrauchen kann, und dass ich diejenige sei, die sich nun bewegen muss. Er sei schließlich nur ein Spielball seiner genetischen Veranlagung.«

»Sagt wer?«

»Biologische Studien. In unserem Alter geht es Frauen um das Zusammensein, um Harmonie zu Hause und Klüngeln mit den Freundinnen. Männer hingegen wollen da noch ganze Dynastien gründen. Hat was mit Hormonen zu tun. Und wenn ich das akzeptiert hätte, könnten wir uns auch wieder aufeinander zubewegen wie ein vernünftiges Paar.«

»Das klingt ganz nach Alexandra. Habe ich recht? Aber das meint sie nicht ernst, oder?«

»Ich fürchte doch. Sie ist immer sehr begeistert, wenn ihr neue Untersuchungen in die Hände fallen.«

»Und was sollst du ihrer Meinung nach jetzt tun? Warten und dem Herrscher das Heim warm halten, bis er sich von seinem Feldzug wieder nach Hause begibt? Oder die Besenkammer ausräumen für das blonde Gift und gemeinsam mit den beiden eine WG gründen? Oder besser: eine Dynastie.«

»Sie hat mir geraten, geduldig zu sein und Verständnis zu haben. Abzuwarten. Reden. Verzeihen. Ihn bestätigen. Ihn umwerben. Und irgendwann zurückzugehen zu ihm. Sie verstehe zwar, dass ich gekränkt sei, aber mein Auszug zeige nur einmal mehr, wie sehr ich an meinem kindlichen Verhaltensrepertoire festhalte, weil ich mich unbewusst weigere, Verantwortung zu übernehmen und tatsächlich eine erwachsene Beziehung zu führen.«

»Ich glaube es nicht!« Babette riss die Augen auf, was auf dem flackernden Bildschirm recht bedrohlich wirkte. »Sie ist deine Schwester! Sie hat dich bitte schön zu unterstützen und nicht gut Wetter zu machen für ihn. Du hast sie nach dieser Analyse hoffentlich sofort rausgeschmissen, oder?«

»Habe ich nicht. Ich war nach einer Stunde Alexandra und dem kulinarischen Verwöhnprogramm, das sie für mich von ihrem Silvesterbüfett gerettet hat, nur noch ein Häufchen Elend, das den Mund nicht aufbekam. Und als sie dann von meiner eingeschränkten Bindungsfähigkeit und dem Tod unserer Mutter anfing, war bei mir die restliche Gegenwehr weg. Zumal ich in der Nacht vorher von ihr geträumt hatte.«

»Von deiner Mutter? Von dem Unfall?«

»Nein, davon nicht, aber von ihr. Es war eigentlich ganz schön. Es war Sommer, ich saß auf der Schaukel, und sie hat mir Anschwung gegeben. Doch dann war da plötzlich ganz viel Rot, alles kam ins Schlingern, hat sich gedreht, und da bin ich aufgewacht.«

»Darüber hättet ihr mal reden können. Aber über den Punkt schweigt ihr euch ja seit Jahren aus. Stattdessen fällt Alexandra dir auch noch wegen Jochen in den Rücken.«

»Alexandra sieht die ganze Sache nun mal völlig anders. Und sie empfindet ihre Kommentare als Unterstützung. Aus fachlicher Sicht fällt sie mir also nicht in den Rücken, sondern weist mich auf meine blinden Flecken hin. Ganz neutral. Will nur mein Bestes und so.«

»Ebendeswegen bin ich ja skeptisch. Hat sie überhaupt die leiseste Ahnung, was dein Bestes ist?«, fragte Babette, schaute wieder kurz hoch, direkt in die Kamera, und sah ihre Freundin über tausende von Kilometern hinweg so durchdringend an, als säße sie ihr ganz real gegenüber, Nasenspitze an Nasenspitze. Marieke wurde schwer ums Herz, denn sie wusste einmal mehr, warum sie sie gerade jetzt so sehr vermisste. Es gibt diese Freundinnen, mit denen ist es wie Liebe auf den ersten Blick, nur besser. Mit denen geht es durch dick und dünn, in Sackgassen und wieder heraus, in guten wie in schlechten Zeiten. Ohne Fragen, uneingeschränkt, himmelhoch jauchzend und abgrundtief. So eine Freundin war Babette für sie seit über fünfundzwanzig Jahren. Wäre sie jetzt hier, neben ihr, könnte Marieke vielleicht wirklich weinen und müsste die Tränen nicht zurückhalten, bis der Computer ausgeschaltet wäre und sie allein und ungestört ihre Traurigkeit und ihre Wut ins Kissen heulte. Da müsste sie sich nicht zusammenreißen, weil Babette dann bleiben würde, bis das letzte Schluchzen verebbt wäre. Danach würde sie einen Tee kochen oder ein Glas Wein einschenken und so lange mit ihren feinen, ironischen Bemerkungen die Situation kommentieren, bis Marieke über alles lachen konnte. Zumindest für den Rest des Abends, den Rest der Nacht. Und wenn sie aufwachte, wäre Babette immer noch da.

»Weißt du, was mir wieder hochkam, nachdem Alexandra fort war?«, fragte Marieke dann. »Was ich die ganze Zeit irgendwie vergessen hatte?«

Babette schüttelte den Kopf.

»Vielleicht liegt das ja an dem Traum letzte Nacht, dass es mir wieder eingefallen ist. Vielleicht aber auch nur an Alexandras Kommentaren, die so fernab von allem sind, was ich gerade tun möchte und gerecht fände. Es muss etwa ein oder zwei Jahre nach dem Unfall meiner Mutter gewesen sein. An dem Weihnachtsfest, bevor ich eingeschult wurde. Da war ich am Heiligabend in der Kirche zum Krippenspiel, zusammen mit meiner Tante und meinen Cousins. Ich war ganz aufgeregt, nicht nur weil Alexandra die Maria gespielt hat, sondern auch weil sie meine Schlummerle-Puppe mitgenommen hatte, die dann als Jesuskind in der Krippe lag. Ich war unheimlich stolz auf sie.«

»Auf Alexandra oder auf dein Schlummerle?«, fragte Babette lachend.

»Auf beide. Wobei ... auf die Puppe vermutlich ein bisschen mehr. Denn dass Alexandra ehrgeizig genug war, um ihren Part gut zu machen, als Beste von allen, davon bin ich wohl ausgegangen, auch wenn es damals das Wort *perfektionistisch* in meinem Sprachschatz noch nicht gegeben hat. Du kennst sie ja. In dem Punkt war sie mit zwölf nicht anders als heute. Aber das war nicht das Wichtigste beim

Krippenspiel. Ich hatte ein Aha-Erlebnis, und zwar genau in dem Moment, als die Weisen aus dem Morgenland ihren Auftritt hatten. Die sahen so anders aus als Maria und Joseph, als die Hirten und die Herbergsfrau. Schön, schrill und bunt, mit all dem Gold und Glitzer. Die Mutter des einen Weisen war eine ziemlich extravagante Frau, und sie muss ausgiebig in ihrem Kleiderschrank gestöbert haben, um die drei auszustaffieren. Sie wären definitiv auch die Könige auf jeder Sixties-Party gewesen. Der Pfarrer war zwar nicht begeistert von den Kostümen, aber bei mir hat es einen großen Eindruck hinterlassen.«

»Hat Alexandra heute etwa Klamotten aus den Sechzigern getragen, oder wie kommst du jetzt darauf?«, wollte Babette wissen.

»Nein, hat sie nicht. Aber als sie mir erzählt hat, wo ich in der Beziehung zu Jochen Fehler gemacht habe und was ich tun muss, um alles wieder in Ordnung zu bringen, hatte ich wieder das Gefühl, wir wären so verschieden, dass wir gar keine Schwestern sein könnten. Und das hatte ich schon damals. Nach dem Krippenspiel dachte ich, es läge daran, dass auch ich aus dem Morgenland käme. Meine Tante hatte nämlich, als wir loswollten, meinen Vater bekniet, er müsse unbedingt mitkommen. Er meinte jedoch, Kirche schlüge ihm seit Mutters Beerdigung auf den Magen. Meine Tante zischte ihn dann an, dass meine Mutter sicher gewollt hätte, dass er mitginge, um Alexandra zu unterstützen und mich zu begleiten, wo ich doch Halbwaise sei. Er ist trotzdem zu Hause geblieben, und die Stimmung hing den ganzen Heiligabend schief. Mich aber konnte das nicht erschüttern. Ich war glückselig nach diesem Krippenspiel, denn innerlich war ich wie eine der coolen Weisen.

Und immer, wenn ich mich danach wieder mal einsam und verloren zwischen Alexandra und meinem Vater gefühlt habe, dachte ich: Wahrscheinlich gehöre ich gar nicht in diese Familie, denn meine Tante hatte ja gesagt, dass ich eine Halbwaise sei. Also war mir klar, dass ich aus dem Morgenland stammen muss, irgendwie jedenfalls, wenn auch nur halb. Erst als ich gut genug lesen konnte, wurde mir bewusst, dass es da einen Unterschied zwischen den Weisen mit E und den Waisen mit A gab.« Marieke machte eine Pause, denn was immer sie jetzt sagen würde, käme so schnell nicht gegen den Lachanfall an, der am anderen Ende der Leitung gerade halb Costa Rica erschüttern musste.

»Das hast du wirklich gedacht?« Babette japste nach Luft. »Das hast du mir noch nie erzählt.«

»Natürlich habe ich das gedacht. Ich war nicht mal sechs. In dem Alter hältst du eine Menge für möglich. Sogar dass du eine Weise aus dem Morgenland bist, egal ob mit A oder mit E. Und ich befürchte, ein Teil von mir hat diese Idee wohl nie verworfen, denn nach Nachmittagen wie dem heutigen zweifele ich insgeheim immer noch daran, ob ich tatsächlich in diese Familie gehöre.«

»Egal, wo du herkommst, meine Liebe, ich finde dich genau richtig und wunderbar, so, wie du bist. Und ich denke, dass du die Zeit in der Homebase nutzen solltest, um dir klar zu werden, was du wirklich willst. Eine Runde aussetzen oder über Los gehen und neu starten. Verständnis haben oder Vergeltung.«

Babette blickte kurz zur Seite, ein Strahlen zog sich über ihr Gesicht, und sie sagte etwas zu jemandem, der anscheinend gerade ins Zimmer gekommen war, von dem Marieke allerdings nichts außer ihrem Namen verstand. Aus dem

Hintergrund erklang eine Fontäne spanischer Sätze, die Babette mit Gelächter beantwortete. Dann sagte sie wieder an Marieke gewandt: »Nutz die Zeit, um herauszufinden, ob du auf Studien hören willst oder auf dein Herz.« Und wie aufs Stichwort erschien ein zweites Gesicht auf Mariekes Monitor.

»Hola Marieke. ¿Cómo está? Wie dir geht? How are you?«

Weder das breite Lächeln noch das Paar mokkabrauner Augen unter einer dunklen Lockenmähne ließen eine ehrliche Antwort zu.

»I'm fine. Bien, gracias«, log Marieke daher halbherzig ins Mikrofon. Außerdem wusste sie auch nicht, was *total beschissen und zum Heulen mies* auf Spanisch hieß. Und selbst wenn sie es gewusst hätte, würde Miguel das vermutlich nur mit einem fröhlichen ›¡Pura vida, Marieke!‹ ad acta legen, denn für ihn war alles *pura vida* – das leichte, schöne Leben, das einfach nur gelebt und genossen werden wollte. Und genau das war wohl der Grund, warum sich Babette nach einer Dienstreise zu einem Künstlertreffen in San José, wo sie ihn kennengelernt hatte, drei Monaten besinnungslosen Turtelns per Skype und einer anschließend Hals über Kopf geplanten Rucksacktour durch sein Land entschlossen hatte, ihre Festanstellung im Museum zu kündigen. Alle anderen hatten nur den Kopf geschüttelt, denn schließlich hatte sie seit Abschluss ihres Studiums bei all den Honoraraufträgen, die sie für die Stiftung des Museums erledigt hatte, auf eine Festanstellung gehofft. Die Vertragsunterzeichnung vor über zwei Jahren war wie ein Sechser im Lotto gewesen – den sie dann anderthalb Jahre später beherzt aus dem Fenster schmiss und alles auf eine Karte setzte für diesen viel zu jungen, unbekannten Künstler, in dessen Bilder sie sich genauso schnell verliebt hatte, wie in den Maler selbst. Sie war nach Costa Rica gegangen, weil ihr dort plötzlich wieder alles leicht erschien. Weil mit ihm alles leicht war. Jedenfalls das meiste. Nun waren die beiden gerade dabei, die Möglichkeiten des Internets auszuloten, um lateinamerikanische Kunst in die Welt zu schicken und die Welt zu Workshops in das Land der Leichtigkeit einzuladen. Ob es klappen würde? *Vamos a ver* – man wird sehen.

»Was hat er gerade gesagt?«, fragte Marieke, als Miguel nach einem weiteren wortreichen Geplänkel auf der anderen Seite der Erde das Zimmer verließ.

»Dass ich mal ein bisschen mehr an meine deutschen Werte denken sollte, Pünktlichkeit und so, und dass ich mich beeilen muss, weil wir schon vor einer Viertelstunde bei Freunden zum Essen eingeladen waren. Und dass du eine viel zu nette und hübsche Frau bist, um so traurig auszusehen und in einem viel zu kalten Land Trübsal zu blasen. Er meint, du sollst möglichst bald kommen, um dich aufzuwärmen. Er findet schon jemanden für dich.«

»Für ihn gibt es wirklich keine Probleme, oder?«

»Glaub mir, mehr als genug. Aber für ihn gibt es eben auch –«

»Pura vida, ja, ich weiß.«

Amaryllis

Gegenüber im zweiten Stock rechts wurde Licht eingeschaltet, zuerst auf dem Flur, dann in der Küche. Die Frau, die Marieke bereits am Silvesterabend aufgefallen war, tänzelte in den Raum, warf ihren Mantel über eine Stuhllehne und drehte sich lächelnd zu dem Mann um, der nach ihr eingetreten war. Es war ein anderer als vor ein paar Tagen. Obwohl Marieke es nicht wollte, musste sie hinüberschauen in die fremde Wohnung. Ein Uhr nachts. Sie selbst stand im dunklen Zimmer an den Rahmen der geschlossenen Balkontür gelehnt, eine Tasse lauwarmen Kamillentee in der Hand. Bis vor ein paar Augenblicken im Aufgang das Licht angeknipst wurde, hatte sie ihren schlaflosen Gedanken nachgehangen, ohne weiter auf das Vorderhaus zu achten. Jetzt beobachtete sie die Frau gegenüber, die, offenbar auf Zehenspitzen, ihre Arme um den Mann schlang und sich an ihn schmiegte, wie sie es am Silvesterabend auch mit dem anderen getan hatte. So schnell konnten sich Dinge ändern. Personen. Das Leben, die Liebe.

Noch vor zwei Wochen hätte Marieke sich nicht vorstellen können, dass sich in absehbarer Zeit für sie etwas ändern würde. Sie war zufrieden gewesen mit ihrem Alltag, hatte sich gut eingerichtet, und es hätte gern noch ein paar Jahre genauso unaufgeregt weitergehen können. Das Leben hatte sich angefühlt wie eine weiche Sofadecke an einem verregneten Sonntagnachmittag, wenn in der Zimmerecke der Kaminofen mit Buchenholz gefüllt vor sich hin bullerte und die einzig wichtige Frage des Tages war, ob Jochen für sie ein Stück Schwarzwälder Kirsch oder lieber Lübecker Nusstorte vom Bäcker mitbringen sollte. Vielleicht klang das für Außenstehende langweilig, aber diese Art von Nähe und des Sich-miteinander-gemütlich-Machens war für Marieke etwas Ähnliches geworden wie der Sonnengruß für Yogis: eine perfekte Übung in Abschalten und Krafttanken. Ihr Leben vor dieser Beziehung war anstrengend genug gewesen. Dass sie inzwischen bei all ihrer Unterschiedlichkeit heute das Ruhige und Gemütliche gemeinsam genießen konnten, daran hatte besonders Jochen ausgiebig gearbeitet. Gerade die Gegensätze ihrer beiden Welten, in denen sie sich früher bewegten, hatten ihn gereizt. Er liebte das Unkonventionelle und Freie, das Marieke in seinen Augen verkörperte. Ihre Schlagfertigkeit, ihre Unabhängigkeit, ihre Wildheit. Lange hatte sie gezögert, sich auf ihn, den etablierten Zahnarzt, einzulassen. Ihrer Meinung nach passte sein Leben so wenig zu ihrem Traum, Künstlerin zu sein, wie sein vom Gärtner gestutzter Vorstadtrasen zu ihren Farbexplosionen auf der Leinwand. Doch Jochen war heillos in Marieke und ihr Leben mit Ecken und Kanten verliebt, daher ebnete er sich mit Hartnäckigkeit einen Weg durch ihre Widerstände, glättete ihre Zweifel und überwand ihren Trotz. Geduldig hatte er sie so Stück für Stück erobert. *Domestiziert*, wie Babette es einmal bitter nannte. Wie absurd also, dass sich ausgerechnet in dem Moment, in dem Marieke endgültig alle Gegenwehr hatte fallen lassen und Hoffnungen auf eine gemeinsame Zukunft wagte, das Leben überlegte, neue Regeln aufzustellen.

Obwohl sie den Tulpenvorhang schließen wollte, um

nicht zur ungebetenen Zuschauerin zu werden, konnte sie sich doch nicht losreißen von dem Anblick, wie die Hände des fremden Mannes gegenüber langsam über das dunkelrote Kleid der Frau tasteten, die Wirbelsäule hinauf bis zum Nacken. Wie sie die Haarspange lösten und sich ein Wasserfall dunkler Locken über ihren Rücken ergoss. Unter diesem Wellenmeer gab der Reißverschluss des roten Kleides, den die Hände des Mannes langsam und bedächtig Zahn für Zahn öffneten, eine schneeweiße Haut frei. Mariekes Bauch krampfte sich zusammen. Sie stellte sich Jochens Hände vor, die einer der Gründe waren, warum sie sich in ihn verliebt hatte. Manchmal erweckten diese Hände den Eindruck, als wären sie selbstständige Lebewesen mit eigenem Charakter. Zuverlässig, sanft, abwartend, aber nie unsicher. Neugierig und fordernd, ohne erdrückend zu sein. Hände, die handelten. Während ihres Kunststudiums hatte Marieke eine längere Beziehung mit einem Bildhauer gehabt. Auch damals waren es die Hände gewesen, die sie angezogen hatten, kräftige Hände, die zupacken konnten und auf die sie sich verlassen hatte. Nur fehlte ihnen das Feingefühl, das sie später bei Jochen zu finden meinte. Babette hatte sie für verrückt erklärt. Ausgerechnet ein Zahnarzt! Aber Marieke hatte es ja nicht geplant. Genauso wenig wie er, an jenem Abend vor über zwölf Jahren, als er am Flughafen in ihr Taxi gestiegen war. Er kam von einem Kongress, redete aber nicht über Veneers und Zahnkronen, sondern über das Fußballspiel, das sie zu einem längeren Umweg zwang. Und über Padua und die bezaubernden Arkadengänge am Palazzo della Ragione, wo er am Morgen in einem Straßencafé gesessen hatte und auf dem Markt gewesen war. An einer Ampel hatte er ihr eine Tüte voll Maronen nach vorn gereicht. Es war Spätsommer, die Luft noch lau und der Himmel so unendlich weit, dass es einem den Atem verschlagen konnte. Selbst an der letzten roten Ampel war nicht abzusehen gewesen, dass der Umweg an jenem Abend nicht vor seiner Haustür und auch nicht auf seiner Terrasse bei dem Glas Wein, das sie entgegen ihrer Prinzipen annahm, enden sollte, sondern viel weiter ging. Marieke war sonst sehr klar, wo sie die Grenze zwischen ihrem Taxi und dem Rest ihres Daseins setzte. Sie war höflich und nett, gab ortsfremden Vagabunden der Dunkelheit gern Tipps für Bars und Nachtclubs, in die sie selbst nicht ging, hörte sich gleichmütig tragische Lebens- und Liebesgeschichten an, reichte auch Papiertaschentücher nach hinten, wenn dabei Tränen flossen, gab Wechselgeld heraus, wünschte einen guten Abend und trat aufs Gas, wenn die Tür zugeworfen war. Sie erzählte bei den Fahrten so gut wie nichts von sich, denn sie selbst gehörte nicht zum Service. Keine ausgetauschten Telefonnummern, keine zugesteckten Adressen. Fahrgäste im realen Leben wiederzutreffen überließ sie dem Zufall. Doch an jenem Abend mit dem weiten Himmel und den Sternen so nah hatte sie sich von der sanften Stimme auf der Rückbank anziehen lassen wie ein Nachtfalter, der müde vom Flattern war und nichts mehr ersehnte, als sich im Licht zu verlieren. Seine Augen, die ihren Blick im Rückspiegel fingen, leuchteten hell. Seine Hände taten später am Abend ein Übriges. Marieke hatte selbst ihm keine Telefonnummer hinterlassen, als sie gegangen war. Das nächtliche Überschreiten der Grenze war für sie einmalig und genug gewesen, auch wenn sie nichts davon bereute. Dass er Zahnarzt war, hatte sie erst ein paar

Tage später erfahren, nachdem er in detektivischer Feinarbeit über ihr Taxischild und die dazugehörige Nummer bei Konrad gelandet war, wo er seine Kontaktdaten hinterlegt hatte mit der Bitte um Rückruf, jederzeit, dringend, egal ob privat oder in der Praxis. ›Sei doch nicht blöd, Mädel!‹, hatte Konrad gesagt, als er ihr nach Schichtende den Zettel in die Hand gedrückt hatte, ›wenn's schön war, darf's doch gern noch 'n Nachschlag geben, oder?‹

Für Konrad fuhr sie, seit sie keine Kurse in Kartoffeldruck für Anspruchsvolle mehr hatte geben wollen, mit ihren Bildern aber nicht genug verdiente, um Miete und Mehrkornbrötchen bezahlen zu können. Babette war ebenfalls beim Malen geblieben, Großformate in Acryl, war für das Überleben aber auf kleine Museumsaufträge und gelegentliche Modeljobs angewiesen. In guten Kleidern angegafft zu werden sei immer noch besser, als Aktmodell für die Erstsemester zu stehen, hatte sie mit gleichgültigem Schulterzucken gesagt und umgehend das Honorar für den letzten Laufstegauftritt in neue Leinwand umgesetzt. Sie waren Triebtäterinnen der Kunst, mussten sich ausleben in Farben und Formen. ›Um nicht durchzudrehen‹, wie Babette einmal leichthin mit einem Lachen sagte. Bloßer Scherz war es jedoch nicht gewesen. Sie beide brauchten diese Möglichkeit, sich auszudrücken, etwas zu erschaffen, aus sich hervorzubringen, zu befreien. Die Kraft, die Bewegung, das Physische und die Lust daran. Und obwohl es auf den ersten Blick wie ein Widerspruch erschien, sehnten sie sich bei jedem Bild immer auch nach dem Gefühl, sich aufzulösen, körperlos und nur in der Farbe existent zu sein. Das wollten beide nicht missen. Zwar hatten sie die Hoffnung auf das Reichwerden mit ihrer Kunst nicht ganz aufgegeben, aber sie hatten sie irgendwann zusammen mit ihren Bildern im Grafikschrank archiviert.

Dass sie immer noch am Rahmen der Balkontür lehnte und den Blick nicht abwenden konnte, als der Mann gegenüber die Frau mit der schneeweißen Haut und dem ebenholzschwarzen Haar ohne ihr Kleid, das bereits vor einer Weile auf dem Fußboden gelandet sein musste, nun zum Küchentisch trug, den blutrot flammenden Strauß Amaryllis zu Seite schob und stattdessen sein Schneewittchen dort platzierte wie ein Präsent, dessen letzte Geschenkbänder er gleich lösen würde, hatte nichts mit lustvollem Voyeurismus zu tun. Im Gegenteil. Es quälte sie. Und doch konnte Marieke sich von der Szene nicht losreißen. Die Erinnerungen an die Anfangszeit ihrer Beziehung, in der kein Ort unmöglich, keine Situation zu gewagt erschien, um in intime Nähe zu versinken, wurden überlagert von Bildern, die sie zwar nicht gesehen hatte, die nur in ihrem Kopf existierten, die so oder ähnlich jetzt aber an einem anderen Ort Realität wären. Jochens Hände auf fremder Haut, sein Mund an einem Hals, der jung und faltenlos war. Vertraute Worte, Sätze, die nur in Momenten größter Nähe gesagt, gestammelt, gehaucht wurden, und die bis vor kurzem ihr galten, nun aber, so oder ähnlich, an diese andere Frau gerichtet wurden. Vielleicht auch schon viel länger, als er zugegeben hatte, gerichtet waren. Eine Realität, aus der sie inzwischen genauso ausgeschlossen war wie aus der Szene am Küchentisch gegenüber.

Dachte er an sie, wenn er mit der Anderen zusammen war? Vermisste er sie? Schaute er in die Augen der Anderen und sah darin für Momente Marieke? Oder gab es dann für ihn nur diese weiche Haut, den zarten Duft von sommerblondem Haar, von Unschuld und Naivität, die reizvolle Unbedarftheit der Jugend? Wie roch sie, wie schmeckte sie? Anders? Besser? Marieke wusste, dass diese Fragen sie nirgendwohin führten. Niemand fühlt sich besser, der sich mit seiner Konkurrenz vergleicht. Man verletzt sich nur selbst, denn Vergleiche sind ein langsam wirkendes Gift. Vergleiche kann man nie gewinnen, weil immer Zweifel bleiben. Das wusste Marieke, aber sie konnte nicht anders. Wo war er jetzt und was würde er wohl gerade tun? Seine Hände auf ihrem Rippenbogen, sein Mund an ihrem Hals. Die Nachbarin im zweiten Stock gegenüber spannte ihren Rücken, den Kopf in den Nacken gebeugt, den Mund geöffnet zum ungehörten Seufzer, erstarrte sie für einen kurzen Moment, bevor sie den Kopf zur Seite neigte, zum Fenster hin. Die Küchenleuchte illuminierte ihr blasses Gesicht. Marieke trat schnell einen Schritt zurück ins Zimmer, um nicht entdeckt zu werden, doch trotz der Entfernung war es ihr, als würde sich der Blick der Frau für die Dauer eines Atemzugs selbstzufrieden im Geäst der Kastanie verlieren. Und dies war der Augenblick, in dem Marieke die Tasse mit dem Rest des erkalteten Kamillentees voller Wucht gegen die Zimmerwand pfefferte.

Eine neue Tasse stand neben ihr, mit Kaffee diesmal, stark und schwarz, denn die Milch war beim ersten Versuch säuerlich im Getränk ausgeflockt. Der Tag vor dem Fenster blieb trüb, und der Himmel wirkte, als hätte ihn jemand mit einer Schere genau über dem Dach des Vorderhauses abgeschnitten. Keine Wolke, keine Farbe, kein Licht, so als wäre er nicht existent. Ähnlich, wie sich Marieke fühlte, seit sie mitten in der Nacht die Teepfütze aufgewischt und die

Scherben fortgeschmissen hatte. Nicht an den Tassensplittern hatte sie sich geschnitten, das wäre nicht so schlimm gewesen, sondern am Schweigen. Verletzt war sie durch die Nichtexistenz eines Kontakts, durch das Fehlen von Worten, was für sie ärger war als ein realer Schnitt, als Schmerz und tropfendes Blut. Um nicht länger in ihren Gedanken gefangen zu sein, hatte sie sich kurzerhand gegen drei Uhr aus dem Telefonnetz verabschiedet und ihr Handy ausgeschaltet. Auch jetzt noch lag der Apparat mit schwarzem Display auf dem kleinen Tisch in Babettes Küche, an dem Marieke saß und lustlos an ihrem Toast knabberte. Daneben Zettel und Stift. ~~Lieber Jochen~~ stand oben auf dem Blatt. ~~Sehr geehrter Herr Doktor Kerbler~~ stand darunter. Dann folgten ein paar Krümel und ansonsten: eine weiße Fläche Nichts.

Waren die beiden wie geplant gestern zurückgefahren, hatten sie mit Sicherheit einen der letzten Autozüge von Sylt ans Festland genommen. Das tat er immer, um die Zeit am Meer vollends auszunutzen. Dann hätten sie ungefähr um halb zwölf wieder in der Stadt sein müssen. Marieke hatte abends im Internet die Fahrpläne gecheckt. Hätte er Jessica dann in ihrer Wohnung abgesetzt, wäre er gegen zwölf im Haus gewesen. Am Silvestertag, als der Stiernacken mit seinem Kompagnon bereits auf dem Weg zu Babettes Wohnung war, hatte Marieke eine Nachricht an Jochen auf den Esstisch gelegt und ihren Schlüssel in den Briefkasten geworfen. Sie hatte vor seiner Abreise nicht gesagt, dass sie ausziehen würde, dass sie fort wäre, wenn er wiederkäme, weil es ihr selbst noch nicht klar gewesen war. Mit hundertprozentiger Gewissheit war sie aber davon ausgegangen, dass er sie anrufen würde, sobald er ihre Zeilen gelesen hatte. Natürlich wäre sie dann nicht ans Telefon gegangen, womit er sicherlich auch rechnete. Trotzdem hätte er es versuchen können. Aber er hatte es nicht getan. Kein Anruf in Abwesenheit, keine Nachricht auf dem Band, keine SMS, gar nichts. Sie hatte es alle zehn Minuten kontrolliert. Nicht nur bis eins in der Nacht, als die Nachbarin im Vorderhaus mit ihrem Gast nach Haus kam, nicht bis zwei, als Marieke den Teefleck an der Wand anstarrte, nicht bis halb drei, als sie sich gerade noch davon abhalten konnte, dem schweigenden Handy ein ähnliches Schicksal zu bescheren wie der Tasse eine Stunde zuvor. Er hätte sich wirklich melden können. Oder war er überhaupt nicht zu Hause gelandet? Hatte er ihre Zeilen etwa noch gar nicht gelesen? Oder schlimmer: Hatte er sie gelesen und war zurück zu Jessica gefahren? Oder ganz schlimm: Hatte er Jessica angerufen, dass die Luft rein war, weil die störrische Alte kampflos das Feld geräumt hatte, und sie endlich eine gemeinsame Nacht im Ehebett verbringen konnten? Oder hatten sie das schon durchexerziert, ohne dass Marieke es gemerkt hatte? Wobei: Ehebett? Sie waren ja gar nicht verheiratet. War es dann das Bett der seriellen Monogamie, der Bigamie, der Polyamorie, des Betrugs und der falschen Schwüre? Alexandra hätte sicher eine Antwort darauf gewusst und ihr erneut unter die Nase gerieben, dass das Geschehene genauso in ihrer Verantwortung lag wie in seiner. Aber allein der Gedanke an einen Ring mit Brief und Siegel war für Marieke noch unerträglicher als schwere Samtvorhänge und löste ähnlich klaustrophobische Reaktionen aus. Was angstbedingte Atemlosigkeit in diesem Punkt an Konsequenzen mit sich brachte, hatte Alexandra ihr ja lang und breit erklärt. Es stand auf einem ähnlichen Hitlisten-Platz ihrer Bindungsunfähigkeitsliste, wie alte Umzugskisten auf dem Dachboden zu lagern. Oder Leichen im Keller. Marieke jedoch hatte seit jeher gefunden, dass Liebe keine Verträge schloss und Vernunft nicht immer der beste Berater war.

Zu ihm gezogen war sie doch irgendwann. Es war für sie ein Riesenschritt gewesen. Den Grafikschrank und ihre Farben hatten sie im Schuppen untergebracht, aus dem eigentlich ein Atelier für Marieke werden sollte. Was aber nie fertig wurde, weil das Licht so schlecht war und sich der Einbau eines Zusatzfensters im Dach immer weiter hinauszögerte, erst wegen der Statikpläne, dann wegen der Baufirma, dann wegen des Wetters. Das nächste *Dann* hatte Marieke inzwischen vergessen. Sie hatte es zwar als schlimm, im Grunde aber nicht als tragisch empfunden. Ihr Leben war trotzdem ausgefüllt, denn es hatte sich zunehmend mit Jochens verzahnt. Als er sie schließlich vor acht Jahren bat, in der Anmeldung seiner Praxis vorübergehend auszuhelfen, weil eine Kraft wegen Schwangerschaft ausfiel, pausierte sie in ihrem Taxijob. Und als die junge Mutter nicht zurückkam, blieb sie einfach. Jochen nannte es eine Win-win-Situation. Marieke konnte Pluspunkte für die Rente sammeln und musste keine Nachtschichten mehr fahren, und er hatte, wie er gern betonte, sein schönstes Kunstwerk nun jeden Tag selbst während der Arbeit vor Augen. Zwar gingen sie gemeinsam zu Vernissagen und Performances, doch bestimmten Krankenscheine und Absaugschläuche bald mehr Mariekes Alltag als Kunst und Ausstellungen. Natürlich waren sie ein gutes Team, der Arzt und seine Freundin im Vorzimmer, doch wird das Wilde gezähmt, verliert es seinen Reiz und seine ganz eigenen Farben. Daran hatte sie nicht gedacht, als sich im Sommer nicht nur die Tür der Praxis, sondern – von Marieke unbemerkt – auch eine Tür in der Beziehung öffnete, durch die nach all den ruhigen Jahren etwas anderes Buntes und Aufregendes in Jochens Leben trat: Jessica. Veneers für die Schneidezähne und ein Bleaching. Marieke hatte den Termin selbst eingetragen. Am Heiligabend, als seine Eltern fort waren und er ihr gestand, dass er die Heimlichtuerei nicht mehr aushalte und es da jemand anders gäbe, eine Patientin, auch wenn er das alles nicht gewollt hätte, erinnerte sie sich sofort an diese Endlosbeine und den auffällig hübschen Mund, ohne dass Jochen einen Namen nennen musste. An das strahlende Lächeln, das Bleachen gar nicht nötig hatte, und an Lippen, die sie an Lipgloss mit süßem Kirschgeschmack denken ließen. In einem bestimmten Alter kann das sehr anziehend wirken. Und Jessica war in diesem Alter, noch nicht mal dreißig, und ihre Oberschenkel hatten sicher genauso wenig Dellen wie ihre Vita. Wenn Marieke nicht gerade Tassen an die Wand schmiss, konnte ein Teil in ihr verstehen, warum Jessicas Interesse Jochen schmeichelte.

Er fühle sich so jung und lebendig wie lange nicht mehr. Das hatte er Marieke an Weihnachten gestanden. Die Reste der Ente waren bereits im Tiefkühlfach verstaut, und in der Küchenzeile lief leise summend die Geschirrspülmaschine. Zwischen seinen schönen Fingern drehte er das Glas mit dem Portwein, den seine Eltern ihr als Geschenk mitgebracht hatten. Das Ofenfeuer brach sich funkelnd im Rot. Auf diese Lebendigkeit wolle er, so leid es ihm tue, erst einmal nicht verzichten. Sie würde sich doch gewiss erinnern, wie es war in ihrer Anfangszeit. Was die Liebe ihr an Energie gegeben hatte. Marieke solle ihm Zeit lassen. Warten. Er müsse da durch. Sie gemeinsam. Es würde sich schon legen. Irgendwie. Verlieren wolle er auch sie nicht, auf keinen Fall, hatte er dann unter Tränen gesagt, ihre Hand gesucht und nicht gefunden, denn Marieke hielt die Arme gekreuzt vor ihrer Brust, vor dem rasenden Herzen. Sie bedeute ihm so viel, das müsse sie ihm glauben. All die Jahre, diese Nähe. Seine Verzweiflung war echt und greifbar gewesen. Es habe nichts mit ihr zu tun. Sie sei wundervoll wie eh. Aber gegen das andere könne er sich nicht wehren. Das solle sie doch bitte verstehen. ›Was für ein klischeehafter Mist!‹, war ihre Antwort gewesen, und ohne ein weiteres Wort war sie aufgestanden und hatte knallend die Türen hinter sich zugeworfen. Sie wollte keine Erklärungen und keine Details mehr hören. Vor allem aber wollte sie kein Verständnis haben. Nach zwei schlaflosen Nächten im Gästezimmer war ihr klar gewesen: Selbst zu gehen ist auf jeden Fall besser, als irgendwann verlassen zu werden. So viel Würde war sie sich ihrer Meinung nach schuldig. Und der Jahreswechsel schien ihr ein guter Zeitpunkt dafür.

›Fristlos kündigen?‹, hatte Babette vorletzte Nacht beim Skypen völlig aufgebracht gefragt. ›Du bist doch wohl total bescheuert!‹ Dann hatte sie Marieke mit ihrem wunderbaren Pragmatismus erklärt, dass der einzige Vorteil der Festanstellung in Jochens Sadisten-Praxis doch wäre, dass sie sich krankmelden könne, bis sie wisse, was sie wolle. Weil krank sei ja wirklich alles: Jochen, Jessica, Alexandras Tipps und die gesamte Situation. Und falls Marieke auf diese Schonzeit verzichten wolle, drohte Babette damit, ihren Wohnungsschlüssel zurückzufordern, denn dann hätte sie, Freundin hin oder her, dieses Exil nicht verdient.

Sie wischte die Krümel vom Blatt und griff nach dem Handy. Wenn etwas Ernsthaftes passiert wäre, hätte vermutlich in der Zwischenzeit die Polizei, ein Krankenhaus oder wer auch immer Kontakt zu ihr aufgenommen. Den Zettel für Notfälle mit ihrer Nummer hatte er sicher noch nicht aus seiner Brieftasche entfernt, schließlich war er ja derjenige, der die Beziehung weiterführen wollte. Dann wäre es also nicht schlecht, sich mal wieder mit der Welt zu verbinden. Sie gab die PIN ein, und gerade als sie die Tasse abgewaschen und zurück in den Geschirrschrank gestellt hatte, tat das Handy durch sein Vibrieren die Ankunft einer Nachricht kund.

›*Liebe Marieke, wo bist du? Wir müssen reden! Melde dich. Bitte! Ich vermisse dich … Jochen.*‹ Eingang vor zwei Stunden.

Was hatte er die ganze Nacht gemacht, dass er erst morgens um neun auf ihren Abschiedsbrief reagierte? Die Kaffeetasse konnte von Glück sagen, dass sie bereits in Sicherheit war, denn sonst hätte sie ein ähnliches Schicksal ereilt wie ihre Keramikschwester gestern Nacht. So blieb Marieke nur, wütend den Zettel vom Block zu reißen und in den Abfalleimer zu donnern. Kein einziges Wort mehr an Doktor Jochen-Blödmann-Kerbler. *Ich vermisse dich …* Was für ein idiotischer Schwachsinn! Wann war ihm das denn aufgefallen? Als er morgens wach geworden war und festgestellt hatte, dass irgendwas fehlte? Kaffee? Filtertüten? Ach nein, seine Freundin. Sie hätte schreien mögen. Doch dann ergriff sie wieder ihr Handy, scrollte durch das Adressbuch und wählte eine Nummer. Als am anderen Ende abgenommen wurde, sagte sie: »Hallo, Marieke Sudhoff hier, ich hätte gern einen Termin wegen einer Krankschreibung ... Ja, es ist eine schlimme Sache.«

Fette Henne

»Wollen Sie rein? Soll ich Ihnen die Tür aufhalten?«, fragte Marieke und suchte in der Seitentasche ihrer alten Lederjacke nach dem Schlüssel.

»Danke, nein, lassen Sie mal, ich warte auf den Fahrdienst«, antwortete die alte Dame und lächelte. Ein zart türkisfarbener Seidenschal lugte aus dem Kragen der taillierten Steppjacke. Weiße Locken, dezenter Lippenstift, Perlenohrringe. Sie stand neben der Haustür und lehnte sich auf ihren Rollator. »Wohnen Sie auch hier?«

»Ja, seit etwas über vier Wochen. Im Hinterhaus im zweiten Stock.« Marieke überlegte einen Moment. Konnte man das Provisorium, in dem sie sich bewegte, tatsächlich als Wohnen bezeichnen? Noch immer hatte sie nicht alle Kisten ausgepackt, weil ein Teil von ihr wohl insgeheim weiter darauf hoffte, dass der Auszug bei Jochen nicht endgültig war. »Für den Übergang«, ergänzte sie also. Babette schien diesen Gedanken neulich geahnt zu haben. ›Denk bloß nicht, du hättest keine Bleibe und müsstest deswegen zum Herrn Doktor zurück‹, hatte sie gesagt und darauf bestanden, ganz offiziell einen Untermietvertrag mit ihr abzuschließen.

»Hinten im zweiten Stock? Ach, dieser traurige Balkon mit der Fetten Henne.« Die alte Dame nickte wissend.

»Fette Henne?«, fragte Marieke entgeistert. »Ich habe bisher nur ein paar Meisen auf dem Balkon gesehen, aber garantiert keine Hühner.«

Die Frau gab Geräusche von sich, bei denen Marieke im

ersten Moment dachte, es wäre ein Asthmaanfall. Bis sie erleichtert feststellte, dass es ein Lachen war. Ein Faltenkranz fächerte sich wie Sonnenstrahlen um leuchtend grüne Augen, die munter in die Welt blitzten.

»Doch keine richtigen Hühner, sondern dieses hässliche Gestrüpp mit den dicken Blättern in Ihrem Balkonkasten. Fette Henne ist nur gut, wenn Sie sich keine Arbeit mit Blumen machen wollen. Aber schön ist sie nun wirklich nicht«, erklärte sie, als sie wieder Luft bekam.

Beschämt verzog Marieke das Gesicht. »Oh, wie peinlich. Tut mir leid, aber von Gartendingen habe ich keine Ahnung.«

»Macht ja nichts«, sagte die alte Frau, »dann sind Sie hier genau richtig. Die Mädchen helfen Ihnen bestimmt gern, wenn Sie da Interesse haben und etwas anderes auf dem Balkon wollen. Der Hinterhof jedenfalls ist ein Traum. Den müssen Sie mal im Sommer sehen. Wenn ich kann, dann holen mich die beiden runter, und wir sitzen auf der Bank unter dem Baum. Die Kastanie hat mein Sohn damals gezogen, in einem alten Einweckglas bei uns in der Küche. Nur um zu sehen, was dabei herauskommt. Und als sie zu groß für die Fensterbank war, haben wir sie einfach in den Hof gepflanzt. Hat ja niemand daran gedacht, wie riesig die mal werden würde. Und als die letzte Hausverwaltung sie absägen wollte, wohnten die Mädchen schon hier. Das muss gut fünf Jahre her sein. Die beiden sind auf die Barrikaden gegangen und haben Briefe geschrieben. Ordnungsamt, Gartenbauamt. Haben sich da richtig reingekniet. Es gab ziemlichen Ärger. Nun hat die Hausverwaltung gewechselt, aber die Kastanie steht immer noch.« Sie lächelte glücklich.

»Die Mädchen, sind das Ihre Töchter?«

»Nein, ich habe nur den einen Sohn, und der wohnt schon lange nicht mehr hier in der Stadt. Einmal im Monat kommt er zu Besuch. Die Mädchen, das sind Susann und Nada. Die wohnen im Seitenflügel im ersten Stock. Bestimmt haben Sie sie schon mal im Haus gesehen. Susann gehört unten im Seiteneingang die kleine Schneiderei. Da müssen Sie unbedingt mal vorbeischauen. Sie werden sie mögen. Die zwei sind so etwas wie die Seelen des Hauses. Ach, da ist er ja«, sagte sie unvermittelt und winkte dem Krankentransport zu, der vor dem Haus stoppte.

»Na, Frau Schröder, schon startklar? Ging's heute denn ganz allein die Treppe runter?« Breite Schultern mit Seemannsgang waren aus dem Auto gesprungen und kamen auf sie zu.

»Ich hatte Hilfe. Mein junger Freund von oben hat Brötchen geholt und mich nach dem Frühstück nach unten gebracht. Aber nun, lieber Schorsch, können Sie mich gern begleiten.« Sie lächelte keck und nickte Marieke zu. »Dass sich mal so viele junge Männer um mich reißen, hätte ich mir früher nicht träumen lassen.« Mit unsicheren Schritten schob sie den Rollator über den Gehsteig, blieb aber noch einmal stehen und drehte sich um. »Meine Liebe, nun weiß ich zwar, wo Sie wohnen, aber verraten Sie mir auch, wie Sie heißen?«

Marieke zögerte kurz, als sie automatisch ihren Nachnamen nennen wollte, entschied sich dann aber spontan für: »Marieke«, denn irgendwie fühlte es sich viel schöner an, eventuell auch eins von Frau Schröders Mädchen zu sein als Frau Sudhoff, die Fette Henne im Hinterhaus.

Sie stapelte die Orangen auf der Fensterbank zur Pyramide und legte die abgepellten Schalen auf die Lamellen der Heizung. Bittersüß verbreitete sich der Duft im Zimmer. Marieke hatte das Gefühl, Vitamine zu brauchen, Gesundes, Stärkung. Zwar war sie nicht krank, nicht im eigentlichen Sinn, aber ihr Gemüt war immer noch so lädiert, dass man kein Mediziner sein musste, um zu sehen, wie angeschlagen sie war. Daher gab es auch kein Problem, zum dritten Mal in Folge eine Krankmeldung für zwei Wochen zu bekommen.

»Aber etwas Körperliches hat deine Ärztin hoffentlich ausgeschlossen, oder?«, fragte Alexandra, als sie anrief, um sich nach Mariekes Befinden zu erkundigen.

»Ja, liebe Schwester, hat sie. Als Grund für die Krankmeldung hat sie jedenfalls so etwas wie *akute Belastungsreaktion* angegeben. Mit der Diagnose müsstest du doch was anfangen können.«

Schweigen am anderen Ende. Das Außenthermometer zeigte frostige null Grad, aber die Sonne schien einladend durchs Fenster. Es war inzwischen Anfang Februar. Marieke öffnete die Balkontür und trat mit dem Telefon ins Freie. Manchmal hatte sie das Gefühl, dass ihr die Gespräche mit Alexandra die Luft nahmen, sobald sie zu sehr um ihre persönlichen Dinge kreisten.

»Akute Belastungsreaktion«, wiederholte Alexandra schließlich. »An therapeutische Unterstützung hast du aber noch nicht gedacht?«

»Ich brauche einfach nur Zeit und ein bisschen Abstand. Außerdem habe ich doch dich«, sagte sie leichthin und zupfte an den vertrockneten altrosa Blüten der Fetten Henne. Frau Schröder hatte recht: Schön sah das wirklich nicht aus. So plump und fett wie, ja, ein brütendes Huhn, das alles unter sich begrub, was nicht bei drei geschlüpft und geflüchtet war.

»Ach, Rieke, wenn du auf mich hören würdest, könntest du schon längst wieder in Jochens Praxis sitzen und in deinem Alltag. Da ginge es dir besser. In Babettes Wohnung würdest du so lange bleiben, bis alle Details für die Zukunft geklärt sind, aber verlass dich auf mich: Spätestens zu Ostern wärst du zurück in deinem Nest.«

In Anbetracht der Fetten Henne fragte sich Marieke, ob sie das mit dem Nest wirklich wollte. Oder ob es nicht eine andere, eine dritte Lösung gab. Irgendetwas zwischen dem *Zurück* in das alte Leben mit Jochen, und dem *weiter Zurück* in die Zeit mit Gelegenheitsjobs und einer Wohnung zur Untermiete. Sie war sechsundvierzig. Wie sollte dieses Dritte aussehen? Könnte sie mit sechsundvierzig überhaupt noch einmal von vorn anfangen? Einen neuen Weg gehen, wohin auch immer? Würde sie Jochen glauben können, wenn er sagte, er hätte sich für sie entschieden? Wie konnte sie ihren Stolz wahren, wenn sie zu ihm zurückginge? Wie hoch wären ihre Chancen, bei ihm zu bleiben, oder müsste sie in einem halben Jahr erneut ausziehen? Wie könnte sie ihm voll Vertrauen in die Augen schauen? Wie sich selbst? Waren diese Sprüche von wegen *Außenbeziehungen sind eine Chance, sich als Paar wieder neu zu finden* nicht alle am grünen Tisch entworfen? Wie gut war sie im Verzeihen? Sie wusste es nicht. Wie wäre es hingegen, wenn sie einfach hier in der Wohnung bliebe, mit denselben Standards wie zu Studienzeiten, ohne Spülmaschiene, ohne funktionierende Klingel und mit einer Dusche, die nicht richtig ablief. Wäre das nicht so etwas wie ein Rückschritt, ein Aufgeben, ein Versagen, ein Scheitern?, wenn sie nicht kämpfen würde für ihr Glück, für ihre Zukunft, sondern die Situation einfach hinnähme? Hatte Alexandra vielleicht doch recht? Mit sechsundvierzig sind die Überlegungen andere als mit sechsundzwanzig. Mit Mitte zwanzig erscheint die Welt noch groß und unerforscht, und man selbst hält sich für unbesiegbar. Mit sechsundvierzig jedoch gibt es ein Früher und viel mehr *nicht mehr* als *noch nicht* im Leben. Und es gibt auch mehr als einen Verlust, mit dem man sich abfinden musste, ob man wollte oder nicht. Es gibt Türen, die für immer verschlossen bleiben, Wege, die man nicht mehr gehen kann.

Trotzdem.

»Bist du noch dran?«, fragte Alexandra, weil sie schon länger kein *Mhm* oder *Ah ja* als Rückmeldung auf ihren kleinen Monolog über Verantwortung und Perspektiven bekommen hatte. Ihre Worte waren an Marieke vorbeigerauscht wie das leise Hintergrundplätschern eines Zimmerspringbrunnens.

»Du mochtest doch früher David Bowie, oder?«, wollte Marieke wissen, anstatt ihr Antwort zu geben.

»Wie kommst du denn darauf?«, fragte Alexandra entgeistert zurück. Es folgte eine längere Pause und dann: »Du weißt es doch ganz genau. Ich habe ihn geliebt. Sehr. *And we could be heroes ...*«

»*... just for one day*«, ergänzte Marieke. »Erinnerst du dich auch an die Zeit, als uns das genügt hat?«

»Ach, Rieke, das Leben ist länger als ein Tag und wesentlich länger als ein Dreieinhalb-Minuten-Song.« Alexandra seufzte. »Du meldest dich, wenn du was brauchst, ja?«

»Versprochen, Lexie. Und mach dir bitte nicht so viele Gedanken um mich. Ich komme schon klar.« Marieke beendete das Gespräch und strich mit sandigen Fingern über die Fette Henne. Schön war sie nicht, aber es war schon beeindruckend, wie sie sich selbst bei unter null Grad nicht unterkriegen ließ und mit ihren saftig grünen Blättern dem Winter trotzte. Vielleicht könnte sie sich daran ein Beispiel nehmen.

Das Haus war ihr Anker. Ihr Sedativum, ihr Gedankenspiel. Wenn Marieke nicht schlafen konnte, was oft vorkam in den letzten Wochen, weil die Grübeleien zu laut durch ihren Kopf tosten, schlich sie auf dicken Socken in die Küche, um sich eine heiße Schokolade zu machen. Sie verzichtete auf Licht, denn die Helligkeit der Lampe über dem Tisch hätte Realitäten geschaffen. Fakten. Hätte die Rechnungen beleuchtet, die auf dem Küchentisch lagen, und den Brief der Bank, der per Nachsendeantrag bei ihr gelandet war. Hätte weiteren Zweifeln und Ängsten Nahrung geboten. Im Dunkeln öffnete sie die Kühlschranktür, holte Milch heraus, ratschte ein Streichholz an. Ein Zischen, ein Funke, dann reckte die Gasflamme ihre leuchtend blauen Feuerärmchen in die Luft. Dieses Licht genügte Marieke, um die inzwischen mehr als gewohnten nächtlichen Handgriffe zu erledigen. Die Flamme züngelte unter dem verbeulten Milchtopf. Warten, Kakaoflocken, Umrühren. Die warme Tasse tröstend an das Brustbein gedrückt, setzte sie sich auf die Fensterbank und sah hinaus. Einatmen, Ausatmen. Schokolade, Zimt, Honig. Kindheitstrost.

Es war Mitte Februar. Die Kastanie im Hof trug kein Laub und gab die Sicht frei auf die Wohnungen gegenüber.

Im Treppenhaus, bei den Fahrrädern oder an den Mülltonnen hatte Marieke während der letzten Wochen einige der Nachbarn getroffen. Kennengelernt wäre zu viel gesagt. Ein freundliches Nicken, nette Worte über das Wetter, guten Tag und guten Weg. Diese Gesichter konnte sie mittlerweile einordnen, in die dazugehörigen Wohnungen setzen und sie mit einem Tagesablauf verbinden, denn nicht nur im schlaflosen Dunkel nahm sie teil an den Leben hinter den fremden Fenstern. Zu sehen, wie die anderen Essen kochten, Zähne putzten, telefonierten, hatte etwas Tröstliches. Sich streitende und wieder versöhnende Paare, Frau Schröder vorn links im Ersten, die manchmal herüberwinkte, wenn sie Marieke am Fenster stehen sah. Es gab so viele Möglichkeiten, ein Leben zu leben. Auch tagsüber fiel ihr Blick immer wieder hinaus auf den Hof. Es war ihre Art, sich rückzuversichern, dass sie nicht allein war. Dass das Leben draußen weiterging. Dass es zumindest für andere einen Alltag gab, eine Regelmäßigkeit. Eine Sicherheit. Im Vorderhaus, im zweiten Stock links, wurde es nun hell, zuerst im Bad, dann in der Küche. Es war kurz nach fünf. Eine Nachbarin im Bademantel und mit zerzaustem Haar hantierte gähnend mit Filtertüten und Blechdose. Vermutlich hatte sie Frühschicht. Um sechs Übergabe, ab halb sieben Fiebermessen. Marieke hatte sich schon länger gefragt, was sie wohl machte, bis sie sie letzte Woche in einem Schwesternkittel aus einem Auto steigen sah. Danach hatte sie ihr in Gedanken den Namen *die Schwester* verliehen. Den Mann der Schwester hatte Marieke bereits kurz nach ihrem Einzug *den Radler* getauft. Er arbeitete in der Fahrradwerkstatt im Vorderhaus. Zwei Rennräder und ein Mountainbike waren sein Eigen. Zehn nach halb sechs wurde das Licht auf dem Flur gegenüber gelöscht, das Licht im Aufgang angeknipst. Ein Schatten huschte an den Treppenhausfenstern vorbei nach unten. In einer Stunde wäre dann der Radler dran mit den Kindern, den Pausenbroten und dem Schulweg. Drei Minuten Zeitschaltuhr, danach herrschte wieder Dunkelheit im Haus gegenüber.

Wie hätte ihr eigenes Leben, ihr früheres, von außen ausgesehen, durch die großen Schiebetüren der Terrasse betrachtet, Glas von der Decke bis zum Boden, einbruchssicher? Aufstehen um Viertel nach sieben und die Vorhänge, die Mariekes Kompromiss waren, um Jalousien zu vermeiden, aufziehen. Duschen, während der Kaffee durchläuft. Jochen aus den Federn küssen und zwei Frühstücksteller auf den Küchentresen stellen, für ihn den mit dem grünen Rand, immer derselbe, für sie je nach Laune wechselnd. Jochen Marmelade, sie Käse. Er noch ins Bad zum Rasieren, sie Teller und Tassen in den Geschirrspüler. Samstags Markt, Blumen nach Saison, sonntags ausschlafen. Im Sommer alle vierzehn Tage der Gärtner zum Rasenmähen und für die Blumenbeete. Alle vier Wochen Jochens Eltern als Essensbesuch, ganzjährig. Und garantiert kein Tennis. Golf auch nicht. Dafür ab und an Kultur. In den letzten Jahren zwar weniger, aber immerhin mehr als andere. Würde das von außen betrachtet öde wirken oder eher beneidenswert? Es tauchte die nagende Frage auf: Würden seine Eltern auch nächstes Wochenende zum Mittagessen kommen, so wie es der Kalender vorsah und die Gewohnheit verlangte? Würden sie am Tisch wie immer die Plätze besetzen, von denen aus sie durch die Terrassentür auf den Garten schauen konnten, weil sie den Blick auf das Koch-Chaos in der offenen Küche nicht mochten? Ihre kleinen

Sticheleien austauschen, die Marieke stets so amüsierten? Und wenn ja: Wer säße noch mit am Tisch?

Auf derselben Etage wie der Radler und die Schwester wohnte *das Schneewittchen* und über ihr *das Phantom*. Marieke hatte noch nie Licht in dieser Wohnung gesehen, geschweige denn eine Menschenseele, hatte aber neulich bemerkt, dass der Faltenwurf der Gardinen verändert war. In der Wohnung unter Schneewittchen wurde es nun hinter rosafarbenen Blümchenvorhängen hell. Bei *dem Mädchen* musste der Wecker geklingelt haben. Wenn Marieke sich daran erinnerte, was für eine Langschläferin sie selbst als Jugendliche war, konnte sie sich nur schwer vorstellen, was ein Mädchen mit sechzehn, siebzehn Jahren bewegen mochte, mehr als eine Stunde früher als nötig aufzustehen, um die Haare zu glätten, den Teint mit den schönen Sommersprossen in ein ausdrucksloses Porzellangesicht zu verwandeln und all die anderen kosmetischen Dinge zu verrichten, die aus einem natürlichen und auf seine Art sehr hübschen jungen Mädchen dieses Wesen erschufen, das gegen Viertel vor acht das Haus verlassen würde. Unnahbar und versteckt unter drei Lagen Make-up. Wann war das Leben eigentlich so kompliziert geworden?

Sie sollte ins Bett gehen, schalt sich Marieke, versuchen zu schlafen, und nicht wie ein Fleisch gewordener Nachtmahr auf der Fensterbank sitzen. Vielleicht hatten ihre Nachbarn auch schon einen Spitznamen für sie: das Gespenst. Wer im Haus mitbekommen hatte, wie oft sie nachts auf der Fensterbank in der Küche saß, müsste sich doch fragen, was sie da eigentlich tat und wen sie beobachtete. Würde ihr jemand glauben, wenn sie antwortete: im Grunde mich selbst? Glauben, dass sie in den Nächten auf der

Fensterbank nach Alternativen suchte zu ihrem eigenen Leben? Dass sie im Geist durchspielte, wie sie die letzten Jahre auch hätte verbringen können? Abwog, ob es sie glücklicher gemacht hätte, eines dieser Leben hinter den anderen Fenstern zu führen? In solchen Nächten setzte sie sich in Gedanken auf die fremden Sofas, probierte aus, wie sich diese Leben wohl anfühlen mochten. Wie wäre es, das Leben der Krankenschwester zu führen? Schichtdienst, ihren Radler an der Seite, zwei Kinder, Familie, heile Welt. Oder wäre für sie ein Leben mit Kind so verlaufen wie für die Mutter des Mädchens im ersten Stock: alleinerziehend, mit dem Alltag kämpfend – *die Kriegerin*. Den Namen Krieger hatte sie unten am Klingelschild gelesen. Manchmal malte sich Marieke auch aus, wie sie mit Frau Schröder Fotoalben durchschaute, über Früher redete. Wie wollte sie alt werden? Allein in einer Zweizimmerwohnung, das erste Gesicht am Morgen der Pfleger der Sozialstation? So viele Möglichkeiten, ein Leben zu gestalten, und keine erschien ihr richtiger als die andere. Würde ihr jemand glauben, dass sie in diesen Nächten nach so etwas wie Heilung für die Narben in ihrer Biografie suchte?

Im Treppenhaus wurde es erneut hell, eine Gestalt bewegte sich nach oben. Würde Marieke heute vielleicht endlich das Phantom sehen? Sie reckte den Hals. Der Schatten lief die Treppe hinauf. Zweiter Stock, weiter, dritter Stock, doch wie immer blieb diese Wohnung dunkel. Und weiter. Dann ein matter Lichtschein im Dachgeschoss. Es war das erste Mal seit Silvester, dass sie jemanden in der Wohnung wahrnahm. Wenig später Bewegungen zwischen den Sträuchern auf der Terrasse, eine Silhouette, kaum zu erkennen. Und dann Dampf, eine große Wolke, die in den morgengrauen Himmel zog. Sonst nichts. Marieke gähnte und fragte sich, welchen Spitznamen sie wohl demnächst vergeben würde.

Hyazinthe

»Kannst du mir mal einen Dübel geben?«, bat Marieke und beugte sich von der Leiter hinunter.

»Yo«, sagte Knut und stocherte im gleichmäßig auf den Fußbodendielen verteilten Inhalt der Werkzeugkiste herum, begutachtete ein paar Haken, nahm einige Schrauben in Augenschein, um sich dann der Kollektion von Dübeln zu widmen.

Marieke verschluckte einen leisen Fluch und holte tief Luft. »Einen Vierer, bitte. Das könnte der mittelgroße Graue da hinten rechts sein.« Heimwerken mit Knut gestaltete sich leider so, als praktiziere sie eine zenbuddhistische Übung in Gleichmut mitten in einem Hagelsturm. Ihr Bildhauer, der Ex vor Jochen, war damals der Ansicht gewesen, dass eine Frau dreierlei im Leben brauche: eine eigene Bohrmaschine, einen geschickten Liebhaber und Humor. Die Bohrmaschine war sein Präsent zu ihrem Geburtstag gewesen, und eitel, wie ihr Bildhauer war, meinte er auch, sie in Punkt zwei stets mehr als üppig beschenkt zu haben. Allerdings kam ihr Punkt drei, der Humor, abhanden, nachdem sie ihren Gönner in seinem Atelier in flagranti mit einem seiner Modelle erwischt hatte. Und als der Humor dann erst mal verflogen war, folgte ihm postwendend der Liebhaber. Seit Weihnachten fragte sich Marieke nun, ob sie vielleicht zu Klischees in Beziehungen neigte. Der Künstler und seine Muse, der Arzt und seine Patientin. Und sie, die betrogene Hauptfrau. Jedes Mal. Sehr klassisch. Immerhin war ihr die Bohrmaschine geblieben.

»Hey, cool, ich habe einen«, sagte Knut und strahlte über das ganze Gesicht. Er reichte Marieke das Plastikteil mit so viel Stolz, als wären sie hier in Neandertal und der Dübel ein erlegtes Mammut.

Knut von nebenan war etwas eigen, aber alles in allem ein Engel. Das hatte Babette in einer Mail geschrieben. Er sei grundgut, arglos, uneigennützig. Und das nicht nur, weil er außer Marieke dem halben Haus kostenlos sein WLAN zur Verfügung stellte. Eine gute Metalleiter, stabil und extrahoch, besaß er ebenfalls. Wenn jemand Hilfe brauchte, war Knut zur Stelle, zuverlässig. Darum war vorhin nicht nur die Leiter bei ihr gelandet.

»Danke, aber das ist ein Sechser. Der ist zu groß. Ein Vierer ist kleiner. Soll ich vielleicht –«

»Nö, bleib mal da oben. Ich finde schon einen.«

Und wieder beugte er sich über das Tohuwabohu aus Schrauben und Krams wie ein Kind, das voll Entzücken mit der Knopfkiste der Großmutter spielte. Oder besser so, wie Marieke sich vorstellte, dass es wohl aussehen müsste. Sie selbst hatte nie in sich versunken in einer Küchenecke auf dem Fußboden Knöpfe ausgekippt und nach Farben, nach Formen, nach Materialien sortiert. Hier Perlmutt, da Strass, dort Horn und Holz. Es gab zwar solche Knopfkisten in ihrer Kindheit, Pralinenschachteln in Pastellfarben und kleine Seifenkartons mit vergilbten Blumenmustern, darauf die ausgeblichene Handschrift ihrer Mutter, doch standen diese Kisten bis heute unter Verschluss im Arbeitszimmer des Vaters. Und dieses Zimmer hatte Marieke schon seit vielen Jahren nicht mehr betreten.

Sie fuhr nicht oft zurück, höchstens ein- oder zweimal im Jahr. Übernachtungen in ihrem Elternhaus vermied sie und fand regelmäßig Ausflüchte, um Familienfeiern kurzfristig abzusagen. Ihr Vater war stoisch und schwieg dazu, wie er immer zu allem geschwiegen hatte, was Marieke machte. Manchmal versuchte sie, sich seine Stimme vorzustellen. Es gelang ihr nur selten. Den Geruch in seinem Zimmer jedoch würde sie sicherlich nie vergessen. Es war eine Mischung aus einem ganz bestimmten Pfeifentabak, den er sich seit Jahren schicken ließ, und seinem Rasierwasser, das nach einem tiefen dunkelgrünen Wald, nach Moosen und nach Bergamotte duftete. Ein Geruch, der sich kurz hinter ihrer Nasenwurzel festgesetzt hatte, jederzeit abrufbar, sobald das Wort *Vater* fiel, und den sie eigentlich mochte, wäre da nicht das Schweigen gewesen, das den Geruch begleitete. Jenes Schweigen, das sich nach und nach wie Mehltau auf sie gelegt hatte und das bis heute jede ihrer Bewegungen in ihrem Elternhaus begleitete. Der Tod ihrer Mutter war für sie alle schwierig gewesen. Wobei *schwierig* nicht das passende Wort war, da es für ein Grauen selten passende Worte gibt. Jeder von ihnen hatte mit diesem Tod einen Verlust unendlichen Ausmaßes erlitten, doch anstatt die Trauer gemeinsam zu tragen, sich zu stützen und füreinander da zu sein, verschloss jeder sein Leid tief in sich. Dort lagerte es bis heute, wie eine prähistorische Libelle, gefangen in einem geronnenen Meer aus Bernstein, die nur sichtbar wurde unter einem bestimmten Lichteinfall, zum Greifen nah und trotzdem unerreichbar. Alexandra meinte, Marieke sei viel zu klein gewesen, um sich zu erinnern. Aber wäre es so, hätte sie dann diese Träume?

»Na kucke, da haben wir ja was.«

Knut startete den nächsten Versuch und reichte Marieke einen neuen Dübel. Es war tatsächlich ein Vierer. Erleichtert atmete sie auf und war froh, dass sie den Seilspanner und die dazugehörigen Klemmen, mit denen sie den Gardinendraht aus dem Zustand des Provisoriums in etwas Haltbareres überführen wollte, in weiser Voraussicht in der Hosentasche trug.

»Und den willst du echt loswerden?« Knut ließ den Nesselstoff mit dem Tulpenmuster durch seine Finger gleiten. »Wäre schade drum.«

»Findest du?«, fragte Marieke überrascht. »Im Moment habe ich nichts anderes, also bleibt er dran. Aber über kurz oder lang wollte ich schon etwas«, sie überlegte, »Dezenteres.« Wobei *dezenter* alles heißen konnte zwischen: keine Tulpen, kein Neonpink, keine Erinnerungen.

»Dann solltest du mal runtergehen zu Susann in den Laden. Die hat bestimmt was für dich«, sagte Knut, schnappte sich seine Kaffeetasse und setzte sich aufs Sofa, um von dort aus mit mentaler Kraft und unterstützenden Blicken die Leiter zu sichern, falls Marieke ins Schwanken geriet.

›Du kannst ruhig alles umkrempeln, was du willst, Hauptsache, du fühlst dich wohl‹, hatte Babette neulich gesagt, als sie wieder einmal geskypt hatten. Und da in den Mails, die seit ihrem Auszug zwischen Jochen und ihr hin und her wanderten, zwar viel von seinem Bedauern und von Reue zu lesen war, doch die Worte *Komm zurück* nicht ausdrücklich fielen, hatte Marieke sich entschlossen, einen Teil der Kisten auszupacken, ihre Kleider in Babettes Schrank unterzubringen und im Schlafzimmer vor der Balkontür den Tulpenstoff ordentlich aufzuhängen. Zehn Wäscheklammern waren jedenfalls keine Lösung für Vorhänge, die länger als einen oder zwei Monate halten sollten. Der Gedanke, dass sie etwas Längerfristiges als das brauchte, begann heimlich in ihr zu wurzeln, und die zarten Äste, die er trieb, hatten keine Dornen. Nicht mehr der Schock, nicht mehr die Starre bestimmten ihr Leben. Das Eis in ihr taute langsam an, ähnlich wie die gefrorenen Pfützen auf dem Balkon.

Tagsüber schien die Sonne in die Wohnung, und die Holzdielen glänzten wie Honig. Hin und wieder legte sich Marieke dann auf die Matratze, nicht aus Müdigkeit, sondern einfach so, und schaute hinaus in den himmelblauen Nachmittag. Im Haus am Stadtrand hatte sie das nie gemacht, und das nicht nur, weil es keine Matratze gab. Jochen und sie hatten ein riesiges Sofa und ein sehr gemütliches Bett mit elektronisch verstellbarem Kopfteil. Das wäre zum Herumlungern viel bequemer gewesen als diese eins zwanzig mal zwei Meter, auf denen sie sich nun ausstreckte. So viel Ruhe aber, wie sie empfand, wenn sie hier von ihrer Matratze aus die Wolken betrachtete oder über Stunden hinweg den Lauf der Sonne verfolgte, die bei ihrer Wanderung durch das Zimmer die Schatten zum Leben erweckte, hatte sie lange nicht gespürt. Es war ein tiefes Gefühl aus einer Zeit, lange bevor sie Jochen kannte. Ein Warten darauf, dass Dinge von sich aus getan werden wollten. Dass sie bereit waren zu schlüpfen. Marieke dachte mehr als einmal an Frau Schröder. Sie war ihr dankbar, dass sie dem Gestrüpp auf ihrem Balkon einen Namen gegeben hatte, der ihre Gedanken auf ein Gleis gesetzt hatte und dem Zug ihres inneren Prozesses den Startpfiff gab. Die Fette Henne, doch, das war sie, denn Marieke brütete. Es war etwas ganz anderes als das depressive Starren auf die Wände nach Silvester, weil eine Vorfreude auf etwas mitschwang, das sie selbst noch nicht fassen oder benennen konnte. Und an einem dieser Nachmittage Ende Februar, die sie gedankensegelnd auf den Honigholzwellen verbrachte, wusste sie, dass es nun an der Zeit war. Marieke schlug die Wolldecke zur Seite, zog sich die dicken Socken über und stand auf. Irgendwo in einer der Schubladen mussten Babettes Farben sein. Aquarell war ihr zu flüssig, die Acrylfarben waren eingetrocknet, doch ganz unten fand sie kleine Kartons mit Kreiden, Graphit und Kohle. Auf dem Kleiderschrank hatte sie bereits vor ein paar Tagen Skizzenblöcke in unterschiedlichen Größen entdeckt. Marieke wählte für den Anfang einen in DIN-A4. Das würde reichen. Ihre Hände waren außer Übung. Wie viele Jahre war es her, dass sie das letzte Mal gemalt hatte? Wirklich gemalt. Nicht einfach nur irgendwelche kleinen Skizzen am Zeitschriftenrand oder im Terminkalender an der Anmeldung hingeworfen, wenn sie sich gelangweilt hatte, weil Patienten kurzfristig abgesagt hatten und Leerlauf war. Das Herumkritzeln war ihr lieber gewesen, als mit den anderen im hinteren Raum bei Kaffee und zwei Packungen Keksen über das Liebesleben der jeweils Abwesenden zu reden. Es hatte sie gelangweilt. Außerdem war ihre Stellung eine besondere. Es war so, als wäre sie von einer hauchdünnen gläsernen Wand umgeben, der man sich nur vorsichtig nähern durfte. Nicht zu laut sein, nicht zu barsch, damit nichts in die Brüche ging. Bestimmte Themen wurden vermieden, wenn Marieke im Raum war, und der Ton der Gespräche wurde überlegter. Weniger ausgelassenes Lachen und natürlich keine Kommentare über den Chef. Sie hatte sich zwischen den Zahnarzthelferinnen wie ein Fremdkörper gefühlt. Also war sie irgendwann nur noch nach hinten gegangen, wenn sie sich einen neuen Kaffee holen wollte, und war mit der Tasse zugig wieder nach vorn verschwunden. Wie sehr sie diese Rolle angestrengt hatte, merkte sie erst, als sie nun mit lockeren Schultern und entspanntem Blick auf die Kastanie im Hof schaute. Sie sah in dem Muster nackter Äste ein Gewebe aus Zweigen, ein geflochtenes Netz aus Holz. Dahinter als klare Struktur die Fenster, das Fallrohr, die Regenrinne. Geraden, die das Geäst kreuzten. Das Stück Kohle lag ihr vertraut in der Hand, und Marieke spürte, auch wenn ihr Verstand sich fragte, ob sie es noch könnte – Zeichnen –, dass ihr Körper sich schon längst erinnerte, ganz von allein damit anfing, die Bewegungen da waren, und sie einfach nur darauf vertrauen musste, dass ihre Finger, ihre Hände, ihre Arme schon wussten, was zu tun war.

»Ist das Wetter nicht wunderbar?«

Marieke zuckte zusammen und sah sich um. Sie stand an den Mülltonnen und entsorgte das Papier, in das sie für den Umzug ihre Gläser eingeschlagen hatte. Vor den Fenstern im Erdgeschoss des Seitenflügels machte sich eine Frau zu schaffen. Die rotblonden Locken nachlässig aufgetürmt, ein lapislazuliblaues Tuch als Haarband darumgeschlungen. Das Dessin ihres asymmetrisch geschnittenen Kleides hatte etwas Gewagtes, das Marieke auf den ersten Blick gefiel. Gustav Klimt hätte für das Muster Pate stehen können.

»Ja, wirklich schön«, antwortete Marieke.

»Ich kann kaum erwarten, dass es endlich Frühling wird. Ich hoffe, für die ist es noch nicht zu früh.« Die Frau deutete auf die kleinen Blumenkästen, die sie gerade bepflanzt hatte. »Wenn ich noch lange hinter geschlossenen Fenstern sitzen muss, werde ich verrückt.« Sie lachte, sammelte die kleinen Plastiktöpfe vom Boden auf und kam herüber zum Müll. »Du bist die aus dem Zweiten, oder?« Sie lächelte. »Die mit der Fetten Henne. Frau Schröder hat schon von dir erzählt. Du heißt Marieke, nicht wahr?«

»Ja.« Marieke nickte. »Und von der Fetten Henne habe ich keine Ahnung.« *Auch wenn ich mich gerade im Brüten übe*, ergänzte sie für sich im Stillen.

»Ich bin Susann. Mir gehört –«

»Die kleine Schneiderei im Seiteneingang«, konterte Marieke, »ich weiß. Frau Schröder hat mir auch schon von dir erzählt.«

»Natürlich. Hier im Haus bleibt eben nichts verborgen.« Susanns Lächeln wurde breiter, und es sah aus, als würde ein Ballett von Sommersprossen auf ihrer Nasenspitze tanzen. »Knut meinte jedenfalls, du suchst nach neuen Gardinen.« Sie stellte sich neben Marieke und warf die Blumentöpfe in den Plastikmüll.

»Nicht unbedingt. Ich bin noch nicht sicher, wie lange ich bleibe.«

»Stimmt, du bist nur vorübergehend hier. Das allerdings weiß ich nun wieder von Frau Schröder.«

»Ihr habt einen regen Austausch hier im Haus«, stellte Marieke fest und war sich nicht sicher, ob sie das schön oder eher bedrängend fand.

»Sagen wir mal so: Wir sind gut zusammengewachsen. Einige jedenfalls.« Susann ließ ihren Blick über die drei bewohnten Hausflügel schweifen, schwieg aber darüber, was die anderen Bewohner betraf. Also schien es doch so etwas wie Privatsphäre zu geben, auch wenn Marieke ahnte, dass Susann zu jedem Fenster eine Geschichte erzählen könnte. »Auf Frau Schröder achten wir aber alle miteinander. Sie wohnt schon über fünfzig Jahre hier. Früher weiter oben in einer Vierzimmerwohnung, seit ihr Sohn fort ist, lebt sie dort im Ersten.« Sie deutete zum Vorderhaus. »Aber das weißt du ja. Wenn es ihr schlechter geht, schauen wir alle mal nach ihr.«

»Ja, ich habe schon gehört, dass du und –« Marieke machte eine Pause, denn der zweite Name, den Frau Schröder genannt hatte, war ihr entfallen, und sie konnte ja schlecht sagen *das andere Mädchen*.

»Nada. Das ist meine Liebste«, half ihr Susann auf die Sprünge. »Wir leben zusammen in der Wohnung über dem Laden.«

»Ah ja.« Marieke nickte. »Frau Schröder meinte, dass ihr beide sie im Sommer nach draußen in den Garten holt.«

»Ja, und ab und an gehen wir nachmittags mit Kuchen rüber. Morgens schaut Knut aus dem Fenster, ob sie ihre Gardinen aufgezogen hat, ansonsten geht er gucken, ob was passiert ist. Wenn er Zeit hat, frühstückt auch Ben manchmal unten bei ihr. Und die Zahnrad-Tiger aus dem Vorderhaus kümmern sich um ihren Rollator, wenn der mal wieder zickt.«

»Das klingt echt gut.«

»Frau Schröder ist so etwas wie die Seele vom Ganzen, die keiner verlieren will.«

»Dasselbe sagt sie über euch. Das Haus scheint viele Seelen zu haben.«

»Vielleicht.« Susann wiegte den Kopf und überlegte. »In schlechten Zeiten sind wir ein ganz normales Mietshaus mit denselben Streitereien wie alle anderen. In guten

Zeiten schaffen wir es aber manchmal, mehr als das zu sein.«

»Ein Hausprojekt?«, fragte Marieke.

Susann dachte kurz nach. »Vielleicht eher eine Art Großfamilie. Aber ohne den erdrückenden Quatsch, der biologische Familien verbindet. Und da das ziemlich viele hier ganz nett finden, schauen sie auch, dass es möglichst oft gute Zeiten gibt.« Sie sah Marieke direkt in die Augen, als wolle sie überprüfen, ob sie dort einen Hinweis fand, wie die Zeiten mit der Fetten Henne aus dem Zweiten werden würden. Dann runzelte sie kurz die Stirn und fragte: »Malst du oder renovierst du?«

Marieke stutzte, bevor sie antwortete. »Außer den Gardinen habe ich bis jetzt noch nichts gemacht. Aber stimmt, ich habe vorhin ein bisschen gemalt. Wie kommst du darauf?«

»Es sieht so aus, als hättest du Farbe am Nasenflügel und auch an deiner linken Wange.«

Reflexartig strich sich Marieke über das Gesicht. Wie lange war ihr das nicht mehr passiert? Sie kannte es von früher. Wenn sie wirklich aufging im Malen, vergaß sie oft, in den Spiegel zu schauen, bevor sie vor die Tür trat, weil sie in Gedanken nur mit ihrem Bild beschäftigt war.

»Machst du das bloß zum Vergnügen oder hast du richtig Ahnung davon?«, fragte Susann nach kurzer Überlegung. »Theorie und so?«

»Also, ich würde sagen«, antwortete Marieke gedehnt, »ich mache es im Moment zum Spaß. Aber ja, ich habe auch ein bisschen Ahnung. Ich habe das mal studiert.«

»Wie wunderbar!« Susann klatschte begeistert in die Hände. »Wenn wir nämlich gerade beim Haus und seinen

Eigenarten sind und dich ein Miteinander nicht zu sehr befremdet, wo du doch sozusagen auf dem Sprung bist, dann würde ich dir gern einen Deal vorschlagen: Nada und ich könnten uns ein bisschen um deinen traurigen Balkon kümmern, und du erzählst im Gegenzug Samantha Krieger etwas übers Malen. Du hast sie bestimmt schon mal gesehen. Das junge Mädel aus dem Vorderhaus, unten, rechte Seite. Schön und unnahbar. Jedenfalls auf den ersten Blick. Auf den zweiten ist sie sehr süß und sehr sensibel. Sie hat Kunst als Prüfungsfach – und absolut keine Ahnung.« Susann verdrehte die Augen. »Wenn sich das nicht ändert, rasselt sie nächstes Jahr durchs Abi. Erst gestern hat sie den halben Nachmittag bei mir in der Werkstatt gesessen und geheult. An Kunst sollte ein Abi doch nicht scheitern, oder? Was hältst du davon?«

Marieke holte tief Luft. Sie wollte keine Kurse mehr geben. Ganz bestimmt nicht. Und von der Kunst fühlte sie sich im Moment so weit entfernt wie die Erde vom Mars. Mindestens. Aber andererseits. Es gab Fernrohre. Und es gab Expeditionen. Sollte nicht sogar bald eine bemannte Raumsonde zum roten Planeten aufbrechen? Samantha sah nett aus, wenn sie lächelte und ein unvermuteter Eisregen ihre geglätteten Haare in eine widerspenstige Lockenfrisur verwandelte. Vor einer Weile hatte Marieke sie an der Haustür getroffen. Kluge Augen hatten unter vermutlich künstlich verlängerten Wimpern geblitzt, als sie zweieinhalb belanglose Sätze austauschten. Einem Mädchen in der Bredouille etwas über Maltechniken, Bildaufbau und Kunstgeschichte zu vermitteln war ja kein Kurs im eigentlichen Sinn und schon gar nicht Kartoffeldruck. Sich auf diese Art wieder mit dem Thema Kunst auseinanderzusetzen würde vielleicht auch ihr selbst guttun. Marieke nickte langsam. »Samantha kann gern mal bei mir klopfen.«

»Wie schön!« Susann strahlte. »Dann sind wir sozusagen im Geschäft. Was hältst du von einer Pflanze pro Stunde?«

»Klingt gut. Aber nur unter der Bedingung, dass die Fette Henne bleiben darf.«

»Kein Problem. Ich würde dir allerdings vorschlagen, dass wir sie aus dem Balkonkasten herausnehmen und ihr einen Extratopf verpassen. Sonst nimmt sie bald alle Setzlinge unter ihre Fittiche. Sie ist nämlich sehr besitzergreifend. Und dann wäre die ganze Arbeit umsonst.«

»Du hast freie Hand«, sagte Marieke lachend.

»Das klingt gut. Warte mal kurz.« Susann lief nach drinnen und tauchte gleich darauf mit einem weiteren kleinen Blumentopf auf. Die pinkfarbenen Knospen waren kurz vorm Aufplatzen. »Ich befürchte wirklich, dass es draußen noch ein bisschen kalt für sie ist«, sagte sie, »aber wenn du sie drinnen auf die Fensterbank stellst, hast du schon mal einen kleinen Vorgeschmack, worauf du dich da einlässt.« Mit einem Lächeln drückte sie Marieke die Hyazinthe in die Hand und verschwand wieder in ihrer Werkstatt.

Frühblüher

»Bist du wahnsinnig?«, knarzte die verschlafene Stimme am anderen Ende der Welt, als Marieke, das Telefon am Ohr, bereits ihren Laptop hochfuhr. »Hast du eine Ahnung, wie spät es ist?«

»Klar«, flötete sie fröhlich in den Hörer. »Hier ist es zehn Uhr. Und bei dir ist es sieben Stunden früher. Sei doch mal spontan, Babette. Pura vida! Und jetzt schalt gefälligst deinen Computer ein. Ich muss dir dringend etwas zeigen.« Sie legte auf und wählte sich bei Skype ein. Ein kleiner ängstlicher Teil in ihr hoffte, die Freundin in der Ferne wäre nicht allzu sauer, dass sie sie mitten in der costa-ricanischen Nacht aus dem Schlaf geklingelt hatte, aber da sie selbst schon seit über drei Stunden wach war, wollte sie einfach nicht länger warten. Sie musste mit jemandem reden und diesem jemand etwas zeigen.

Mehr als zwei Monate hatte Marieke damit verbracht, die Leben in diesem Haus zu beobachten. Schneewittchen aus dem zweiten Stock empfing inzwischen wieder den Mann aus der Silvesternacht, kochte mit ihm, küsste ihn, um gleich darauf mit ihm zu streiten. Auch auf Frau Schröders Gardinen hatte Marieke nun ein besonderes Auge. Und seitdem sie Samantha einmal in der Woche Nachhilfe in Kunst gab, war sie zu dem Schluss gekommen, dass niemand darüber urteilen durfte, ob und wann ein fremdes Leben gut oder schlecht gelebt wird, da jeder ein Recht auf seine eigene Geschichte hat. Auf ein Drama, auf ein Happy End. Genau darum war ihr nicht mehr wichtig, was

Alexandra, was Jochen, was die gemeinsamen Freunde oder sonst jemand über sie dachte.

Marieke schaute auf den Bildschirm, wo ihr Babette verschlafen entgegenblinzelte. Mit einem dicken Kissen im Rücken saß sie, wie es aussah, immer noch im Bett, den Laptop auf dem Schoß. In der Hand hielt sie einen Becher, den sie in Richtung Kameralinse erhob. »Prost Kaffee«, sagte sie müde und nahm einen großen Schluck. »Costa-Rica-Dröhnung. Direkt aus dem Schattenwald. Ohne würde ich um diese Zeit sicher nicht wach bleiben. Allerdings schlafe ich danach wahrscheinlich den Rest der Nacht nicht wieder ein. Also: Was du mir zeigen willst, muss schon verdammt gut sein, damit ich anschließend nicht deine Nummer aus meinem Handy lösche.« Sie gähnte.

»Ich habe deine alten Kreiden gefunden«, sagte Marieke.

»Okay.« Babette nickte und nahm einen weiteren Schluck. »Und was sonst?«

»Deine Skizzenblöcke.«

»Ah ja.« Babette begann zu lächeln. Etwas in ihrem Blick erwachte. »Und dann?«

»Habe ich einfach angefangen. Erst an deiner Arbeitsplatte. Und dann –«

»Hat dir Knut vermutlich gestanden, dass ich die Staffelei vor meinen Untermietern bei ihm in Sicherheit gebracht habe. Und da er damit sowieso nichts anfangen konnte und gesehen hat, was du da gerade machst –« Sie ließ den Rest des Satzes in der Luft hängen und sagte: »Na los, zeig schon.«

Marieke nahm ihren Laptop, drehte ihn herum und trug ihn durchs Zimmer, die Kamera auf die Wände gerichtet. Dort hatte sie die Ergebnisse der letzten Tage angeheftet.

Zunächst zeigte sie ihrer Freundin die Zeichnungen mit Kohle und Graphit. Skizzen vom Hinterhof in Schwarzweiß und sämtlichen nur denkbaren Grauschattierungen. Danach folgten DIN-A3-Skizzen mit Farben. Recht zögerlich am Anfang, aber dann ein in Blautönen changierender Morgenhimmel, das Safrangelb der Mittagssonne, ein violetter Abendschimmer. Sanfte Farben, Kreidestriche, verwischt an den Rändern, kräftiger zur Mitte hin.

»Nicht schlecht.« Babettes Lippen kräuselten sich amüsiert. »Für den Anfang.« Unvermittelt wandte sie den Kopf zur Seite. Im Hintergrund war bereits die ganze Zeit ein langsam lauter werdendes Gebrumm zu vernehmen. »Warte mal«, sagte Babette, und plötzlich geriet das Bild ins Wanken.

Marieke vermutete, dass unter der Bettdecke gerade unsanfte Fußtritte in Richtung des Brummens ausgeteilt wurden. Das Geräusch gipfelte in einem kurzen Crescendo, danach war Ruhe.

»Hätte mir jemand gesagt, dass Männer derart schnarchen können, ich hätte mir das mit diesem Kerl hier echt überlegt«, war Babettes Stimme irgendwo fern des Mikros zu vernehmen. »Jedenfalls für die Zeit seiner Tiefschlafphasen.« Sie rückte den Laptop wieder auf ihrem Schoß zurecht. »Und was gibt es noch?«

»Ein letztes Blatt«, sagte Marieke und hielt ein Anschreiben vor die Kameralinse, auf dem ganz oben ihre neue Adresse, darunter Jochens Praxisanschrift und dann das Wort *Kündigung* stand.

»Ham' Se nich gesehen? Draußen hängt 'n Schild: Mittagspause von eins bis halb zwei. Oder könn' Se nich lesen?«

Marieke musste lächeln. Der breite Rücken vor dem Computer machte nicht die geringsten Anstalten, sich umzudrehen, um zu sehen, wer das Büro betreten hatte. Warum auch? War ja, wie sie gerade gehört hatte, Mittagspause, und die war bei Taxi-Konrad in der Oststadt heilig. Seit jeher gewesen. Stattdessen verschwand der Rücken nahezu in einem Nebel aus Zigarettenqualm – immer noch Schwarzer Krauser, selbstgedreht, wie ihre Nase unschwer erkannte. Über dem Computer und ebenfalls umhüllt von Rauchschwaden entdeckte sie allerdings etwas Neues. Hier hing ein großes rotweißes Schild: Rauchen verboten! Diese Gesetzesregelung zum Schutz von Mitarbeitern hatte also auch hier Einzug gehalten, zumindest an der Wand. Das war auf den ersten Blick jedoch die einzige Neuerung in dem Raum, der vor fast einer Dekade so etwas wie ihr zweites Wohnzimmer gewesen war. In der Ecke stand das abgewetzte Sofa, das bei Regenwetter nach traurigem Hund roch, seit es damals für Konrads altersschwachen Rauhaardackel in den Wochen des Abschieds das Körbchen ersetzte. Wer Pause machte und gerade Zeit hatte, war ohne Murren mit ihm rausgegangen. In seinen letzten Tagen hatten sie ihn sogar getragen und an die Laterne gestellt, damit er sich erleichtern konnte. Beerdigt hatten ihn dann alle gemeinsam in dem Rasenstück hinter der Werkstatt, Konrad und seine glorreichen Neun. Anschließend waren sie in der Eckkneipe versackt, ohne viele Worte, aber mit einem Riesenkater hinterher. Marieke erinnerte sich dunkel an eine diffuse Anzahl sogenannter Herrengedecke, auch für sie. Bier und Schnaps. Keine Frau mehr und kein Hund, nie wieder, hatte Konrad an jenem Abend beschlossen. Beides bräche einem nur das Herz. Und daran schien er sich, seinem fleckigen Strickpulli nach zu urteilen, bis jetzt auch gehalten zu haben. Marieke ließ ihren Blick weiter durch das Büro schweifen. Selbst die Kaffeetasse auf dem Tisch war immer noch dieselbe. *ICH HABE DEN GRÖSSTEN POTT*, stand in roten Lettern quer auf dem Becher, der in seinen Ausmaßen an eine Suppenschüssel erinnerte. Eines der geschmacklosen Weihnachtsgeschenke von Paddie aus der Frühschicht, mit dem der Chef eine Vorliebe für unterirdisch flache Witze und alte Käfer-Cabrios teilte. Marieke lächelte. Auch wenn hier zu sein vielleicht ein Rückschritt war, fühlte es sich doch ein Stück weit wie nach Hause kommen an. Mitten in den Nebelschwaden immer noch keine Bewegung.

Sie räusperte sich. »Du hast dir tatsächlich nie wieder einen Hund angeschafft, oder? Hältst du das mit den Frauen genauso durch?«

Der Rücken vor dem Computer straffte sich unmerklich, zögerte einen Augenblick, dann machte der Bürostuhl einen quietschenden Satz rückwärts und eine halbe Drehung nach vorn. Auf Konrads Gesicht, auf dem zunächst nur Verwunderung zu sehen war, blätterte in kurzer Folge ein Gefühlskatalog durch die Rubriken Ungläubigkeit, Überraschung, leises Staunen, um schließlich das Kapitel ehrliche Freude aufzuschlagen. Und diese Freude füllte am Ende vollends das Gesicht auf dem Drehstuhl aus.

»Mensch, Mädel, nee. Dass ich das noch erleben darf. Das war ja wohl die längste ›ich mache kurz mal Pause‹-Pause in der ganzen Firmengeschichte von Taxi-Konrad. Kommste nur zu Besuch oder willste wieder anfangen?« Er griff sich das Tabakpäckchen und deutete auf die Thermoskanne. »Wo die Tassen stehen, weißte wohl noch. Kannst dir auch einen nehmen.«

Marieke nickte. Konrad schien sich wirklich zu freuen, sie zu sehen. So viele Sätze auf einmal war sie von ihm nur in Ausnahmefällen gewohnt. Außerdem hätte er früher gesagt, wenn sie schon in die Küche ginge, könne sie ja auch gleich eine neue Kanne aufsetzen.

»Wie läuft's?«, fragte er, als sie wieder im Büro auftauchte, und bot ihr wortlos seinen Tabak an. Er schien sich wieder gefangen zu haben.

Sie schüttelte den Kopf und ließ sich ihm gegenüber in den alten Freischwinger sinken. Seit sie nicht mehr fuhr, hatte sie sich das Rauchen endgültig abgewöhnt. »Geht so«, antwortete sie dann und pustete in ihre Kaffeetasse. Schwarz, heiß, viel zu stark. Auch das hatte sich nicht geändert.

»Ärger?«

Sie zuckte mit den Schultern.

»Mit dem Bohrer?« Er grinste.

»O Mann!« Marieke stöhnte auf und rutschte tiefer in den Stuhl. Dass Jochen sie vor acht Jahren für seine Praxis abgeworben hatte, würde Konrad ihm vermutlich nie verzeihen. Dann aber nickte sie. »Bin weg« war ihre schlichte Erklärung.

»Muss 'n Idiot sein«, stellte Konrad fest. »Suchst 'n Job?«

»Hast du was?« Es war verblüffend, wie einfach es ging. Und auch wie dicht unter der Haut ihr noch der Sprachrhythmus von Taxi-Konrad saß. Kein ›Ach, Frau Sudhoff, könnten Sie vielleicht so lieb sein und nachschauen, ob am Freitag ein Termin frei geworden ist? Das würde mich sehr freuen.‹ Bei Konrad reichten meist klare Drei-Wort-Sätze aus, um das Wesentliche auf den Punkt zu bringen.

»Ab wann kannst'n? Paddie is krank. Und die Neuen

sind in der Uni. Schwänzen da so gut wie nie.« Er verzog das Gesicht. »Is eben nich mehr so wie früher.«

Zumindest das nicht, dachte Marieke. Sie selbst hatte das Studium eher etwas lockerer genommen und oft mehr Touren gefahren, als die Vorlesungszeiten ihr gestattet hätten. Denn wenn sie an etwas brütete, halfen ihr nur, ähnlich wie das reglose Liegen auf der Matratze und das In-den-Himmel-Starren, die Fahrten durch die Stadt. Fuß auf dem Gas, auf der Jagd nach der perfekten Welle. Einer grünen. Auf bestimmten Strecken wusste sie noch im Halbschlaf, wie schnell sie fahren musste, um durchzukommen, ohne ein einziges Mal anzuhalten. Es war eine Art Stadt-Surfen ohne Wasser. Und dass Taxis bei Kontrollen ein wenig anders behandelt wurden als andere Autos, war ein offenes Geheimnis. Die Kontakte zu den Kollegen damals sind nett gewesen, aber nicht zu tief. Und genau so war es ihr recht. Tiefe, das wollte sie nicht. Das brauchte sie nicht. Das störte beim Denken.

Das Telefon klingelte. Konrad leierte seinen Spruch herunter, nickte ein paarmal und nachdem er aufgelegt hatte, fragte er: »Haste 'n P-Schein noch?«

Zögernd nickte sie. Um die Lizenz zur Personenbeförderung nicht zu verlieren, musste man alle fünf Jahre einen Check machen. Aus Gründen, die sie sich selbst nicht erklären konnte, hatte sie vor vier Jahren, kurz vor Ablauf der Frist, ihren Schein verlängert, auch wenn sie da schon längst zum festen Team in der Praxis gehört hatte. Jochen hatte sie das nie erzählt. Es war ihr Geheimnis geblieben.

»Haste dem Bohrer wohl doch nich getraut, wa?« Konrad lachte keckernd. »Also wegen meiner könnste auch jetze gleich los.« Treuherziger Augenaufschlag, der Marieke an den verstorbenen Lumpi denken ließ. Es war, als säße gerade seine Reinkarnation vor ihr. Hunde und Herrchen sollen ja eine gewisse Ähnlichkeit an den Tag legen.

»Okay.« Sie nickte wieder. »Aber erst mal nur die eine Tour.«

»Is hinten am Krambachplatz. 'ne Omma, die ins Städtische muss.« In der Ablage kramte er nach den Wagenpapieren. »Zum Krankenhaus findste ja wohl noch.« Er nahm den Schlüssel vom Haken und ließ ihn wie ein magisches Pendel vor Mariekes Augen hin und her schwingen. »Krambach 9. Und wenn de noch weiterfahren willst, mach mal. Der Wagen steht auf 'm Hof.«

Er drückte ihr den Schlüssel in die Hand, und noch ehe sie aus dem Büro war, hatte er sich ohne Gruß und weitere Worte wieder dem Computer zugewandt. Allerdings konnte sie, nachdem sie draußen stand, durch die geschlossene Tür hören, wie er telefonierte: »Paddie, Mensch, das glaubste nich. Das Mädel ist wieder da.«

Und dann musste sie schallend lachen, weil sie begriff, dass nicht nur Susann und Nada für jemanden ein *Mädel* waren.

Am Krankenhaus, wo sie die alte Dame ablud, kam sie gleich zu ihrer nächsten Tour. Zum Bahnhof mit viel Gepäck und einem Mann mit Krücken. Am Bahnhof fiel eine weitere Fahrt ab, dazu brauchte sie nicht einmal an der Funksäule zu warten. Und da sie nun schon dabei war, ergab sich eins nach dem anderen. Zwischendrin rief sie bei Konrad an und fragte, wann er das Taxi wieder brauche.

»Khalil hat eben abgesagt. Hat 'ne Klausur verhauen.

Nu is Lerngruppe. Kannst den Wagen bis morgen Mittag haben.«

»Morgen Mittag? Dass du ein altes Schlitzohr bist, Konrad, das weißt du, oder?« Sie lachte. »Dann hoffe ich mal, dass das Benzin reicht.«

Das Schönste war für sie früher das Fahren in den Übergängen gewesen. Wenn der Tag Feierabend machte, seine Krawatte lockerte und die Förmlichkeit ablegte. Wenn die Schuhe der Frauen höher wurden, die Ausschnitte gewagter und der Duft der Fahrgäste eine Melange aus Parfum und Vorfreude war. Alles konnte möglich werden in dieser einen Nacht, wenn man fest genug daran glaubte. Und viele der Kunden waren nur zu gern bereit, der kommenden Nacht so ziemlich alles zu glauben. Die Abende, wenn der Himmel einer satten Aprikose glich, die mit jeder Minute, jedem Kilometer dunkler und reifer wurde, und Mariekes Gemüt so sanft war wie Aprikosenhaut. Oder frühmorgens, das Ende der Nachtschicht, wenn die Straßen noch unberührt vom Berufsverkehr waren und die letzten verirrten Nachtschwärmer auf Mariekes Rückbank saßen, den Blick verloren auf das Morgengrauen gerichtet, weil viele der nächtlichen Versprechen weiter auf Erfüllung warten mussten. Auf die nächste Nacht, auf die nächste Woche, auf das nächste Glück. Derangierte Frisuren, verwischte Wimperntusche, Augenschatten, Bartschatten. Nachtschattengewächse. Fleisch gewordene Melancholie. Keine Gespräche mehr, weil schon alles gesagt war, stattdessen die Musik aus den Boxen. *Es stört doch nicht, oder?* Der Soundtrack am Ende der Nacht, die akustische Untermalung des Abspanns. Ja, sie hatte diese Fahrten geliebt.

Und nun fuhr sie wieder in den Sonnenuntergang hinein. Und noch ein Stückchen weiter.

Sämtliche Parkplätze vor dem Vorderhaus waren belegt, als sie heimkam, darum bog Marieke in die Seitenstraße ein. Direkt vor Susanns Werkstatt war etwas frei. Sie manövrierte den Wagen in die Lücke, suchte ihre Sachen zusammen und stieg aus. Obwohl Frau Schröder schon bei ihrer Begegnung vor einem Monat gesagt hatte, dass Marieke unbedingt einmal im Laden vorbeischauen müsse, hatte sie bisher nicht den Weg in die Schneiderwerkstatt gesucht, geschweige denn den Seiteneingang benutzt. Nun stand sie vor dem Fenster mit der bunten Auslage. Natürlich hatte Frau Schröder recht gehabt. Es wogte ihr ein Meer von bunten Farben entgegen. Als hätte Susann ihre Silhouette bemerkt, hob sie den Blick von ihrer Näharbeit, und als sie Marieke erkannte, winkte sie und deutete auf die Teekanne, die auf dem Tischchen neben ihrer Nähmaschine stand. Marieke trat ein.

Nach einer kurzen Begrüßung verschwand Susann in die abgetrennte Küchennische, um eine zweite Tasse zu holen. Marieke sah sich um und fühlte sich wie im Paradies. Im Regal lagen verschiedene Stoffe, nach Farben geordnet. Sie ließ die Fingerspitzen über die Ballen gleiten. Weicher Samt, kühle Seide, grobes Leinen, Chintz, Kunstfell und Chiffon. Aufgestapelt als Regenbogen. Daneben standen ordentlich aufgereiht kleine Pappkartons unterschiedlicher Größe mit Klebeschildchen an der Vorderseite: Reißverschlüsse, Knöpfe hell, Knöpfe dunkel, Knöpfe Metall, Schnallen, Garnspulen, Perlen, Federn. Marieke griff nach einer der Knopfkisten und öffnete sie. Es waren Perlmuttknöpfe.

Die glänzenden Oberflächen reflektierten das Licht, die Unterseiten hingegen waren matt wie die Muschelschalen, aus denen sie geformt waren. Sie ließ die Knöpfe durch die Finger gleiten. Sie waren kühl und glatt. Ein helles Geräusch erfüllte den Raum.

»Sie klingen wie kleine Glöckchen«, stellte Susann fest, als sie Marieke Tee einschenkte. »Ich liebe Perlmuttknöpfe.« Sie füllte den Teller mit Nüssen und Gebäck. »Nähst du auch?«

»Nein«, antwortete Marieke. »Meine Mutter hat früher genäht.«

»Heute nicht mehr?«, fragte Susann und setzte sich wieder an die Maschine. Die Nadel auf dem Stoff hüpfte auf und ab.

»Meine Mutter lebt nicht mehr.«

Das Klackern der Nadel kam abrupt zum Stillstand. »Oh, das tut mir leid.«

»Braucht es nicht. Dafür ist es schon viel zu lange her. Sie starb, als ich vier war. Bei einem Autounfall.«

»Aber du erinnerst dich an sie?«

»Kaum. Nur Bruchstücke.« Die Klatschmohnblüten, das Kleid aus Georgette. Marieke zögerte. Eigentlich erwähnte sie ihre Mutter so gut wie nie. Fragen nach ihr beantwortete sie normalerweise sehr ausweichend. Aber die Fahrt mit dem Taxi und die Freude darüber, endlich eine Richtung eingeschlagen zu haben, in die es erst einmal weitergehen konnte, mussten etwas in ihr geöffnet haben. Vielleicht lag es aber auch an der Atmosphäre in der Werkstatt, die etwas Zauberhaftes hatte, etwas, das Marieke auf eine tiefe und lang vergessene Art sehr vertraut war. Susann beugte sich erneut über ihre Arbeit, die Nadel der Nähmaschine bewegte sich gleichmäßig auf und ab, das Garn wickelte sich von der Spule. »Und manchmal erinnere ich mich an Dinge«, fuhr Marieke fort, »an die ich mich gar nicht erinnern dürfte.« Blüten in Wind, die aufplatzen und ein Rot, das alles andere fortschwemmt.

»Vermisst du sie?« Kein Blick. Nur das gleichmäßige Geräusch der Maschine.

»Keine Ahnung.« Marieke wusste es wirklich nicht. Wie sollte sie jemanden vermissen, an den sie sich nicht mal mehr erinnern konnte. Also richtig erinnern. Sie vermisste Jochen, seine Stimme, seine Haut, die Sicherheit, die er ihr gegeben hatte. Aber ihre Mutter? »Meine Schwester hat sich danach sehr um mich bemüht. Sie ist sieben Jahre älter. Und ich glaube, sie war schon als Baby ganz furchtbar vernünftig.«

Sie lachten beide, und Marieke nahm es zum Anlass, das Thema zu wechseln. Sie berichtete von Samanthas Besuchen und ließ Susann ein wenig über das Haus und den Garten plaudern.

»Da Samantha mit ihren Stunden bei dir angefangen hat, muss ich wohl langsam mein Versprechen einlösen«, sagte Susann, als Marieke auf die Uhr schaute und aufbrechen wollte.

»Welches Versprechen?«, fragte sie.

»Lass dich überraschen«, war die Antwort.

Und als Marieke spät am Abend ein Kichern direkt vor ihrer Tür hörte und öffnete, fand sie dort eine Blumenschale. Zarte Pflänzchen in einem satten, hellen Grün. »Frühblüher« stand auf dem Zettel, der an einem Mikadostab dazwischen steckte. »Nimm die Knollen einfach aus der Erde, wenn sie verblüht sind, und pflanz hier die Fette Henne ein. Lass die Knollen trocknen und setz sie im Dezember wieder raus. Dann hast Du auch im nächsten Jahr noch Freude daran! Viele liebe Grüße, Susann«.

Dezember. Marieke blickte auf die kleinen Blättchen, die sich durch die dunkle Erde ans Licht kämpften. Wo wäre sie dann? Und in welchen Boden könnte sie diese Knollen pflanzen?

Liguster

›Marieke, können wir reden? Dein Schweigen macht mich fertig!‹

›Du kannst mir schreiben, Jochen. Jederzeit.‹

›Aber ich will dich hören. Dich sehen. Nicht nur lesen. Nicht nur eine Mail oder SMS von dir.‹

…

›Marieke – bitte!‹

›Bitte hör auf. Ich kann nicht.‹

›Ich vermisse dich. Glaub mir.‹

…

›Marieke …‹

›Ich vermisse dich auch, Jochen. Manchmal.‹

Sie schaltete ihr Handy ab, um nichts mehr von ihm zu hören, zu lesen, sonst würde sie seinem Drängen früher oder später nachgeben. Nicht nur seine SMS beantworten, sondern seinen Anruf annehmen. Und dann würde sie vielleicht Dinge sagen, die sie nicht sagen wollte. Nicht sagen durfte, wenn er sich nicht weiter auf sie zubewegte, als er es tat. Sie zu vermissen war das eine. Zu sagen *Komm zurück*, war etwas grundlegend anderes. Jessica erwähnte er in seinen Nachrichten nie, doch genau aus diesem Grund war Marieke sicher, dass sie für ihn noch immer eine Rolle spielte. Sie kannte Jochen, kannte sein Aussparen leidiger Themen, sein Schönreden unliebsamer Begebenheiten, sein wortloses Übergehen, sein Schweigen um des lieben Friedens willen. Er war Zähneknirscher. Biss nachts an seinen Problemen herum, zermahlte seine Sorgen, kaute an seinen Fragen. Tagsüber schwieg er darüber. ›Was willst du? Fast die Hälfte der Bevölkerung knirscht mit den Zähnen‹, hatte er jedes Mal mit einem Lachen geantwortet, wenn sie ihn fragte, was ihn so sehr beschäftigte, dass sie nachts von diesem Knirschen geweckt wurde. Er durfte es abtun und es dabei belassen, denn schließlich war er der Fachmann für ein strahlendes Lächeln. Er war der Sunnyboy, der Liebling der Götter. Solange der Name Jessica also in den Nachrichten, die sie austauschten, mit keiner Silbe auftauchte, war Jessica als Person in seinem Leben mehr als präsent.

Aber Marieke schwieg ebenso über sich, wie er über die Andere schwieg. Sie hatte weder seine Fragen beantwortet, warum sie den Praxisjob gekündigt hatte, und ob sie nicht einfach nur eine Auszeit wolle, anstatt ganz zu gehen, noch war sie auf sein Nachhaken, was sie jetzt täte, eingegangen. Sie hatte ihm auch nicht gesagt, dass sie wieder malte. Ihm nun zu schreiben, dass sie ihn vermisste, war viel zu viel gewesen. Zu nah. Sie ärgerte sich über sich selbst und hatte das Gefühl, als würde sich die Atemenge, die sie aus ihrer Kindheit kannte, erneut auf ihre Lungen legen. Sie musste raus, sofort, weg. Also nahm sie den Autoschlüssel und war froh, nun ihre kleinen Fluchten zu haben.

Wenn sie nicht fuhr, arbeitete sie in Babettes – in ihrer – Wohnung an neuen Bildern. Ihre Einnahmen aus den ersten Touren hatte sie in Zeichenpapier umgesetzt. Öl und Acryl fühlte sie sich im Moment nicht gewachsen, doch sie experimentierte weiter mit Pastellen. Sie liebte es, die altvertrauten Bewegungen zu spüren, das Physische am Malen, und sie liebte auch das regelmäßige Skypen mit Babette, bei dem sie immer wieder, die Kameralinse in den Raum gerichtet, ihre neuesten Werke besprachen. Dann fühlte sie sich, als hätte eine Zeitmaschine sie um Jahre verjüngt.

Diese Illusion hielt allerdings nur so lange, bis sie etwas eingehender in den Badezimmerspiegel schaute. Was sie regelmäßig tat. Vor dem Spiegel sah sie nämlich sehr deutlich auch das, was nicht mehr da war. Was ihr abhandengekommen war im Laufe der Jahre. Sie schaute sich an mit einer Distanz, die sie sonst nur bei einem Gemälde an den Tag legte. Einem sehr restaurierungsbedürftigen. Sie sah die Risse im Firnis, die abblätternde Goldbronze am Rahmen. Die Entstehung des Gemäldes fiel in ein anderes Jahrhundert. Verblichene Farben und links in der Ecke eine amateurhaft ausgebesserte Stelle. Wann war sie dazu übergegangen, sich zu betrachten, anstatt sich zu spüren? Seit wann vertraute sie dem distanzierten Blick mehr als ihrem Gefühl? Aber wollte sie sich überhaupt spüren? Sie war sich nicht sicher. Innerlich fühlte sie sich manchmal, besonders nach dem Malen, als wäre sie fünfzehn und noch alles möglich. Allerdings hatte sie mit fünfzehn auch gedacht, dass ihr Inneres viel größer wäre als ihre Hülle und dass sie irgendwann platzen müsste, weil das, was sie fühlte, dachte und wollte, viel zu viel war für sie, viel zu groß, und dass ihr Körper, ihr Sein, ihr Leben gar nicht ausreichen könnte, um alldem Raum zu geben. Heute erschien es ihr eher umgekehrt. Beim durchdringenden Blick in den Spiegel, wie jetzt nach dem Duschen, fühlte sie sich wie eine Mogelpackung: Ihr Inneres, ihr Kern, schien zu klein zu sein, um diese Hülle auch nur annähernd ausfüllen zu können. War das der eigentliche Grund, warum Menschen Falten bekamen? Dass nicht die Haut welkte, sondern das Innere sich zurückzog und verhärtete? War das der normale Prozess?

Um die Augen herum ein Kranz von Krähenfüßchen, am Bauch ein leichtes Wellenmeer und seit neuestem sogar an den Knien. Es war erschreckend – niemals hatte sie gedacht, dass sie auch an den Knien altern könnte. Ihre Oberschenkel erinnerten sie an eine sanft geschwungene Mondlandschaft, und ihre Brüste waren zu schwer geworden für die Haut, die sie tragen sollte. Getragen hatte, aufrecht, prall, bis vor ein paar Jahren. Wann hatte die Erdanziehungskraft gesiegt? Im Badezimmer bei Deckenbeleuchtung war sie nicht sehr gnädig mit sich. Kritisch betrachtete sie ihre Gesichtszüge, als ob sie wirklich sehen könnte, was sie nicht mehr sah: ein Lächeln, so breit, dass es den Anschein erweckt hatte, ihr Gesicht bestünde aus zwei Hälften, einem Oben und einem Unten. Dazwischen: volle Lippen und ein Lachen, das gewinnt. Wann war ihr das vergangen? Nun schien ihr, dass diese Lippen, die zu viel verloren hatten und schmaler geworden waren, immer noch ihr Gesicht teilten, nur hießen die beiden Hälften jetzt *früher* und *heute*.

Seufzend schloss sie die Flasche mit der Körpermilch, als es klopfte. Marieke schaute auf die Uhr. War sie so spät dran? Schnell warf sie sich ihren Bademantel über und öffnete.

»Tut mir leid. Ich bin zu früh. Aber ich muss nachher noch zu einer Lerngruppe. Da dachte ich, vielleicht hast du –« Samantha blickte zu Boden, ihre Mappe an sich gepresst.

»Schon gut, komm ruhig rein. Du kannst dir ja schon mal was zu trinken nehmen. Ich muss mir nur kurz was Richtiges anziehen.« Sie verschwand im Bad, schlüpfte in ihre Jeans und nahm sich ein T-Shirt vom Wäscheständer.

Als sie ins Zimmer trat, sah sie, wie Samantha neugierig die neuesten Bilder betrachtete.

»Wie findest du das?«, fragte Marieke und deutete auf einen Entwurf in Violett und Zartgrün, mit dem sie alles andere als zufrieden war. Der Bildaufbau, die Farbgebung, nichts passte so recht zusammen.

»Schön«, gab Samantha zur Antwort, dann schwieg sie.

Marieke nickte und ahnte, was Samanthas Problem war – mit der Kunst und überhaupt. Ihre Höflichkeit. Und ihre Angst, eine eigene Meinung zu haben und sie zu vertreten, auf die Gefahr hin, damit anzuecken. Marieke hatte schon mehr als einmal mit ihrer Meinung danebengelegen. Aber sie hatte die Erfahrung gemacht, dass dieses *daneben*, wenn sie es nur gut genug begründete, Bestand hatte. Und das allein war wichtig.

»Was findest du schön daran?«, fragte sie darum.

Samantha sah sie unsicher an. Vermutlich hatte sie gedacht, wenn sie es gut fände, wäre Marieke zufrieden und würde nicht weiterfragen. Doch genau damit hatte sie wider Erwarten das Gegenteil provoziert.

»Es ist schön, weil es den goldenen Schnitt hat. Und wegen der Farben.« Ihre Antwort war eigentlich keine Feststellung. Sie trug vielmehr ein Fragezeichen am Ende des Satzes.

»Und was ist der goldene Schnitt?«

Samantha spulte, was sie gelernt hatte, mit offensichtlicher Erleichterung aus dem Gedächtnis ab. Wie ferngesteuert. Sie erweckte dabei nicht den Eindruck, als wäre irgendetwas davon tiefer in ihr verhaftet.

»Gibt es nichts, was du an dem Bild vermisst? Oder was

dich stört? Was du ihm hinzufügen möchtest oder übermalen?«, fragte Marieke.

Samantha sah sie Hilfe suchend an.

Marieke schob ihr die Farben hin. »Hier! Versuch einfach mal selber herauszufinden, ob dem Bild was fehlt.«

Entsetzt schüttelte Samantha den Kopf. »Es ist dein Bild! Du hast es gemalt. Ich kann doch nicht einfach –«

»Ja, genau: Es ist mein Bild. Darum kann ich damit machen, was ich will. Wenn es im Louvre hinge, würdest du mit Sicherheit Probleme bekommen, wenn du etwas übermalst, sowohl mit der Aufsicht als auch mit mir, aber so ...«

Samantha zögerte immer noch.

»Komm schon, greif zu! Ich mache mir in der Zwischenzeit einen Kaffee und schaue gar nicht hin.«

Was natürlich nicht stimmte, denn als sie in der Küche den Wasserkessel auf den Herd gestellt hatte, beobachtete sie von der Tür aus, wie sich Samanthas Zurückhaltung langsam löste und sie, erst vorsichtig, dann immer sicherer, zu den Farben griff, Striche zog, Flächen übermalte, verwischte, radierte, Mariekes Gerüst aufbrach und umformte, und genau das, was Marieke selbst als zu statisch und verkopft vorgekommen war, dekonstruierte und neu zusammensetzte.

»Das Gelb ist gut da. Viel besser als mein Grün. Das gefällt mir echt.« Sie war neben Samantha getreten, ohne dass diese sie bemerkt hatte, so versunken war sie in ihrer Aufgabe. »Was meinst du selbst dazu?« Doch eine Antwort auf diese Frage brauchte Marieke eigentlich gar nicht. Ein Blick auf Samantha genügte. Es war, als schimmerte sie im Lichtspiel der Farben. Das warme Violett, das satte Sonnengelb.

Ihre Augen leuchteten als Kontrast in hellem Gletschergrün. Gemeinsam standen sie eine Weile vor dem Bild, schweigend.

»Ich glaube, unsere Zeit ist um«, sagte Marieke schließlich. »Wenn du magst, kannst du es mitnehmen.«

Samantha wollte etwas entgegnen, doch Marieke schüttelte den Kopf. »Die Farben müssen noch fixiert werden. Mach zu Hause einfach Haarspray drüber. Nicht direkt ansprühen, sondern nur einnebeln, sonst bekommt es Flecken. Und nun los.« Samantha nahm das Bild vorsichtig entgegen. Marieke hielt ihr die Tür auf und lauschte auf den Rhythmus der Schritte im Treppenhaus. Aus dem Küchenfenster warf sie dann noch einen letzten Blick auf das Mädchen, das bunt flatternd, ihr Bild wie zum Banner erhoben, über den Hof rannte.

»Is grad noch was reingekommen«, sagte Konrad über Funk, als Marieke eigentlich schon Feierabend machen wollte. »Vom Operncafé raus nach Glücksfelde. Du bist am nächsten. Nimmste die?«

Es war fast Mitternacht, und seit dem Nachmittag war sie ohne größere Pause unterwegs gewesen. Sie war müde, ihr Rücken tat weh, und sie hatte in der letzten Nacht kaum geschlafen, nachdem Jochen sie wieder in ein Mail-Hin-und-Her verwickelt hatte. Alexandra fand das wunderbar, weil es ihre These stützte, dass Jessica nur eine Phase sei und Jochen innerlich immer noch an Marieke gebunden. Für Marieke war es aber keine Theorie, sondern ihr Leben. Ihre schlaflose Nacht, ihre Magenkrämpfe zum Frühstück. Im Grunde wollte sie jetzt Feierabend machen und nur noch ins Bett. Doch von der Innenstadt nach Glücksfelde, das war eine gute Tour, und vermutlich gab es ein fettes Trinkgeld obendrauf. »Okay, aber dann ist Schluss für heute«, sagte sie und wendete.

Noch ehe ihre Fahrgäste nach dem Taxi winken konnten, hatte Marieke sie am Operncafé ausgemacht und angesteuert. Ein Ehepaar Anfang fünfzig, das in den schönen Schein des Geldes und der elitären Langeweile gehüllt war. Er hielt ihr die Tür auf, sie setzte sich, seufzte genervt, als er sich neben sie auf die Rückbank fallen ließ, wandte den Kopf ab und sah mit sturem Blick aus dem Fenster. Er übte sich derweil charmant in Smalltalk und versuchte über den Rückspiegel, Mariekes Aufmerksamkeit zu erhaschen, was seine Frau aus dem Augenwinkel registrierte und mit einem missbilligenden Schnaufen quittierte. Marieke kannte Situationen wie diese. Vermutlich hatten sich die beiden bereits den ganzen Abend halbwegs höflich gestritten und den anderen mit kleinen Boshaftigkeiten und ironischen Seitenhieben bloßgestellt. Was der gemeinsame Freundeskreis nach der Oper, die sicher gut inszeniert, aber enervierend war, als Abwechslung dankbar hinnahm, denn solange diese beiden sich mit ihrem übertrieben betonten *Liebesss* und *Schatzzz* vermeintlich zärtlich anzischten und gegenseitig vorführten, konnten sich die anderen zurücklehnen, erleichtert darüber, nicht selbst von ihrem *Schatzzz* in den Fokus gestellt zu werden. Marieke hatte einige solcher Abende im Kreis von Jochens Kollegen und deren Gattinnen erlebt, daher wusste sie, dass es besser war, sich aus der Schusslinie zu halten. Sie blickte starr auf die Fahrbahn und ignorierte den flirtenden Blick, der sie von der Rückbank aus mit einem Selbstbewusstsein in Augenschein nahm, das nur durch gesellschaftlichen Stand und Vermögen verliehen wurde. Sollten sie doch hinten ihren Kampf für sich ausfechten. Sie war kein Teil dieser Geschichte. Für Marieke wäre sie beendet, sobald die Autotür ins Schloss gefallen war.

Die lange Allee, die nach Glücksfelde hinausführte, hatte sie schon immer gemocht, weil sie sie an belgische Autobahnen erinnerte, an nächtliche Fahrten in den Urlaub und an das erste Croissant hinter der französischen Grenze. Die Straße wirkte zwar ein bisschen gespenstisch, hatte aber ein gewisses Flair. Als sie nun an einer Ampel hielt, musste sie zweimal hinschauen und unwillkürlich lächelte sie. An den Laternenpfählen, die die Allee säumten und die normalerweise mit Konzertankündigungen und Katze-vermisst-Zetteln beklebt waren, hingen mit Tapeband befestigte Konservendosen. Und in diesen Konservendosen wuchsen Tulpen, Primeln, Osterglocken, über mindestens einen Kilometer hinweg. Eine ganze Armee von Frühblühern stand Spalier und nickte ihr im Fahrtwind zu. Marieke traute ihren Augen nicht. Wer um Himmels willen machte diesen Aufwand? Das Straßenbauamt mit Sicherheit nicht. Das musste sie unbedingt Babette erzählen, es würde ihr gefallen. Pura vida aus der Dose. Allein für diesen Anblick hatte sich die Fahrt gelohnt.

In Glücksfelde musste sie aufpassen. Der Vorort war wie am Reißbrett entworfen und so steril wie Jochens Behandlungszimmer. Eine Straße glich der nächsten. Korrekt gestutzte Ligusterhecken, kugelig frisierte Buchsbäume, dahinter gediegene Vorstadtbungalows, bewohnt von Rechtsanwälten, Studienräten, Menschen, die ihren Namen nicht auf das Klingelschild setzen mussten. Die größeren Straßen waren nach Städten irgendwo in Süddeutschland benannt, die Querstraßen nach den dazugehörigen Flüssen und Gebirgen, deren Namen zum Verwechseln ähnlich klangen. Marieke fühlte sich wie in einem bewohnbar gewordenen Kreuzworträtsel und war froh über das Navi, das nach dem Rauchen-verboten!-Schild die zweite Neuerung bei Taxi-Konrad war. An einem Eckhaus, einer sicher sehr kostspieligen Betonsünde eines nicht ganz namenlosen Architekten, brachte Marieke den Wagen zum Stehen. Die Frau stieg aus, grußlos, und suchte den Hausschlüssel in ihrer Clutch, der Mann zahlte und ließ sich die Summe quittieren. Für ein wirklich gutes Trinkgeld hätte sie vorhin wohl doch etwas freundlicher in den Rückspiegel schauen müssen. Er warf die Tür zu, und Marieke gab Gas. Nur raus hier aus der geordneten Wohlanständigkeit dieser Geisterstadt.

An der nächsten Ecke bog sie ab und freute sich bereits auf zu Hause, auf ein Fußbad und einen Tee, als sie im Augenwinkel Schatten wahrnahm, die über die Rasenfläche eines anderen Eckgrundstücks rasten, durch die Hecken sprangen und sich immer wieder umwandten. Marieke ging vom Gas und sah sich plötzlich umringt von einer Gruppe dunkel gekleideter, junger Menschen, einige mit Kapuzenjacken, andere mit tief ins Gesicht gezogenen Mützen. Sie bekam mit, wie ein oder zwei Sätze gerufen wurden, ein kurzer Befehl, verstand aber nichts. Ihre Ohren rauschten. Ein Arm wurde gehoben, sie duckte sich unwillkürlich hinter ihr Lenkrad. Die Gruppe spurtete weiter, lief ein Stück die Straße hoch, bog in die nächste Seitenstraße ein, Autotüren klappten, ein Motor wurde gestartet, Reifen quietschten. Dann war der Spuk vorbei. Nur ihr Herz raste noch. Mit zitternden Fingern umklammerte sie das Steuer. Alles gut! Sie atmete tief durch. Zwei Dinge, so hieß es, würden jedem Taxifahrer einmal im Leben passieren: ein Überfall und eine Storchenfahrt. Bisher war es ein einziges Mal geschehen, dass ihr jemand Geld abgenommen hatte. Es war in ihrer Anfangszeit gewesen und kam ihr im Nachhinein eher wie ein karitativer Akt vor. Keine Waffen, keine Gewalt und im Grunde recht harmlos. Und auch die Fahrt mit einer Hochschwangeren auf den letzten Drücker war ihr erspart geblieben. Bis jetzt hatte sie wirklich Glück gehabt. Sie schüttelte sich kurz, um die schwarzen Schatten aus ihren Gedanken zu vertreiben, legte den Gang ein, und gerade als sie Gas geben wollte, fiel ihr in der Seitenstraße, aus der die Gruppe auf sie zugerannt war, ein irritierender Lichtschein auf. Langsam ließ sie den Wagen nach vorn rollen und zuckte zusammen, als sie sah, dass etwa hundert Meter von der Kreuzung entfernt ein Auto in Flammen stand. Himmel, was sollte sie tun? Sie konnte keinen logischen Gedanken fassen. Alles ging automatisch und rasend schnell. Spontan riss sie das Lenkrad herum, bog in die Straße ein und gab ihrem ersten Impuls nach: Sie drückte auf die Hupe und sprang aus dem Auto. Irgendwer hinter diesen dicht geschlossenen Jalousien müsste doch aufwachen. Fieberhaft suchte sie nach dem Feuerlöscher und rannte zu dem brennenden Mercedes am Straßenrand. Hinterher konnte sie sich lediglich an Bruchstücke erinnern. An das Aufleuchten von Bewegungsmeldern, an Menschen in Bademänteln und Hausschuhen, Flammen, die höher schlugen und auf dem Weg unter die Kühlerhaube waren, Geschrei, Sirenen, Blaulicht, ein Feuerwehrmann, der sie zur Seite schob, die weißen Schutzhelme, ein Schlauch, Wasser, eine ganze Fontäne, Polizei und dann nur noch Rauch. Die Luft war warm und angefüllt mit dem beißenden Geruch von verbranntem Gummi. Marieke stand am Rand, apathisch. Sie hatte ihre Arme um sich geschlungen, ihre Zähne schlugen aufeinander. Irgendjemand legte ihr eine Jacke um.

»Sie haben Glück gehabt«, sagte der Einsatzleiter, als das letzte Glimmen gelöscht war. »Sehr mutig, aber purer Wahnsinn. Der Wagen hätte hochgehen können. Haben Sie daran gar nicht gedacht?«

Nein, hatte sie nicht. Sie hatte an gar nichts gedacht. Und auch jetzt war ihr Kopf wie ein großer leerer Raum, in dem die Sätze verhallten. »Sagen Sie das nicht«, bat sie mit belegter Stimme. »Ich habe nur versucht zu tun, was das Naheliegendste war.«

»Das Naheliegendste wäre gewesen, gleich die Feuerwehr zu rufen, anstatt sich mit einem kleinen Feuerlöscher selbst in Gefahr zu bringen.«

Marieke schnaufte wütend. Auf Zurechtweisungen konnte sie gut verzichten. Ihr Kreislauf lief noch immer auf Hochtouren. Vorhin, als sie sich zitternd aus dem Geschehen zurückzog, war einer der Anwohner zu ihr gekommen und hatte ihr einen Becher heißen Kaffee in die Hand gedrückt. Das Koffein war mit dem Adrenalin, das durch ihren Körper raste, eine sehr ungute Allianz eingegangen.

»Geht es?«

Sie zuckte mit den Schultern.

»Kann ich ein paar Fragen an Sie stellen?«

Am liebsten hätte sie gesagt, wenn er wissen wolle, ob sie lebensmüde sei, könnte er das Gespräch gleich vergessen, aber sie nickte nur und sah ihn an. Merkwürdig, dass Polizisten im wahren Leben so viel weniger glamourös wirkten als in den Fernsehserien.

»Was genau ist passiert, bevor Sie das brennende Auto entdeckten?«

Stockend berichtete sie, was sie gesehen hatte. Die Schatten, die Gruppe. Eine Flucht? Vermutlich. Und, nein, sie wusste nicht, wie viele genau es waren. Vier? Fünf? Vielleicht. Auch Frauen? War nicht zu erkennen. Genaue Beschreibung? Weiß nicht. Versuchen Sie es! Dunkle Jacken, Mützen, Kapuzen. Und sonst? Keine Ahnung. Hat sie verstanden, was sie sagten? Sprache, Dialekte? Nein, gar nichts. Hat sie gesehen, wohin sie gelaufen sind? In eine der Seitenstraßen. Welche genau? Ein Schulterzucken. Woher sollte Marieke es wissen? Sah ja alles gleich aus hier und trug ähnliche Namen.

Der Polizist sah kurz von seinem Protokoll auf und hob die Augenbrauen. Sie zuckte ein weiteres Mal mit den Schultern. Es war ihr egal. Sollte er sie doch für eine schlechte Taxifahrerin ohne Orientierungssinn halten. In diesem Retorten-Stadtteil den Überblick zu bewahren hatte wenig damit zu tun, ob sie gut fahren konnte, denn gut zu fahren hatte nichts mit dem kenntnisreichen Abspulen sämtlicher Flussnamen Süddeutschlands zu tun.

Ob sie vielleicht gesehen hätte, mit was für einem Wagen die mutmaßlichen Täter geflüchtet seien? Nein, auch das nicht. Ein Autokennzeichen könne sie ihm darum nicht nennen. Sie hatte das Bedürfnis, ihn kräftig zu schütteln. Immerhin beruhigte sich ihr Zähneklappern.

Kurz nach zwei durfte sie endlich fahren. Die Polizei hatte ihre Daten aufgenommen und wollte sich in den nächsten Tagen noch einmal bei ihr melden. Und wenn ihr etwas einfiele, könne sie jederzeit vorbeikommen. Das hier sei kein Einzelfall gewesen. Sei in den letzten Wochen häufiger vorgekommen. Vermutlich politisch motiviert. Marieke nickte und nickte. Die Worte rauschten durch sie hindurch. Als sie endlich in ihr Taxi steigen konnte, war sie wie betäubt. Sie drehte die Heizung voll auf. Morgen müsste sie Konrad unbedingt daran erinnern, dass er einen neuen Feuerlöscher brauchte.

Asphaltblüten

»Hallo, hier ist der Blumenservice«, tönte es durch die geschlossene Tür.

Marieke wischte sich die farbverschmierten Finger an ihrer Arbeitshose ab und öffnete. Als sie gestern einen kleinen Abstecher in die Schneiderwerkstatt unternommen hatte, was ihr nach dem ersten Besuch inzwischen zu so etwas wie einer Gewohnheit geworden war, hatte Susann bereits angedroht, dass sie vorbeikommen würde, um ihren floralen Pflichten nachzugehen. Doch überraschenderweise stand sie nun nicht allein im Hausflur.

»Das ist Nada, meine Freundin. Ich glaube, ihr kennt euch noch nicht«, stellte sie die auffällig hübsche, dunkelhaarige Frau neben sich vor.

»Hallo, und das sind Cosmea, meine Lieblingsblumen«, sagte Nada und lächelte. »Wir haben sie auf der Fensterbank vorgezogen, weil es draußen bisher zu kalt für sie war. Aber nun sind sie so stabil, dass wir sie gut raussetzen können.« Nada hielt Marieke Setzlinge in kleinen Töpfchen aus Pappmaché entgegen, die aussahen wie Eierkartons. »Dann wirst du im Sommer nicht mehr das Gackern der Fetten Henne hören, sondern schönstes Vogelgezwitscher. Cosmea locken Stieglitze an.«

»Die rotten sich nämlich zusammen, spionieren in sämtlichen Gärten herum, um dann gemeinsam über die Cosmea-Samen herzufallen. Und dabei machen sie ein höllisches Gezeter«, ergänzte Susann.

»Aber sie sehen sehr schön aus«, nahm Nada wieder

den Faden auf. »Sowohl die Blumen als auch die Stieglitze.«

»Ihr könnt mir das alles gern bei einer Tasse Tee erzählen«, schlug Marieke vor. Sie war amüsiert über so viel botanischen Eifer. Und darüber, wie eingespielt aufeinander die beiden waren. Es gab nicht viele Paare, die zusammen dieselbe Geschichte aus zwei Perspektiven erzählen konnten, ohne dass es lächerlich oder wie eine altkluge Korrektur wirkte. »Kommt doch herein.« Sie ging voran, setzte Teewasser auf und suchte in der Speisekammer nach Keksen, während die beiden erst einmal draußen den Balkon begutachteten und dann drinnen Mariekes Bilder.

»Das ist wunderschön«, sagte Susann, als sie durch die Skizzen auf der Arbeitsplatte blätterte.

Nada schaute ihr über die Schulter und nickte bestätigend. »Aber das hier finde ich auch nicht schlecht«, stellte sie mit Blick auf die Gardinen vor der Balkontür fest.

Marieke lachte auf. »Ist das dein Ernst? Ich finde sie echt scheußlich. Sie passen eher in ein Kinderzimmer. Aber ich habe einfach noch nichts Passendes gefunden.«

»Mich stört das nicht, im Gegenteil«, sagte Nada lächelnd und nahm eine Tasse Tee entgegen.

»Sie hat eben ein kindliches Gemüt«, kommentierte Susann und machte es sich auf dem Sofa bequem. Ihr Blick schweifte durch das Zimmer. »Wenn man sich so umschaut, hat man fast den Eindruck, dass du dich einrichtest. Sehr schön, das freut mich.«

»Findest du?« Marieke sah sich ebenfalls um. Es erinnerte tatsächlich nur wenig daran, dass sie eigentlich bloß vorübergehend hier sein wollte. Sämtliche Kisten waren ausgepackt, und nachdem sie vor einer Weile festgestellt hatte, dass sie an Silvester zwar den Haustürschlüssel von Jochen, aber nicht den vom Schuppen zurückgelassen hatte, war sie während seiner Praxiszeit einfach bei ihm zu Hause vorbeigefahren und hatte aus der Remise ihr altes Regal, einen kleinen, abgebeizten Nachttisch und das restliche Arbeitsmaterial, das mitzunehmen ihr bei ihrem Auszug nicht so wichtig gewesen war, in das Großraumtaxi geladen. Konrad hatte es ihr extra für diese Tour zur Verfügung gestellt – mit einer klammheimlichen Freude, als er erfuhr, wozu sie es brauchte. Jochen war noch immer ein rotes Tuch für ihn. Als alles eingeladen war, hatte sie sich nach reiflicher Überlegung dagegen entschieden, um das Haus herumzugehen und über die Terrasse einen Blick ins Wohnzimmer zu werfen. Sie wollte nicht herausfinden, ob sich etwas verändert hatte oder ob Spuren der Anderen zu sehen waren. Zwei Kaffeetassen auf dem Küchentresen oder ein Kleid über der Sessellehne, zurückgelassene Schuhe auf dem Parkettboden, eine neue Decke auf dem Sofa oder, was sie am meisten getroffen hätte: neue Bilder an der Wand über dem Esstisch. Es war nicht so, dass es sie nicht interessiert hätte, aber sie musste sich schützen, weil sie nicht wusste, wie sie reagieren würde, wenn etwas verändert wäre. Wenn ihre Handschrift gelöscht war. Eine Affäre – oder eine *Phase* – war etwas anderes, als Alltag miteinander zu leben. Und zwei benutzte Kaffeetassen auf dem Küchentresen mitten in der Woche oder ein zurückgelassenes Kleid waren definitiv genug Alltag, um Marieke erneut die Beine wegzufegen, wo sie doch gerade versuchte, ihren eigenen Weg zu finden. Am Abend hatte sie Jochen dann eine Mail geschrieben, falls die Nachbarn sie gesehen hatten und ihm von ihrem kleinen Raub berichteten. Er antwortete, dass er sie gern getroffen hätte, treffen würde, aber sie war froh, dass es nicht so gekommen war.

»Ich fang dann mal an«, sagte Nada und zauberte aus ihrem Beutel eine kleine Schaufel hervor. Sie krempelte die Ärmel ihrer gemütlichen Strickjacke hoch und wand ihre dunklen Locken zu einem Knoten. Nach einem Kuss für Susann und einem weiteren Keks ging sie auf den Balkon und machte sich an die Arbeit, lockerte mit geübten Handgriffen die Erde in einem der Kästen und gab den Setzlingen ein neues Zuhause.

Manche Fahrgäste schloss Marieke sofort ins Herz. Manchmal waren es ihre Geschichten, manchmal nur eine Geste, ein Blick, der sie berührte. Der alte Herr, der diese Tour schon vor ein paar Tagen telefonisch vorbestellt hatte und den sie abends kurz nach elf am Flughafen abholen sollte, hatte sie erobert, noch ehe er auf der Rückbank saß. Er wirkte, als sei er einem alten Hollywoodfilm entstiegen. Graues Haar, ein gut gestutzter Schnauzer, wache Augen. *Aquamarinblau*, dachte Marieke, *wie ungewöhnlich*. Taubengrauer Anzug, dunkler Mantel, dessen Seidenfutter zur Krawatte passte. Alles Ton in Ton aufeinander abgestimmt, nur wirkten die Anzughosen ein wenig zu weit, die Mantelschultern zu wuchtig, und es hatte den Anschein, als sei nicht er seiner Garderobe entwachsen, wie es oft bei Kindern zu sehen war, sondern als wäre es andersherum. Der Gang leicht gebeugt, die Schultern ein Stück nach vorn gezogen, mühte er sich mit seinem Rollkoffer ab, doch war die Haltung und Akkuratesse, mit der er sich früher durch das Leben bewegt haben musste, hinter der Müdigkeit und den Spuren des Alters noch sehr präsent. Marieke nahm ihm das Gepäck ab und lud es in den Kofferraum. Mit einem erleichterten Seufzen ließ er sich in die Sitzpolster fallen. Ein zarter Duft von Pfeifentabak hing in der Luft. Eine Welle diffuser Erinnerungen und Sehnsüchte rollte über Marieke hinweg. Sie startete den Wagen und als das Flughafengelände hinter ihnen lag, fragte sie ihn nach seiner Reise. Er begann zu erzählen, mit einer Stimme, die ein ähnliches Timbre hatte wie die ihres liebsten Märchenplatten-Sprechers aus der Kindheit. Er sprach vom Sohn in München und der Taufe der Enkelin am Wochenende, von der Tochter in Berlin und von dem Schwebezustand, hunderte Kilometer von beiden entfernt zu leben. Wie schwer es sei, die Distanz zu akzeptieren, weil ihr Leben nun mal nicht seines wäre, und dass es seine Aufgabe sei, ihnen ihre Freiheit zu lassen. Es schwang leise Wehmut zwischen den Zeilen, aber keine Traurigkeit, kein Druck. Marieke stellte Fragen, sobald er eine längere Pause machte, damit er nicht ganz aufhörte zu erzählen. Sie dachte an ihren Vater. Wie würde er über sie reden? Würde er fremden Menschen überhaupt von ihr erzählen? Wo er doch so gut wie nie mit ihr selbst sprach. Ein Telefonat im Monat. Das reichte ihnen seit Jahren, um die wichtigsten Neuigkeiten auszutauschen, ohne wirklich etwas zu sagen. Sie jedenfalls erzählte schon lange nicht mehr, was ihr wichtig war. Er hatte sich früher nicht für ihre Vernissagen interessiert, war nie gekommen, wenn sie ihn zu Ausstellungen eingeladen hatte. Damals hatte sie es sich so sehr gewünscht. Und irgendwann hatte sie es aufgegeben. Wäre er zur Taufe ihrer Kinder gekommen, wenn sie welche gehabt hätte? Die Stimme hinter ihr hüllte sie ein, tröstlich wie eine weiche Kaschmirdecke. Seine Fragen an sie waren freundlich, seine Kommentare charmant. Marieke war beinahe traurig, als sie sich langsam Südbruck und somit ihrem Ziel näherten.

Nachdem sie am Beckerplatz abgebogen waren, fuhren sie an einer kleinen Menschengruppe vorbei, die etwas abseits im Dunkeln stand. Mariekes Magen zog sich zusammen, und sie landete unvermittelt wieder im Jetzt. Ihr war, als hätte sie ein Déjà-vu. Seit dem Vorfall vor fast vier Wochen in Glücksfelde, achtete sie bei abendlichen Touren außerhalb der Innenstadt auf Gruppen, die ihr dubios vorkamen und die nicht so wirkten, als würden sie auf den Bus oder auf den Spätfilm im Kino warten. Außerdem verfolgte sie die Nachrichten aufmerksamer als vorher. Sie hatte gelesen, dass an den letzten beiden Wochenenden in den besser situierten Außenbezirken wieder teure Autos gebrannt hatten. Wie der Polizist ihr damals gesagt hatte, handelte es sich um eine Anschlagsserie, die im Sommer letzten Jahres ihren Anfang genommen hatte. Die Besitzer der betroffenen Autos waren meist stadtbekannte Immobilienhaie, Makler oder Menschen, die aufgrund ihrer recht fragwürdigen Geldgeschäfte immer wieder in den Schlagzeilen landeten. Es wurde ein politischer Hintergrund vermutet, auch wenn es keine Bekennerschreiben gab. Die Nacht in Glücksfelde hatte sie nicht unbedingt verängstigt, doch sie war wachsamer geworden. Also entging ihr nun auch nicht, dass einige der Gruppe ähnliche Kleidung und Rucksäcke trugen, wie sie sie in jener Nacht gesehen hatte. Mit einer Mischung aus Besorgnis und Neugier schaute sie in den Rückspiegel, um herauszufinden, was passieren würde.

»Keine Angst, junge Dame, vor denen werde ich Sie mit Leichtigkeit beschützen«, sagte der alte Herr, als er ihre Anspannung bemerkte. »Ich bin zwar nicht mehr der Mutigste und der Schnellste leider auch nicht, aber wenn ich erst einmal einen von denen mit meinem Stock niedergestreckt habe, werden die anderen von ganz allein die Flucht ergreifen.« Er fing ihren Blick im Spiegel und lächelte galant. Um seine Augen sprühten kleine Funken, und Marieke fragte sich, wie viele Herzen er mit seinem Charme wohl schon gebrochen hatte.

»Wunderbar, dann verlasse ich mich einfach auf Sie«, sagte sie lachend. »Und die da«, sie deutete vage in Richtung der Schatten, »sind die denn öfter hier in der Gegend?«

»Das kann ich Ihnen leider nicht sagen. Ich bin abends um diese Zeit normalerweise nicht mehr oft unterwegs. Doch das Viertel hat sich in den letzten Jahren schon sehr verändert.« Nachdenklich betrachtete er die Häuser, an denen der Wagen nun langsam vorüberrollte. Keine großen Villen, aber alles gediegen und gutbürgerlich, mit kleinen Vorgärten und vereinzelten Rosenspalieren. Einzig ein Klotz aus Stahl und Beton an der Straßenecke, die sie nun passierten, störte den Gesamteindruck mit seinem viel zu kurz geschorenen Rasen und der nüchtern wirkenden Fensterfront. Ein Seniorenheim, das zwischen den anderen Häusern sehr deplatziert wirkte. Der alte Herr wandte den Blick ab. »Vielleicht habe auch nur ich mich verändert, so dass ich mit der Veränderung hier irgendwann nicht mehr Schritt halten konnte. Oder besser: mit den Veränderungen in der Welt da draußen.« Seine Stimme klang brüchig. »Alt werden ist kein Vergnügen, das können Sie mir glauben.«

»Ich weiß«, sagte Marieke, die heute ihren Rücken nach langen Schichten viel mehr spürte als vor Jahren, als sie selbst mehrere Nächte hintereinander locker weggesteckt hatte.

»Ach, Kindchen, Sie wissen doch wirklich nichts vom Alter. Sie haben ja noch alles vor sich.«

Marieke lachte erneut. »Einiges habe ich auch schon hinter mir. Und das können *Sie mir* glauben.«

Er schüttelte nur den Kopf. »Hier sind wir«, sagte er schließlich und deutete auf einen Eingang mit Jugendstilornamenten.

Marieke brachte den Wagen zum Stehen, kassierte und stieg aus, um dem alten Herrn seinen Trolley aus dem Kofferraum zu wuchten. Er wehrte sich zwar, weil sich das für einen Gentleman eigentlich nicht gehöre, doch sie zwinkerte ihm zu und meinte: »Das ist Teil vom Service. Oder wollen Sie, dass mein Chef Ärger macht, wenn er herausbekommt, dass ich die Gäste mitarbeiten lasse? Da gibt es zur Strafe Abzüge vom Trinkgeld.«

Der alte Herr gluckste vor Vergnügen. Als sie ihm dann auch noch über die Straße half und mit einer weiteren Plauderei überspielte, dass sie nur wartete, bis er den Schlüssel in seiner Manteltasche gefunden und das Licht im Treppenhaus angeknipst hatte, war er sichtlich dankbar. Ein, zwei weitere Höflichkeiten folgten, dann verabschiedeten sie sich, und als Marieke wieder ins Auto stieg, schaltete sie ihr Taxischild aus. Schluss für heute.

In Gedanken versunken fuhr sie den Weg retour, doch schon nach ein paar hundert Metern war sie wieder hellwach. In einiger Entfernung, kurz vorm Seniorenheim, konnte sie einen Teil der Gestalten ausmachen, die sie vorhin gesehen hatte und die sich nun im Halbdunkel zwischen den Bäumen herumdrückten. Schnell schaltete sie die Scheinwerfer ab und ließ sich an den Straßenrand rollen. Motor aus, abwarten. Sie hoffte, dass keiner sie bemerkt hatte. Himmel, wohin hatte sie bloß ihr Handy verkramt? Wenn etwas wäre, müsste sie reagieren können, blitzschnell. Hatte der Einsatzleiter neulich ja gesagt. Aber was sollte sie tun, wenn jetzt zum Beispiel eine Autosirene ertönte, aber kein Feuerschein aus der Seitenstraße aufflammte? Trotzdem die Polizei rufen, weil ihr die Situation verdächtig vorkam, oder die Gruppe verfolgen, bis etwas geschah? Ihr Herz raste. Vor Aufregung, aber auch vor detektivischer Neugier. Es war nicht genau zu erkennen, was im Schatten unter den Bäumen vor sich ging. Sie ließ die Scheibe hinunter und lauschte in die Nacht. Es roch nach Robinienblüten und nicht nach Benzin oder schmorendem Gummi. Eine Beruhigung immerhin. Leises Getuschel war zu vernehmen, ein Kichern. Vielleicht hatte sie sich geirrt. Vielleicht waren das nur jugendliche Gratulanten, die eine Geburtstagsüberraschung planten. Schließlich war es kurz vor zwölf. Aber den Freundeskreis der hier wohnenden Jugendlichen stellte sich Marieke kaum so vor wie diese Gruppe dort im Dunkeln. Jugendliche, die in so einer Gegend aufwuchsen, sahen bestimmt eher nach Reitstunde, Klavierkonzert und Ballettunterricht aus als nach Ton, Steine, Scherben. Aber stimmte das wirklich? Sie konnte doch nicht einfach von Alexandra und deren Vorzeige-Kindern so schamlos auf alle anderen schließen. Sie dachte an ihren Neffen und ihre Nichte, die sie beide so furchtbar langweilig fand, so festgelegt und so gradlinig, dass es Marieke, die zielsicher sämtliche Umwege genommen hatte, einfach nur beängstigte. Ein Pfiff ertönte. Halblautes Flüstern, Bewegung in der Gruppe. Dann Schatten, die aus der Seitenstraße über den Rasen rannten, zu den anderen stießen, und als wäre ein Startschuss gefallen, liefen alle gemeinsam zum Beckerplatz. Marieke startete den Motor, schaltete jedoch nur das Standlicht ein, als sie in etwas Abstand die Verfolgung aufnahm. Das Handy – warum hatte sie die Zeit eben nicht besser genutzt? Ein Auge auf die davonstürmende Gruppe geheftet, suchte sie zunächst in ihren Hosentaschen, dann vorn auf der Ablage, um irgendwo das Telefon zu finden, falls sie gleich die Polizei rufen müsste. Nichts. Vielleicht im Handschuhfach? Kurz wandte sie den Blick nach unten, als sie im Augenwinkel etwas über die Fahrbahn huschen sah, in den gedimmten Lichtkegel des Taxis hinein. Sie trat auf die Bremse, doch es knallte schon, nicht laut, nicht metallisch. Ein Wimmern füllte ihre Ohren. Sie riss die Tür auf, sprang auf die Straße und registrierte nur am Rande, dass auch die Gruppe das Tempo verlangsamt hatte, stehen geblieben war, halblaut debattierte. Marieke beugte sich hinunter zu dem Japsen und eine heiße Welle der Übelkeit schoss ihr in die Kehle. Große dunkle Augen sahen sie ängstlich an. Blut an der Stoßstange, nicht viel, aber da war dieses herzzerreißende Wimmern. Es war furchtbar. Ein Schemen löste sich aus der Gruppe, und während der Rest weiter in Richtung Beckerplatz davonstürmte, kam dieser Schatten auf sie zu, hockte sich neben sie und strich dem Hund, der jaulend zu ihren Füßen lag, beruhigend über den Kopf. »Hast du eine Decke da? Einen Verbandskasten?«

Marieke war immer noch starr vor Schreck. In ihrem Kopf explodierten rote Blüten. Sie starrte auf die Straße. Dann nickte sie.

»Kannst du die vielleicht auch holen?« Die Stimme leise, aber mit scharfem Unterton.

Sie nickte wieder, versuchte, sich zusammenzureißen.

Sie war nicht irgendwann in den siebziger Jahren. Sie war hier. Sie war jetzt. Aus dem Kofferraum holte sie das Gewünschte und griff nach einer Flasche Wasser. Wasser war bestimmt für irgendwas gut. Rasch schaltete sie das Warnblinklicht an und lief wieder nach vorn. Der Schatten, der nun kein Schatten mehr war, sondern ein Mann mit Händen, tastete im Standlicht des Taxis geschickt den Hund ab und schaffte es dabei wie durch ein Wunder sogar, aus dem Jaulen ein leises Winseln werden zu lassen. Er tupfte das Blut ab, füllte etwas Wasser in die hohle Hand und ließ den Hund davon trinken. Ohne den Blick von dem Tier zu wenden, sagte er: »Kannst du die Rückbank runterklappen? Ich weiß nicht, wie sehr du ihn erwischt hast, aber ich denke, er sollte besser zu einem Arzt.«

Marieke stotterte Unverständliches, das sich ähnlich anhörte wie das Winseln des Hundes. Sie zitterte, und die Übelkeit klebte an ihrer Zunge.

»Wir müssen etwas tun. Er hat kein Halsband. Wir können die Besitzer nicht verständigen.« Er schleuderte ihr einen Blick entgegen, der ähnlich schneidend war wie seine Stimme: »Oder willst du dich etwa verdrücken?«

Ein lautes Schluchzen war ihre Antwort, doch noch bevor er, wer auch immer er war, etwas darauf erwidern konnte, hatte sie sich bereits umgewandt, die Rückbank heruntergeklappt, die Goldfolie aus dem Verbandskasten auf der Ladefläche ausgebreitet. Dann war sie wieder nach vorn geeilt, um zu tun, was getan werden musste. Gemeinsam trugen sie den Hund nach hinten und legten ihn vorsichtig auf die Folie. Er wehrte sich nicht großartig, denn er war vom Aufprall immer noch leicht benommen. Außerdem war etwas mit seinem Bein nicht in Ordnung, so dass an Fortlaufen nicht zu denken war. »Ich werde mich zu ihm nach hinten setzen.« Blick zu ihr, der erste, der sie nicht wie ein Messer traf. »Glaubst du, dass du so überhaupt fahren kannst?«

Sie zog die Nase hoch, versuchte den Rücken zu straffen, nickte wortlos.

»Dann ist gut. Und bitte: Wenn du jetzt losfährst, mach das Licht richtig an.«

Die Fahrt verlief größtenteils schweigend. Sie hörte, wie er im Heck des Wagens immer wieder beruhigend auf den Hund einredete, und schließlich erklang das Winseln nur noch, wenn sie über Kopfsteinpflaster fuhren und der Unterboden vibrierte. Dazwischen kam immer wieder eine Richtungsanweisung an sie. In einer anderen Situation, an einem besseren Tag, hätte sie mit einem Spruch gekontert und ihn auflaufen lassen mit seinem tollen Navi im Smartphone. Schließlich war sie doch diejenige, die diese Stadt seit Jahren wie ihre Westentasche kannte, mit sämtlichen Einbahnstraßen, Abkürzungen, 30er-Zonen und Baustellen. Aber im Moment war sie froh, nicht überlegen zu müssen, sondern einfach nur auf die Fahrbahn starren zu können und zu fahren, sonst nichts. Sie zitterte immer noch. Wieso hatte sie vorhin nicht auf die Straße geachtet? Wieso den Hund nicht früher gesehen? Was hatte sie sich nur dabei gedacht? Eine nächtliche Verfolgungsjagd zu veranstalten – wie blöd war sie eigentlich? Hatte ihr Glücksfelde nicht gereicht? Sie versuchte, die Stimme des Einsatzleiters aus ihren Gedanken zu wischen.

»Ich glaube, du kannst hier auf den Hof fahren. Dann können wir ihn besser reintragen.«

Sie stellte den Motor ab und öffnete die Kofferraumklappe. Er kletterte heraus, und gemeinsam trugen sie das Tier mit der Wärmefolie in die Praxis. Er erledigte die Formalitäten, während sie bei dem Hund blieb, bis die Platzwunde genäht war. Nach eingehenden Untersuchungen zeigte sich, dass alles weniger schlimm war als befürchtet, und während sie auf die Röntgenbilder warteten, verschwand der Retter wort- und immer noch namenlos in Richtung Anmeldung. Marieke hörte die Arzthelferin lachen, dann klapperte etwas, und er kam mit zwei Tassen, Tütenzucker, Milch und ein paar Leckerli für den Hund zurück, der mit leichtem Schwanzwedeln eine verhaltene Begeisterung über getrocknete Bröckchen Rind mit Leber zum Ausdruck brachte.

Dankbar nahm sie eine der Tassen entgegen. »Ich bin übrigens Marieke«, sagte sie, als er sich neben sie gesetzt hatte und an seinem Kaffee nippte. »Und normalerweise überfahre ich auch keine Hunde.« Sie sah ihn an und vermutete, dass sie grauenhaft aussehen musste. Verheulte Augen, verschmierte Wimperntusche, Blut am T-Shirt und rote Flecken auf den Wangen, die sie immer bekam, wenn sie aufgeregt war.

»Benedikt«, sagte er und atmete einmal tief durch. »Und normalerweise bin ich netter zu Menschen, die ich gerade kennenlerne. Aber *normalerweise* sind es dann andere Umstände.«

Er erwiderte ihren Blick, und zum ersten Mal bemerkte sie, dass er gar nicht so selbstsicher war, wie es die ganze Zeit den Anschein hatte, sondern ähnlich aufgelöst wie sie. Trotz dunkler Schatten leuchteten seine Augen wie ein Paar polierter Kastanien.

»Was machen wir jetzt mit ihm?«, fragte Marieke und kraulte den Hund vorsichtig hinter den Ohren, was er mit ebenso zögernder Freude hinnahm wie vorher die Leckerli. Marieke seufzte. Das Hundefell war weich, flauschig und rehfarben, die Ohren waren wie Samthandschuhe, die Augen dunkel und ängstlich, doch je länger Marieke ihre Hand im Fell vergrub, desto mehr entspannte sich das Tier. »Es tut mir so leid, du Streuner«, flüsterte sie leise.

»Er hat kein Halsband, er ist nicht gechipt. Die Assistentin vorn meinte, dass du zwei Möglichkeiten hast: ihn im nächsten Tierheim abzuliefern oder ihn mit zu dir zu nehmen. Natürlich nach der Meldung bei der Polizei, dass dir da was zugelaufen ist.« Benedikt überlegte kurz. »Über das *Wie* brauchst du ja erst einmal nichts zu sagen, bis die Besitzer auftauchen.«

»Und wenn sie nicht auftauchen?« Marieke dämmerte langsam, dass in dem Fall nicht nur offen blieb, wer die Tierarztkosten übernehmen würde, sondern noch viel mehr.

»Zettel aufhängen, Anzeigen schalten. All so etwas wäre die nächste Option.« Er blickte zum Hund, dann zu ihr, und plötzlich umspielte ein feines Lächeln seine Mundwinkel. »Es sei denn, du willst ihn gar nicht mehr hergeben.«

Kraulend war ihre Hand mittlerweile zum Hals des Hundes gewandert, genau dorthin, wo es sich so besonders weich und warm anfühlte. Diese Stelle streicheln zu dürfen stellte einen großen hundischen Vertrauensbeweis dar. Marieke hielt inne. Der Hund registrierte offensichtlich ihr Zögern und begann sehr sanft, über ihre Finger zu schlecken, als wolle er sie auffordern, weiterzumachen mit den Liebkosungen.

»Auch wenn du es andersherum noch nicht so siehst: *Er* scheint *dich* adoptiert zu haben.« Benedikt lachte.

»Nein, das geht nicht!«, sagte sie vehement und zog die Hand zurück. Der Hund quittierte es mit einem sehr traurigen Blick. »Wieso nimmst du ihn nicht? Du scheinst ganz gut mit Hunden zu können. Ich fahre Taxi. Ich kann ihn nicht mitnehmen. Und unterbringen kann ich ihn auch nicht. Ich bin«, sie überlegte, wie sie es ausdrücken sollte, »auf dem Sprung.«

»Ah, auf dem Sprung. Interessant. Und wohin springst du so?«, fragte er.

Ja, wohin sprang sie? »Hierhin und dahin.« Wie blöd klang das denn?

Er lächelte, doch er kommentierte es nicht. Er sah sie bloß an, abwartend.

»Also: Wieso nimmst du ihn nicht?«, wiederholte sie ihre Frage.

»Ich habe eine Dachwohnung. Das ist für lädierte Beine nicht unbedingt die beste Lösung. Außerdem bin ich beruflich viel unterwegs. Muss hierhin, muss dahin.« Er grinste. »Und im Übrigen liegt es ja eigentlich in deiner Verantwortung: dein Taxi, dein Standlicht, dein Unfall.«

»Meine Verantwortung?« Ihre Stimme wurde panisch. »Das geht gar nicht. Ich habe im Moment das Gefühl, als könnte ich nicht mal für mich selbst die volle Verantwortung übernehmen.« Sie stockte und biss sich auf die Lippe. Aber vielleicht war Ehrlichkeit weniger kompliziert als Ausreden, also gab sie schließlich zu: »Und wenn ich das nicht mal für mich hinbekomme, wie soll ich da die Verantwortung für ein Tier tragen?«

»Ganz einfach: indem du es tust.«

Sie hätte schreien können. Was war das denn für ein altkluger Kommentar? Währenddessen schob der Hund seinen Kopf in Richtung ihrer Hand, die sie immer noch auf die Liege stützte. Er stupste sie an, als wolle er sagen: Was überlegst du nur so lange? Nimm mich einfach mit! Sofort!!!

»Sieht ganz so aus, als hätte zumindest er sich entschieden.«

Bevor sie etwas erwidern konnte, kam der Arzt mit den Röntgenbildern. Das Bein musste für eine Weile bandagiert bleiben, aber gebrochen war nichts. »In ein paar Tagen würde ich ihn gern zur Kontrolle sehen, aber für heute können Sie ihn mit nach Hause nehmen.«

»Also, worauf wartest du?« Benedikt nickte ihr zu. »Ich helfe dir auch gern beim Tragen.«

Als sie den Hund zum zweiten Mal an diesem Abend hinten ins Auto verfrachtet hatten, begann Marieke, sich mit ihrem Schicksal abzufinden. Heute könnte sie sowieso nichts mehr daran ändern. Und in diesem Zustand würde sie das Tier garantiert nicht ins Tierheim bringen. Dazu hatte sie ein viel zu schlechtes Gewissen. Sie war müde. Sie wollte ins Bett. Sie könnte an der Tankstelle ein bisschen Hundefutter einkaufen und ihm dann aus ein paar Decken ein Körbchen neben dem Sofa bauen. Aber allein würde sie den Hund, der immer noch mit der Betäubungsspritze kämpfte, sicher nicht die Treppe hochhieven können. Sie schätzte ihn auf mehr als fünfzehn Kilo.

»Wenn ich ihn nun mitnehme, gilt dann dein Angebot mit dem Tragen auch für den Wohnungstransport? Wenn er erst einmal oben bei mir wäre, könnte ich dich fahren, egal, wohin du willst. Hierhin oder dahin.« Sie versuchte ein schiefes Grinsen.

»Ich komme mit, ja, aber bringen musst du mich anschließend nicht. Ich komme bestimmt auch mit dem Bus oder der Straßenbahn weiter. Dann müsstest du ihn auch nicht allein lassen.« Er kletterte wieder nach hinten zum Hund, als wäre das der bequemste Sitzplatz im ganzen Taxi.

Sie fuhr durch die Nacht und merkte, wie sich ihre Anspannung langsam löste. Morgen musste sie schauen, ob die Stoßstange etwas abbekommen hatte oder die Sitze schmutzig geworden waren. Wenn alles in Ordnung war, müsste sie Konrad nichts von alldem sagen. Nur was sie mit dem Hund machen sollte, wenn sie fuhr, wusste sie nicht. Konrad wäre vielleicht nicht abgeneigt, ihn während ihrer Touren zu beherbergen. Aber was machte sie sich für Gedanken – der Besitzer würde sich melden, sie würde den Hund abgeben und hätte wieder ihre Ruhe. Sie schaute in den Rückspiegel. Benedikt hatte die Augen geschlossen und schien weggedämmert zu sein. Genauso wie der Hund. Sie fuhr die Große Allee entlang und öffnete das Fenster weit. Wieder Robinienblüten. Im Fahrtwind der ultimative Frühlingsgeruch. Der Wagen rollte über den Asphalt.

Zweimal links, einmal rechts abbiegen. Eine Parklücke fast genau vor dem Seiteneingang, direkt vor Susanns Laden. Wie passend. Als der Wagen stand und das monotone Summen des Motors verstummt war, öffnete Benedikt die Augen. Gähnend blickte er auf die Straße.

»Ich dachte, ich sollte dir helfen, den Hund zu dir hochzutragen.«

»Ja«, sagte sie, »sollst du auch.«

»Aber warum sind wir dann nicht zu dir gefahren?«

»Sind wir doch.« Sie sah ihn entgeistert an. »Was ist jetzt dein Problem?«

Er schaute sie an, dann zum Hauseingang, zurück zu ihr. Plötzlich begann er zu lachen. »Sag bloß, du bist die malende Taxifahrerin aus dem Hinterhaus. Die mit der Fetten Henne.«

»Ja, ich wohne im Hinterhaus. Und ja, auf meinem Balkon wächst Fette Henne. Aber was soll das? Was um Himmels willen –«

Weiter kam sie nicht, denn durch Benedikts Prusten war der Hund aufgewacht und gab lautstark zu verstehen, dass er auch noch da war. Also ließ sie die beiden aussteigen, und während der Hund auf drei wackeligen und einem geschienten Bein sein neues Territorium markierte, deutete Benedikt auf das Vorderhaus. »Eins sage ich dir gleich: Wenn der Hund wieder Treppen steigen kann und ihr beide mich da oben auf meiner Dachterrasse besuchen kommt, dann geh bitte vorher einmal mit ihm um den Block. Nicht dass er auf die Idee kommt, gegen meinen Bambus zu pinkeln.«

Hügelbeete

Erste Nächte mit Fremden sind immer eine Herausforderung. Spätestens am Morgen danach stellt sich die Frage, wie man sich gegenübertreten soll und wie es weitergeht. Worüber kann man reden? Soll man Adressen tauschen? Vielleicht miteinander frühstücken? Sich ganz vielleicht sogar wiedersehen? Oder schleicht man sich heimlich aus dem Haus, und das war es dann: Servus und Adieu? Marieke hatte noch nicht einmal die Augen geöffnet, um sich wachen Verstandes an den gestrigen Abend zu erinnern, als sich etwas Feuchtes fordernd in ihren Nacken drückte. Warmer Atem streifte ihr Ohr. Mit einem Schrei des Entsetzens fuhr sie hoch, warf sich im Bett herum und fand sich Auge in Auge mit einer nussbraunen Bitte um Zuwendung. Der Hund sah sie an, sein Blick eine sehnsuchtsvolle Aufforderung, die Stirn fragend gekraust. Das verkrustete Blut und die Naht im Fell verliehen ihm etwas Mitleiderregendes. Doch trotz seines lädierten Zustandes fuhr er mit begeistertem Wedeln fort, Marieke zur Seite zu stupsen, um zu ihr auf die Matratze zu krabbeln. Zumindest er war schon hellwach, hatte sich offensichtlich alle anstehenden Fragen beantwortet und war ohne Zweifel zu dem Schluss gekommen, Marieke lieber jetzt als später wiederzusehen. Und vermutlich würde er auch gegen ein ausgiebiges Frühstück keine Einwände erheben.

»Hunde gehören nicht in Menschenbetten«, sagte sie streng. Um noch vor dem Punkt am Ende des Satzes ein Stück zur Seite zu rücken und ihm mit einer Mischung aus schlechtem Gewissen und ehrlicher Rührung ein wenig Platz zu machen. Was schadete es schon? Es war ja nur für diesen einen Morgen. Gleich nach dem Frühstück würde sie bei der Polizei anrufen, um herauszufinden, wer den Hund vermisste, und dann könnte morgen sein Herrchen oder Frauchen die Sache mit den Menschenbetten und den Hundekörbchen mit ihm klären. Hätte sie ihn erst einmal abgegeben, wäre sie auch nicht verantwortlich für sein schlechtes Benehmen. Als er es sich neben ihr gemütlich gemacht hatte, ließ er sich genüsslich kraulen, räkelte sich, grunzte leicht, und Marieke war froh, dass es in seinem Stammbaum anscheinend keine abzweigenden Äste in die Richtung von Hundearten gab, die zum Sabbern neigten.

»Tut mir echt leid«, flüsterte sie in sein weiches Schlappohr.

Den feuchten Nasenstüber, den er ihr daraufhin versetzte, wertete sie als Zeichen, dass er ihre Entschuldigung annahm. Sanft schob sie ihn zur Seite, doch ihren Plan, den Tag nach dieser Begrüßung langsam und mit einem Kaffee zu beginnen, konnte Marieke nicht umsetzen. Auch der Hund rappelte sich hoch, humpelte jedoch nicht hinter ihr her in die Küche, sondern zur Tür. Er hatte andere Vorstellungen, wie es nun weitergehen sollte, und die tat er mit einem kräftigen *Wuff* kund.

»O nein«, jammerte Marieke, der mit einem Mal klar wurde, dass außer Konsequenz, was die Verteilung von Schlafplätzen betraf, von ihr auch noch anderes gefordert wäre, bis sie ein Zuhause für ihren neuen Mitbewohner gefunden hätte. Also zog sie sich das Erstbeste über, das in greifbarer Nähe lag, und öffnete die Wohnungstür. Fröhlich humpelte der Hund voran ins Treppenhaus. Als sie die

Tür ins Schloss werfen wollte, bemerkte sie, dass außen über ihrem Türknauf eine alte Hundeleine und ein Halsband hingen. An so etwas hatte sie noch gar nicht gedacht. Auf dem Post-it daneben klebte die dazugehörige Nachricht: *Sentimentalität verstopft zwar die Schränke, aber sie wappnet für Notfälle. Die hier hatte ich noch aufgehoben. Ihr könnt sie gern so lange nehmen, bis Du weißt, was mit ihm wird. Ben.* In Klammern dahinter stand seine Handynummer. Na prima, dachte Marieke, ein obdachloser Hund und ein sentimentaler Brandstifter. Da hatte sie sich ja gleich zwei besondere Exemplare an einem Abend eingefangen.

»Ist der niedlich«, sagte Frau Schröder, der sie am Altglascontainer begegneten, als Marieke und der Hund von ihrer Gassi-Premiere heimkehrten. »Wie heißt er denn?«

Mit dieser Frage war Frau Schröder nicht die Erste an diesem Morgen. Innerhalb der Viertelstunde, in der sie mit dem Hund unterwegs war, hatte Marieke festgestellt, dass es ein Leben in der Stadt gab, das ihr bislang verborgen geblieben war: das Leben der Hundebesitzer. Ein bandagiertes Bein erregte in dieser Welt natürlich Aufmerksamkeit, und plötzlich wurde sie in Gespräche verwickelt von Menschen, die ihr vorher nie aufgefallen waren. Zwei, drei Belanglosigkeiten, ein ›Wie ist das passiert?‹ oder ein ›Wie heißt er denn, der süße Knopf?‹ wurden ausgetauscht, während die Tiere einander beschnupperten. ›Hund‹, hatte Marieke dann stoisch auf die letzte Frage geantwortet. Und *Hund*, sagte sie nun auch zu ihrer Nachbarin.

»Hund? Ist das als Name nicht ein bisschen«, Frau Schröder überlegte, »lieblos?« Irritiert sah sie zu Marieke. »Dabei ist das so ein Lieber.« Sie beugte sich hinunter und kraulte den braunen Herzensbrecher hinter den Ohren. »Sie können ihn doch nicht einfach nur Hund rufen. Wie wäre es mit Schnuppe oder Wuffel. Ja, Schnuppe, das würde dir gefallen, oder? So ein Süßer bist du.« Ihre Stimme klang wie Wort gewordener Honig.

»Er gehört mir nicht. Er ist mir gestern Abend sozusagen zugelaufen. Und sicher hat er einen viel schöneren Namen als *Hund*«, versicherte Marieke. »Aber diesen Namen kenne ich leider nicht. Und da ich nicht weiß, wie er wirklich heißt und wohin er gehört, werde ich ihm keinen neuen Namen geben. Hund ist ganz in Ordnung für uns. Er soll sich ja nicht unnötig an mich gewöhnen, zumal er hier ja nur –«

»... für den Übergang ist«, vollendete Frau Schröder den Satz und lachte. »Genau wie Sie, nicht wahr? Das haben Sie jedenfalls bei unserem ersten Treffen gesagt.«

»Ja, genau wie ich.« Marieke nickte. »Nach dem Frühstück werde ich versuchen, seinen eigentlichen Besitzer ausfindig zu machen. Der wird ihn sicherlich schon sehr vermissen.«

»Das kann ich mir vorstellen«, bestätigte Frau Schröder und tätschelte Hunds Rücken. »Aber bevor sie ihn zurückbringen, müssen Sie mir eins versprechen: Kommen Sie doch mal mit ihm bei mir vorbei. Ich habe noch ein paar Leckerli im Schrank. Seit Bens Laika nicht mehr da ist, hatte ich keinen vierbeinigen Besuch mehr.«

»Gut, versprochen«, sagte Marieke. »Was meinst du, Hund?« Sie neigte ihren Kopf zur Seite und sah ihn an. Hund erwiderte ihren Blick. Die Naht auf seiner Stirn verlieh ihm etwas Grüblerisches. Dann machte er *Wuff*, und sie wertete es nicht nur als freudige Bestätigung der Einladung, sondern auch als Zeichen, dass zumindest er recht zufrieden mit seinem Übergangsnamen war.

»Nein, ein Halsband trägt er nicht. Und auch keinen Chip ... Am Beckerplatz, gestern Abend gegen zwölf ... Sie können nichts finden? Also hat ihn bisher niemand als vermisst gemeldet?« Marieke malte kleine Kringel auf ihren Zettel, während sie hörte, wie die Polizistin am anderen Ende der Leitung lautstark die Tastatur ihres Computers bearbeitete.

»Nicht nur in der Nähe des Beckerplatzes«, drang die Stimme nach einer kurzen Pause wieder in Mariekes Ohr, »auch sonst scheint ihn bisher niemand zu vermissen. In der ganzen Stadt nicht.«

»Und das bedeutet?«

»Das bedeutet, dass Sie uns sagen müssen, in welches Tierheim Sie ihn bringen wollen, und wir setzen uns dann mit denen in Verbindung, sobald sich jemand meldet, der einen Hund sucht, auf den Ihre Beschreibung passt.«

Marieke schwieg. *Tierheim*, dachte sie, und eine Reihe von düsteren Bildern rollte vor ihrem inneren Auge ab. Käfige, lautes Bellen, Hunde, die sich gegenseitig von den Futternäpfen vertrieben. Mittendrin Hund mit seinem bandagierten Bein, hungrig, wehrlos, abgedrängt.

»Es sei denn –«, sagte die Polizistin in die Stille hinein und ließ den Rest des Satzes in der Schwebe.

Marieke blickte hinunter zu ihren Füßen, auf denen Hund seinen Kopf zum Mittagsschlaf gebettet hatte. Süß sah das aus. Und warm war es auch. »Es sei denn was?«, nahm sie den Faden auf und hielt die Luft an.

»Es sei denn, Sie wollen den Hund erst einmal bei sich behalten. Das wäre die Alternative. Dann würden wir Ihre persönlichen Daten aufnehmen und uns bei Ihnen melden, sofern wir die Besitzer ausfindig machen.«

Ihn behalten? Marieke überlegte fieberhaft. Ein paar Tage würden sicher nichts ausmachen. Sie hatte ja nichts Großes geplant. Auch bei Konrad war sie nicht eingetaktet. Und im Grunde war Hund doch recht unkompliziert. Außerdem hatte er etwas sehr Charmantes. So einer würde bestimmt schnell vermisst werden. Vielleicht würden sich die Besitzer schon in einer oder zwei Stunden bei der Polizei melden. Ihn in diesem Zustand in fremde Hände zu geben, womöglich in einen Käfig zu stecken, nein, das brachte sie nicht übers Herz. Hatte sie nicht auch etwas gutzumachen? Irgendwie könnte sie das schon hinkriegen mit dem Gassi und dem Füttern. Zumindest bis seine Wunde verheilt war. Länger müsste es ja gar nicht sein. Aber bis dahin ...

»Also gut«, sagte sie schließlich, »für eine Weile kann er hierbleiben. Ich bin sicher, Sie werden bestimmt bald jemanden ausfindig machen. Meine Kontaktdaten gebe ich Ihnen gern. Sollte ich ihn dann doch ins Tierheim bringen, melde ich mich vorher auf jeden Fall bei Ihnen.« Nachdem sie aufgelegt hatte, schärfte Marieke ihrem vierbeinigen Gast, falls er mitgehört hatte, zur Sicherheit noch einmal ganz ausdrücklich ein, dass das alles wirklich nur für den Übergang sei.

Hund trottete durch die Wohnung und nahm die Räume nach und nach in Besitz. In regelmäßigen Abständen warf er einen hoffnungsvollen Blick in den Futternapf, als wolle er überprüfen, ob es während seines kurzen Nickerchens rein zufällig eine neue Portion Leckerli geregnet hätte. Was jedoch nicht mehr so oft passierte, nachdem sich Marieke durch eine kleine Internetrecherche bestätigt sah, dass Hund und sie die Formulierungen *kurz vorm Verhungern* und *noch ein klein wenig Appetit* ebenso unterschiedlich definierten wie *dein Platz* und *mein Bett*. Und da Marieke nun das Oberhaupt des Rudels war, riss sie sich zusammen – jedenfalls die meiste Zeit – und nahm die Packung mit den Leckerli etwas seltener aus dem Schrank. Was noch oft genug war. Am liebsten fläzte sich Hund auf dem alten Flokati, den Marieke in Babettes Kommode gefunden hatte und der nun vor dem Sofa lag. Er kaute an seinem Verband herum und döste dabei immer wieder für eine kleine Weile ein. Marieke dachte dann an die Sonntagnachmittage mit Jochen, die eine ähnliche Behaglichkeit in ihr ausgelöst hatten. Wenn Hund noch Kuchen holen würde, wäre es nahezu perfekt. Was brauchte sie eigentlich eine Beziehung, und was vermisste sie so sehr, dass sie es zurückhaben wollte? Hund schnarchte nicht einmal! Und Joggen wollte er auch nicht. Sein gemächliches Humpeln entsprach einwandfrei ihrem Spaziergangstempo. Zwei Tage waren nun vergangen, seit sie bei der Polizei angerufen hatte, doch bisher war kein Rückruf erfolgt.

Ben war gestern Abend vorbeigekommen, um nach dem vierbeinigen Patienten zu schauen, und hatte ein paar alte Schmusetiere und einen Kong mitgebracht, ein Spielzeug aus Naturkautschuk, das selbst den gierigsten Hundezähnen standhielt. ›Damit er nicht auf deinen Pinseln herumkauen muss‹, hatte er gesagt. Sie hatte Ben für so viel Umsicht einen Kaffee angeboten, doch er hatte abgelehnt, weil er noch etwas vorhatte. ›Ein Date?‹, hatte sie gescherzt, denn nach einem Date war er ganz und gar nicht gekleidet. ›So etwas Ähnliches‹, hatte er geantwortet. Er trug Laufschuhe, eine derbe Hose mit vielen Taschen, gefüllt mit Dingen, die metallisch klimperten, als er sich zu Hund hockte. Dunkles Sweatshirt, dunkler Schal, eine Jeansjacke verziert mit Schlammspritzern. Im Rucksack hatte sie, als er die Sachen für Hund herausgenommen hatte, für einen kurzen Moment den Blick auf etwas werfen können, das eine Kameratasche sein mochte. Daneben ein Schraubenzieher und Handschuhe. Nach einer romantischen Verabredung zum Essen sah das nicht aus. Im Hinterkopf hatte sie sich ausgemalt, wie sein *Date* tatsächlich ablaufen könnte, und sie vermutete auch, dass er mit mehr als einer Person verabredet wäre. Nach einem liebevollen Knuff für Hund und ein an Marieke adressiertes ›Wir sehen uns‹ war er ziemlich schnell wieder verschwunden. Nur zu gern hätte sie sich ins Taxi gesetzt, um ihm zu folgen und herauszufinden, was ihr hilfsbereiter Nachbar an diesem Abend vorhatte und was ihr in der Nacht vorher wohl entgangen war. Stattdessen hatte sie seine Wohnung im Auge behalten und auch, als sie mit Hund gegen halb eins die letzte Tour um den Block hinter sich hatte, war es dort noch dunkel gewesen. Danach war sie todmüde ins Bett gefallen und eingeschlafen. Als sie gegen halb fünf kurz aufgewacht war und einen Blick über den Hof warf, hatte sie Licht bei ihm entdeckt und Nebelwolken, die auf seiner Terrasse zwischen den Bambussträuchern in den Himmel stiegen. Was mochte er da wohl tun?

›Was vermutest du denn?‹, schrieb Babette, mit der Marieke am Nachmittag chattete. In Costa Rica war Frühstückszeit.

›Keine Ahnung. Ich dachte erst, er verbrennt Beweise, doch es war kein Rauch, kein offenes Feuer. Eher Dampf.‹

›Gut. Aber ich kapiere nicht, warum jemand Autos abfackelt, der eine Dachgeschosswohnung hat und als Landschaftsfotograf durch die Welt jettet. Der müsste doch eher Angst haben, dass bei ihm was brennt.‹

›Genau das verstehe ich auch nicht.‹

›Statte ihm doch einen Überraschungsbesuch ab.‹

›Warum?‹

›Sag, Hund wolle ihn sehen …‹

›Mit seinem Bein schafft Hund die Treppen noch nicht.‹

›Aber er gefällt dir, oder?‹

›Ja. SEEEEHR!!!!‹

›Ist doch super:-)‹

›Aber nicht auf Dauer … Jederzeit kann die Polizei anrufen, und dann ist alles vorbei.‹

›Die Polizei? Wieso soll die sich ausgerechnet bei *dir* melden?‹

›Weil ich mich bei ihnen gemeldet habe. Und wenn sie was wissen, rufen sie mich an.‹

›Was? Aber du hast doch gar keine Beweise! Und außerdem: Wieso machst du das alles, wenn du ihn süß findest? Seeeehr süß sogar … Verstehe ich nicht!‹

›Und ich verstehe dich nicht!!!!‹ Marieke fragte sich, ob Babette noch nicht richtig wach war. Sie hatte ihr die ganze Arie mit dem Tierheim doch gestern per Mail geschrieben. Hatte Babette das alles noch gar nicht gelesen?

Nach einer kurzen Pause kam die Antwort aus der Ferne. ›Also Klartext: Ich verstehe nicht, warum du die Polizei einschaltest, wenn du doch noch gar nicht gesehen hast, dass er zündelt. Egal ob auf seiner Terrasse oder an fremden Autos. Dir fehlen die Beweise! Und wenn er dir gefällt, ist es doch das Letzte, wenn du ihn anschwärzst.‹

Marieke brach in Lachen aus, als sie das las. Hund hob den Kopf, um zu schauen, ob er irgendwas verpasst hatte. Würstchen, Pansen, einen Wink mit der Hundeleine oder wichtigen Besuch. Als er jedoch von alldem nichts entdeckte, sondern nur die sich vor Lachen kringelnde Marieke auf dem Sofa, gähnte er kurz, drehte sich um und schlief weiter.

›Hund kann doch nicht zündeln und Hund ist es, den ich süß finde. SEEEHR süß sogar. Falls du mit deiner Frage Ben meintest – über den habe ich mir noch keine Gedanken gemacht. Jedenfalls nicht in die süße Richtung …‹ Sie zögerte, bevor sie diese Nachricht abschickte, denn natürlich war ihr der eine oder andere Gedanke durch den Kopf geschwebt. Sie mochte die Art, wie Ben mit Hund umging, mochte seinen Humor und seine Selbstverständlichkeit. Er hatte etwas sehr Bodenständiges und nichts Affektiertes. Doch solange sie nicht wusste, warum er nachts mit dieser Gruppe und schwerem Gepäck durch die Gegend zog – und ob es genau *die* Gruppe war, der sie damals in Glücksfelde begegnet war –, legte sie jeden Gedanken an ihn, der nichts mit Hund zu tun hatte, tief in ihrer hintersten Gedankenschublade ab. Besonders, nachdem heute in den Regionalnachrichten die Meldung kam, dass in der vergangenen Nacht erneut ein Auto in Flammen aufgegangen war.

»Eine Woche, und es hat sich immer noch niemand gemeldet? Weder bei der Polizei noch auf die ausgehängten Zettel hin? Unvorstellbar, bei so einem süßen Kerl.« Susann kraulte hingebungsvoll Hunds Nacken. Es war Ende Mai, und sie saßen im Hinterhof unter dem inzwischen grünen Blätterdach der Kastanie. Auf einem Bistrotisch, den Susann zusammen mit den Korbstühlen aus ihrer Werkstatt nach draußen geholt hatte, stand ein Tablett mit Kaffee und Kuchen. »Wenn du willst, kannst du ihn gern mal bei uns deponieren«, schlug sie vor. »Als ich Nada kennenlernte, hatte sie auch einen Hund.«

»Eine halbe Hündin«, wurde Susann von ihrer Freundin korrigiert, die kopfüber in Plastiksäcken voll Erde wühlte.

»Eine halbe Hündin? Wie geht das denn?«, fragte Marieke, nahm sich ein Stück vom Hefezopf und bestrich es mit Susanns selbstgemachter Himbeermarmelade.

»Meine Ex-Beziehung und ich haben sie zusammen aus dem Tierheim geholt«, erklärte Nada. »Wir ahnten schon, dass mit der Liebe nicht mehr alles im Lot war, und hofften wohl, dass uns ein Tier noch eine Weile zusammenhalten könnte.« Sie richtete sich auf und streckte ihren Rücken.

»Komm, Schatz, lass mal gut sein, und setz dich ein bisschen«, sagte Susann.

Nada schüttelte den Kopf, grub weiter und fuhr fort: »Das mit dem Kitten hat aber nicht geklappt, und die Hündin wanderte anschließend zwischen uns hin und her.«

»Ein typischer Fall von Trennungshund«, flapste Susann.

Nada sah auf, holte tief Luft und konterte theatralisch mit einem Fingerzeig auf Susann: »Und da sitzt der typische Fall von Trennungs*grund*.« Kichernd warf sie einen Luftkuss hinterher.

Susann lachte. »Jaja, schon gut, aber mein schlechtes Gewissen hält sich in Grenzen. Immerhin hat euch euer Hundekind in Freundschaft zusammengehalten. Und das ist ein Glücksfall. Für uns alle.«

Die beiden tauschten einen Blick, den Marieke nicht deuten konnte. Verschwörerisch? Sentimental? Auf jeden Fall war es einer der Blicke, die auf Außenstehende intimer wirkten als Küsse und Liebkosungen. Tief berührt schlug Marieke die Augen nieder. Sie fragte sich, wann sie das letzte Mal mit dieser Intensität angeschaut worden war, so dass die Luft um sie herum vibrierte.

»Was machst du da eigentlich?«, fragte sie schließlich, um das Gespräch in eine andere Richtung zu lenken.

»Kartoffeln«, antwortete Nada.

»Kartoffeln? Hier im Hof? In alten Reissäcken? Und dann noch neben den Mülltonnen?« Ungläubig schüttelte Marieke den Kopf.

»Klar. Genau hier, gleich neben dem Biomüll. Unter dem Fenster der Fahrradwerkstatt geht's ja nicht, weil da die Hügelbeete sind.« Nada zog nun doch die Arbeitshandschuhe aus und setzte sich zu ihnen. Trotz unförmiger Latzhose und mit Erde verschmiertem T-Shirt sah sie ungeheuer weiblich aus. Und sehr eins mit sich.

»Ach, das sind Hügelbeete«, sagte Marieke, »dann bin ich beruhigt. Ich dachte neulich schon, ihr würdet eure Leichen nicht im Keller lagern, sondern im Hinterhof.«

»Madame belieben zu scherzen«, schaltete sich Susann ein. »Die Hügelbeete sind jedes Jahr das Herzstück von Nadas Gemüsegarten. Zucchini und Kürbisse werden bei uns auf der Fensterbank vorgezogen. Die kommen später in die Erde. Und die Bohnen hat Matze mit den Kindern schon letzte Woche in der hintersten Reihe ausgesät. Die Eisheiligen sind vorbei. Danach gibt es keinen Frost mehr«, erklärte Susann, als läse sie aus dem Bauernkalender vor.

Marieke sah sich verwundert um. »Das ist ja wie auf dem Land bei euch.« War es das, was Frau Schröder meinte, als sie sagte, der Hinterhof sei im Sommer ein Traum?

»Nein, nicht wie auf dem Land. Bei uns ist es wie in der Stadt. Und *très bohème*.« Susann kicherte.

»Quatsch *bohème*«, sagte Nada, »mach dich nur lustig.« Mit gespielter Entrüstung warf sie einen ihrer Handschuhe über den Tisch, doch sie verfehlte ihre Liebste um Haaresbreite. »Wenn du nicht nett bist, gibt es im Sommer keine Zucchini-Tarte für dich«, drohte sie. Dann wandte sie sich wieder an Marieke. »Bei uns ist es urban und nicht *bohème*, denn die Boheme züchtet höchstens Rosen oder hat sieben Sorten Thymian im vom Gärtner gepflegten Kräutergarten, die sie mit Namensschildchen aus Porzellan behängen. Die kultivieren lieber ihre Kinder mit Klavierunterricht und keine Kartoffeln.« Sie nahm ein Stück Hefezopf und redete mit vollem Mund weiter. »Gärten wie dieser hier sind die Zukunft. Sozial. Verbindend. Keine konzerngesteuerte Globalisierung, nichts Elitäres, sondern eine gewachsene Gemeinschaft.«

»Sozusagen von der Wurzel an«, ergänzte Susann und reichte ihrer Freundin eine Serviette. »Du musst wissen: Nada gibt Seminare über Landschaftsplanung, und die Rückeroberung der Städte durch die urbanen Gärtner ist ihr Steckenpferd. Sie forscht darüber, wie man städtische Brachen in Nutzland verwandelt und einen sogenannten Unort in den Garten Eden.«

»Was dir eindeutig gelungen ist«, bestätigte Marieke.

»Für Frau Schröder ist das hier so etwas wie das Paradies.«

»Na, da wird sie bald noch größere Augen machen«, sagte Nada lachend. »Zu ihrem Geburtstag werden die Jungs aus der Werkstatt eine Kletterhilfe an die Brandmauer dübeln. Wir wollen alle zusammengelegen für eine kleine Party und eine weiße Ramblerrose, die wir an dem Tag pflanzen. Und zwar so, dass Frau Schröder sie später von ihrem Fenster aus sehen kann.« Nada reckte ihren Hals und überprüfte mit einem kurzen Blick, ob das baldige Geburtstagskind vielleicht am Fenster stand und sie hören konnte. »Rambler wachsen schnell und können in kurzer Zeit alles überwuchern. Also wird sie hoffentlich eine Menge davon haben«, sagte sie dann leise. »Du kannst dich beteiligen, wenn du magst.«

»Gern«, sagte Marieke und fasste zusammen: »Also, Kartoffeln, Kürbisse, Bohnen und Rosen – und weiter?«

»Kräuter. Die ziehen wir alle gemeinsam in den Kästen, die an der Überdachung der Mülltonnen hängen. Jeder das, was er braucht. Und in einem der Kästen gibt es seit letztem Herbst auch eine Walderdbeere. Die gehört Danny Lehmann aus dem Vorderhaus«, sagte Nada. »Er hat einen Ableger aus seiner Kita mitgebracht. Die hatten letzten Sommer ein Garten-Projekt, und er hat ganz stolz erklärt, dass er alles, was sie da lernen, schon weiß, weil die Frau mit der Frau aus seinem Haus einen Garten im Hinterhof hat, und der sei viiiiiiel cooler als der in der Kita.«

»Die Frau mit der Frau?« Marieke zog die Augenbrauen hoch.

»Mhm. Man darf annehmen, dass die Kita inzwischen bestens über das ganze Haus Bescheid weiß«, sagte Susann.

»Du brauchst nämlich keine Abhöranlagen, wenn du ein Kind in diesem Alter hast. Das beste Spionage-Programm heißt Morgenkreis, denn da kommt wirklich alles auf den Tisch. Nicht nur, wenn sich Mama und Papa streiten, sondern auch das, was sonst so los ist.«

»Zumindest hat es Danny einen Erdbeerableger eingebracht«, schaltete sich Nada wieder ein. »Und jetzt kommt er jeden Tag runter, gießt und schaut, ob aus den Blüten tatsächlich Erdbeeren werden.«

»Gut, also Kräuter und Erdbeeren«, setzte Marieke ihre Liste fort.

»Und Rote Bete, Mangold, Salat, Blumen und Tomaten«, ergänzte Nada, während sie sich im Stuhl drehte, so dass sie alles überblicken konnte.

»Und Tomaten werden demnächst auch deinen Balkon verschönern«, übernahm Susann wieder das Wort. »Samantha hat nämlich vor ein paar Tagen erzählt, dass sie ein fettes Lob von ihrem Kunstlehrer bekommen hat. Ihre Hand würde endlich auftauen, hätte er gesagt. Sie war ganz aus dem Häuschen.«

»Wir müssen uns nur entscheiden, welche Setzlinge wohin kommen«, sagte Nada, stand auf und schnappte sich wieder ihre kleine Schaufel, »und welche die passenden für dich sind.«

Als Marieke am Abend ihre letzte Runde mit Hund drehen wollte, war dieser Punkt anscheinend geklärt. Zwei kleine Pflanzen standen vor ihrer Wohnungstür. *Gelbe Cherry* und *Rote Ramati* stand auf den Zetteln, die an Zahnstochern in den Töpfen steckten. Hund schnupperte neugierig an der Erde.

»Untersteh dich!«, warnte ihn Marieke und brachte die Töpfe auf ihrem immer üppiger wuchernden Balkon in Sicherheit. Für einen Moment dachte sie an Jochen, an das Haus, die Terrasse und den akkurat gestutzten Rasen. Die Buchsbaumhecke zur Straße hin, drei traurige Lavendelbüsche in der Auffahrt und ein ewig trockenes Vergissmeinnicht im Hängetopf an der Dachrinne der Remise, das zu gießen sie immer wieder vergessen hatten. Auf der Terrasse standen die italienischen Terrakottatöpfe mit den Engelstrompeten, die im Winter beim Gärtner eingelagert waren. Schön und giftig. Keine Erdbeeren, keine Tomaten, und das Basilikum wuchs in der Küche im Plastiktopf aus dem Supermarkt. Sie fragte sich gerade, was Jochen wohl von Reissäcken voll Kartoffeln hielt, als Hund sie an der Leine zog, ins Treppenhaus, hinunter, raus.

Rosen

»Rieke, es wird wirklich Zeit, dass du dein Leben in den Griff bekommst. Du bist nicht mehr zwanzig, aber du verhältst dich so.« Alexandra ließ den Kaffeelöffel sinken und schaute ihre kleine Schwester besorgt an. »Du legst dich nicht fest, setzt dich für nichts richtig ein. Dich immer nur treiben zu lassen bringt dich nicht weiter.«

Marieke zuckte mit den Schultern. Sie hatte bereits vor einer Weile aufgegeben, Alexandras Zurechtweisungen zu kontern. Im Stillen fragte sie sich, wie es immer wieder passieren konnte, dass sie sich, wenn sie ihr aus ihrem Leben erzählte, binnen einer halben Stunde fühlte wie ein kleines Mädchen. Würden sie es denn nie schaffen, aus ihren Rollen herauszukommen?

»Und jetzt auch noch das!« Alexandra blickte unter den Tisch, wo sich Hund gerade wie aufs Stichwort ausstreckte und ganz nebenbei seine Pfote vertrauensvoll auf Alexandras Fuß platzierte. »Wobei ich zugeben muss: Er ist schon sehr süß«, ergänzte sie in einem weicheren Tonfall. »Hast du eine Ahnung, wie alt er ist?«

»Nein, leider nicht. Ben, mein Nachbar, meinte, dass er recht jung sei. Von der Größe der Pfoten her kann man vermuten, dass er noch ein ganzes Stück wachsen wird.«

»Oje, da hast du dir aber was vorgenommen.« Erneut zeigten sich Sorgenfalten auf Alexandras Stirn. »So ein Tier frisst ja auch eine Menge. Das wird zeit- und kostenintensiv.« Sie blickte von Hund zu ihrer Schwester und wieder zu Hund. »Umso wichtiger, dass du nun zu diesem Fest gehst. Du hast dich lange genug in deinen Schmollwinkel verzogen.« Entschlossen nahm Alexandra ihr eigentliches Thema wieder auf. »Es wird Zeit, dass du dich der Situation stellst, von Angesicht zu Angesicht, und dass du endlich mal vernünftig bist und an deine Zukunft denkst. Eine funktionierende Beziehung mit Job, Haus und Garten bekommt man nun mal nicht geschenkt.«

Das Fest. Marieke hatte lange überlegt, wie sie mit der Einladung von Gabriele umgehen sollte, deren Feier zum fünfzigsten Geburtstag am selben Tag wie Frau Schröders Achtzigster stattfinden sollte. Zwar hatte sie schon ausführlich mit Susann darüber geredet und mit Babette geskypt, trotzdem war ihr Alexandras Meinung wichtig, auch wenn sie deren Antworten schon vorher geahnt hatte. Vielleicht gerade deswegen.

Gabriele und Hans waren von Anfang an Bestandteile in Jochens und Mariekes Beziehungskosmos gewesen. Sie hatten die beiden auf einer Reise kennengelernt und sich so gut mit ihnen verstanden, dass sie nach Urlaubsende den Kontakt hielten. Und Gabriele war so ziemlich die Einzige der gemeinsamen Bekannten, die sich auch nach den Turbulenzen der vergangenen Wochen meldete. In letzter Zeit musste Marieke erfahren, wie empfindlich Paare auf Trennungen im Umfeld reagierten. Seit sich ihr Auszug herumgesprochen hatte, hielt sich der Freundeskreis mit Nachfragen und Einladungen sehr bedeckt, und Marieke wurde klar, dass die Freunde, die Jochen und sie *unsere gemeinsamen* genannt hatten, mit ihr allein wenig anfangen konnten. Sie hatte lange darüber gegrübelt, ob es an ihr lag, und war zu dem Schluss gekommen, dass eine frisch gebackene Alleinstehende vielleicht eine zu große Bedrohung für die gemütlichen Paar-Abende darstellte. Zum einen, weil sie den Paaren vor Augen führte, wie fragil der Zustand der vermeintlichen Sicherheit im Miteinander war. Zum anderen wollte wohl niemand durch das eventuell traurige Gesicht einer Verlassenen die gute Stimmung am Esstisch gefährden. Ganz heimlich vermutete Marieke allerdings, dass es da noch eine Angst gab, die größer war als die vor einer Depression zwischen Hauptspeise und Dessert. Es war die Angst vor den eigenen Sehnsüchten. Denn was wäre, wenn die Verlassene gar nicht so depressiv war, wie alle vermuteten, sondern sichtlich befreit und um Jahre verjüngt wirkte, weil sie Dinge tat, die sie schon lange nicht mehr getan hatte? Weil sie plötzlich wieder allein ausging, von Bars redete, von denen die anderen nur in der Zeitung gelesen hatten, und Namen in ihren Erzählungen auftauchten, die niemand kannte, die aber Vermutungen auslösten, Phantasien befeuerten und Eifersucht zum Kochen brachten. Gab es da doch noch ein Leben jenseits des Tellerrandes? Wurden Dinge ausgelebt, von denen die anderen nur träumten? So genau wollte das wohl niemand an diesen Abenden wissen.

Marieke mochte Gabriele nicht enttäuschen. Sich als Aussätzige zu fühlen hätte sie überlebt. Aber diplomatisch, wie Gabriele war, hatte sie mit Sicherheit auch Jochen eingeladen. Es wäre das erste Mal nach all den Telefonaten, Mails, SMS, dass sie sich sehen würden. Auge in Auge. Und Marieke wusste nicht, ob sie sich dem gewachsen fühlte.

»Er wird in der Runde sicher keine Beziehungsgespräche mit dir anfangen wollen. Und er würde dich nie vor anderen Leuten vor den Kopf stoßen«, bearbeitete Alexandra ihre Schwester weiter. »Die anderen sind eher wie ein Schutzwall für dich. So kannst du ganz in Ruhe einen Realitätscheck machen. Zieh dir was Hübsches an, strahle, flirte, sei ausgelassen, tanze. Und wenn Jochen zu einem Hampelmann mutiert sein sollte, kannst du dich lachend verabschieden. Wenn nicht, dann lass dich bitte zurückerobern!«

»So einfach ist das?«, fragte Marieke.

»Ja, vielleicht. Ihr seid doch immer so ein schönes Paar gewesen.«

»Findest du?« Überrascht wanderten Mariekes Augenbrauen in die Höhe. Seit Silvester hatte sie immer und immer wieder die Zeit mit Jochen auseinandergenommen, jede Regung, jede Begebenheit. Dabei war ihr der Blick dafür, was sie als Paar ausgemacht hatte, so gut wie abhandengekommen.

»Ein schönes Paar, ja, das wart ihr wirklich. Und das werdet ihr auch wieder sein. Er vermittelt so viel Stabilität, so viel Sicherheit. All das, was du brauchst. Seine Zielstrebigkeit gibt dir eine Richtung, Rieke. Jetzt ist es an dir, ihm die Möglichkeit zu geben, seine Qualitäten neu zu beweisen und um dich zu kämpfen.«

»Lexie, verdammt, wir sind im einundzwanzigsten Jahrhundert. Rätst du das im Ernst auch deinen Klienten? Das klingt nicht nach Paarberatung, sondern nach König Artus und seiner Ritterrunde.«

»Männer reagieren manchmal sehr archaisch. Aber eins unterscheidet dich vom Heiligen Gral: Du bist da, leibhaftig, und das musst du ihm zeigen.« Alexandra schwieg einen Moment und musterte Marieke. »So hübsch wie jetzt habe ich dich jedenfalls schon lange nicht mehr gesehen.

Ich wette, dass er einiges unternehmen wird, um dich zurückzugewinnen.«

Und dann war er da, der Tag der großen Feiern. Der Hof war mit bunten Girlanden geschmückt, und unter der Kastanie stand eine lange Tafel mit weißer Papiertischdecke, Servietten mit Pünktchen, bunt zusammengewürfeltem Geschirr. Das halbe Haus war auf den Beinen, und am Tischende thronte Frau Schröder, flankiert von ihrem Sohn und seiner Frau. Morgens hatte Marieke Schoko-Muffins für das Kuchenbüfett gebacken. Die feierliche Rosenpflanzung sollte nach dem Kaffeetrinken stattfinden. Gegen Viertel nach sieben würde sie dann aufbrechen, damit sie nicht zu spät, aber auch nicht als Erste bei Gabriele und Hans auftauchte. Über den Blättern lachte die Sonne, und die jungen Lehmänner spielten Fangen mit den Kindern des Radlers. Hund war begeistert. Seit letzter Woche war sein Bein ohne Bandage, und nun konnte er fröhlich mitmischen. Kleine Kinder und pubertierende Hunde – die perfekte Kombination für Chaos und Gelächter. Nachdem sie Frau Schröder gratuliert und ein großes Stück von der Hinterhof-eigene-Ernte-Himbeeren-Geburtstagstorte auf dem Teller hatte, blickte sich Marieke nach einem freien Stuhl um.

»Komm, setz dich doch zu uns«, rief Ben und rückte auf der Bierbank ein Stück zur Seite, so dass sie neben ihm Platz hatte. »Die beiden hier haben gerade erzählt, dass du heute noch weiter musst«, sagte er und deutete auf Susann und Nada, die ihnen gegenübersaßen. »Bist du sogar auf Festen nur für den Übergang?« Sein Mund lächelte, aber seine Augen meinten es ernst.

Vielleicht war das der Grund, warum dem ersten belanglosen Satz, den sie über das Fest am Abend fallenließ, ein zweiter folgte, der etwas eher das traf, was sie eigentlich fühlte, und der weitere Sätze nach sich zog, mit denen sie mittendrin im Warum und Wieso der letzten Monate landete. Bens Nachfragen waren dezent, jedoch so klug, dass Marieke ganz ungewollt beim Erzählen die wichtigsten Etappen ihres Lebens wie Perlen auf eine Schnur fädelte.

»Wenn das alles so kompliziert ist«, fragte er schließlich, »wieso willst du da heute Abend eigentlich hingehen?«

»Weil ich glaube, dass ich sollte. Ich muss mich endlich der Situation stellen. Klarheit bekommen. Mein Leben in den Griff kriegen. Ich kann mich nicht immer nur treiben lassen«, gab sie zur Antwort.

»Sagt wer?«

»Ich! Das hörst du doch.«

Ein Gummiball landete an Mariekes Knöchel, gefolgt von Hund und der kleinen Lotte. Nach einem kurzen Tumult, bei dem der Ball zwischen den Zucchinipflanzen landete und Matze ein Machtwort sprach, nahm Ben den Faden wieder auf: »Aber es klingt irgendwie nicht nach dir.« Er blickte sie forschend an.

Marieke bemerkte, dass sein Haar den gleichen Kastanienton wie seine Augen hatte. Und wie die Sommersprossen auf seinem Nasenrücken. Mit einem Mal fiel ihr auf, an wen er sie bereits die ganze Zeit erinnert hatte: Früher, in ihrem Jugendzimmer, hatte sie ein Poster von einem Fuchswelpen aufgehängt, der sie mit ernstem Blick fixierte. Diesem Blick hatte sie damals all ihre Jugendsünden gebeichtet. Unwillkürlich musste sie lächeln. »Also gut, meine große Schwester meint das«, gestand sie nun, und noch bevor er die nächste Frage stellen konnte, winkte sie ab. »Ich glaube, ich habe schon mehr erzählt, als ich wollte. Jetzt bist du dran.« Weiter kam sie aber nicht, denn es war an der Zeit, dass Frau Schröder mit einem Geburtstagsständchen geehrt werden sollte.

»Wer ist das denn?«, fragte Marieke.

»Die WG, die über uns wohnt«, sagte Nada. »Mohan am Cayon, Tobi an der Gitarre und Declan am Akkordeon.«

Marieke staunte nicht schlecht, denn sie erkannte in Tobi den Mann, den sie an Silvester und diversen anderen Abenden bei Schneewittchen im Vorderhaus gesehen hatte. Allerdings nicht der vom Abend mit der Amaryllis. Sie beugte sich zu Susann und fragte so beiläufig wie möglich: »Wo ist eigentlich die Frau aus dem Zweiten mir schräg gegenüber?«

»Ah, du hast also schon deine ganz eigenen Beobachtungen im Haus gemacht.« Susann brach in Gelächter aus. »Tobi und Stella haben gerade mal wieder Funkstille. Es ist ihr wohl irgendein Informatiker oder Musiker – oder was auch immer es diesmal ist – dazwischengekommen. Tobi leidet, aber Locken und Blocken, dies Spiel spielt sie zu gerne.«

Marieke blickte hoch zu den Fenstern. Natürlich: Von der WG aus konnte man Schneewittchens Küche hervorragend einsehen. Was für eine fiese Inszenierung!

Die ersten Klänge von »Happy Birthday« erschallten, und der ganze Hof sang mit, sogar Hund, der den Schlussakkord mit einem kräftigen Gebell untermalte. Dann folgte eine sehr persönliche und rührende Rede von Frau Schröders Sohn und die feierliche Rosenpflanzung. Nachdem Marieke noch eine Weile mit Samantha und ihrer Mutter geplaudert hatte, sich von Danny Lehmann seine Erdbeerpflanze zeigen ließ, von Matze, dem Radler, das Angebot eines Leihfahrrads bekam und von seiner Frau Svea das Rezept der äußerst leckeren Himbeertorte, stellte sie fest, dass es Zeit war, sich fertig zu machen.

Mehr als eine Stunde verbrachte sie vor dem Spiegel, überprüfte ihre Falten, bändigte ihre Haare, versuchte, kaum sichtbare Fettröllchen in ein Bodyshape-Mieder zu zwängen, was sich vermutlich ähnlich anfühlte wie die Kampfrüstung von König Artus. Mindestens sieben Outfits probierte sie an und verwarf sie wieder. Auch das Mieder flog schließlich auf den wachsenden Kleiderstapel vor dem Bett. Weg mit den kneifenden Dessous. Sie müsste Luft holen können, wollte sie Jochen halbwegs gelassen gegenübertreten. Hund beobachtete alles vom Flokati aus. Ihm war egal, was sie trug. Seine Zuneigung für sie war tief und gleichbleibend, egal ob Mieder oder Turnschuhe. Marieke entschied sich schließlich für das Übliche: ihre helle Leinenhose, ein tailliertes Männeroberhemd in Weiß, mit Manschettenknöpfen, tief genug geöffnet, dass ihr Spitzentop hervorblitzen konnte. Dazu die Hängeohrringe mit den leuchtend roten Glasperlen. Alexandra hätte sicher zu etwas Femininerem geraten, ein enger Rock, Absatzschuhe, doch darin wäre sich Marieke nur verkleidet vorgekommen. Wenn Jochen sie zurückwollte, sollte er sie so nehmen, wie sie war. Wenn er aber High Heels und kurze Röcke bevorzugte, dann sollte er bei Jessica bleiben.

»Oh, wie schön du bist!«, sagte Nada, als Marieke wieder nach unten kam. »Dein Ex ist entweder blind oder blöd, wenn er bei diesem Anblick immer noch dein Ex sein will.«

»Danke«, sagte Marieke etwas verlegen, aber sie musste zugeben, dass es sie sehr freute, dieses Kompliment ausgerechnet von der wunderschönen Nada zu bekommen.

»Ja, umwerfend«, pflichtete Susann ihrer Freundin bei.

Ben musterte sie von oben bis unten, sagte aber nichts. Marieke mochte es sich selbst nicht eingestehen: Gerade von ihm hätte sie etwas mehr erwartet. Erhofft. Anstatt eines Kompliments sagte er nur: »Ich passe gut auf Hund auf. Und über das mit dem Treiben-Lassen reden wir noch mal.«

Susann nahm sie herzlich in den Arm und sagte: »Wenn was ist, melde dich einfach. Du hast meine Nummer. Wir holen dich da raus. Auf jeden Fall!« Und mit diesem Versprechen startete Marieke zuversichtlich in den Abend.

Spätestens als sie die Jacke an die Garderobe hängte, war Marieke sicher, dass ihr Kommen ein Fehler war. Wie naiv war sie eigentlich? Sie war darauf vorbereitet, von der Vergangenheit eingeholt zu werden, sobald sie einen Schritt über die Türschwelle setzte, doch mit dem, was sich in ihr abspielte, hatte sie in dieser Heftigkeit nicht gerechnet. Alles kam ihr noch viel vertrauter vor, als sie befürchtet hatte. Sie kannte die Wohnung schon seit Jahren, hatte mit Gabriele die Terrakottafliesen für den Eingangsbereich ausgesucht, sie bei der Farbe für den Flur beraten. Die hier gefeierten Feste, die Geburtstage, die Essen konnte sie nicht mehr zählen. Marieke wusste, ohne die Küche zu betreten, dass sie nur bekannte Gesichter sähe und auf dem Büfett den obligatorischen Fettuccine-Salat mit Knoblauch-Scampi finden würde, daneben weiße Mousse au Chocolat auf Himbeerspiegel in den viel zu klobigen Designerschälchen, die Gabriele sich zur Silberhochzeit gewünscht hatte. Jede Blütenranke des Dekors schien zu schreien: Schaut her, wie wertvoll wir sind. Dabei hätten die Schälchen das gar nicht nötig gehabt, denn Marieke wusste, wie teuer sie waren. Sie hatte mit Jochen im Geschäft gestanden und die Geschenkliste durchgearbeitet. Gemeinsam hatten sie Scherze darüber gemacht, dass sie niemals Geld für Tischporzellan ausgeben würden, das den gleichen Stempel wie das Waschbecken in ihrer Gästetoilette trug und beinahe ebenso teuer war. Hatten spaßend überlegt, ob sie auch noch einen Wasserhahn zur Dekoration besorgen sollten. Dann aber hatte Jochen seine Kreditkarte gezückt, sechs Schälchen geordert und eine Rechnung auf Praxisbedarf verlangt. Gern hätte Marieke etwas anderes ausgesucht, etwas, das ihr gefallen hätte und persönlicher gewesen wäre, aber Jochen hatte gemeint, das Wichtigste sei doch, dass Gabriele sich freue, und vielleicht sei es schon persönlich genug, wenn Marieke die Gratulationskarte gestalte. Die Heimfahrt damals war sehr schweigsam verlaufen. Sie erinnerte sich gut.

Nun stand sie im Flur, und das Erste, was sie wahrnahm, war seine Stimme. Sie live und nicht auf ihrer Mailbox zu hören erwischte sie kalt. Vielleicht war es damals bei dieser Taxifahrt auch seine Stimme gewesen, der sie nachgegeben hatte. Der sanfte Bariton vom Rücksitz, der es ihr so leicht gemacht hatte zu antworten: ›Ja, gut, auf einen Wein!‹ Und der ihr später das Bleiben ermöglichte, weil er das Leben weicher zeichnete. Seine Stimme hatte sie beruhigt, wenn die Wellen um sie herum zu hoch schlugen, hatte ihrer Welt Farbe verliehen, als sie selbst schon längst nicht mehr malte. An diese Magie hatte sie sich zwar erinnert, aber nicht damit gerechnet, dass sie ihr so schnell wieder erliegen könnte. Zu allem Überfluss hörte sie nun aus der Ferne, wie diese Stimme Sätze sagte, die sie vor Jahren schon einmal gehört hatte und deren Wiederholung sie hier tief im Magen traf:

»Ja, es ist alles noch ganz frisch. Ein Wunder. Ich kann es selbst kaum glauben.«

Sie stand an der Tür und wusste, sie sollte auf der Stelle umdrehen. Denn vor Jahren, als diese Sätze fielen, war *sie* das Wunder gewesen. Jetzt, so ahnte sie, war es die Andere. Sie hingegen, Marieke, war nicht mehr frisch. Sie fühlte sich, als hätte sie mit beinah Ende vierzig das Haltbarkeitsdatum längst überschritten. Als sie schließlich doch den Fuß über die Schwelle zum Wohnzimmer setzte, trat eine Stille ein. Ein peinliches Schweigen. Gern hätte sie laut aufgelacht, geheult, geflucht, geschrien, etwas wirklich Dramatisches gemacht, nur um diese Stille zu übertönen, die so laut war, dass es in ihren Ohren rauschte. Dann löste sich Hans aus der Gruppe und kam auf sie zu.

»Marieke, wie schön!« Ein wenig zu überschwänglich, zu theatralisch, das Lächeln noch nicht am richtigen Platz. »Du bist also auch gekommen.« Küsschen, Küsschen, wie immer, doch seine Schultern blieben starr bei der Umarmung, der Blick flüchtend.

Marieke mutmaßte, dass Gabriele ihm nichts von ihrer Zusage auf den letzten Drücker erzählt hatte. Klare Absprachen waren, mal abgesehen von Geschenklisten, noch nie ihre Stärke gewesen. Oder hätte es Jochen auch sonst gewagt, dass –

Ihr Blick heftete sich an den Nacken, an die zarten Wirbel, die im tiefen Rückenausschnitt des kurzen Kleides verschwanden. Klebte an der weichen Haut, wie Porzellan und faltenlos, und an dem Wesen, das in bunten Farben auf dem Schulterblatt seine Flügel reckte, als wolle es aus dem Ausschnitt flattern. Vermutlich ein Kolibri, dachte Marieke. Über dem Nacken, nachlässig und umso verlockender, ein einladendes Nest goldener Locken, so dicht wie ihre es waren, damals. Mariekes Blick flatterte, ähnlich wie ein Kolibri, über die tätowierte Schulter hinweg und landete in Jochens Augen, blaugraue Gischt im Pupillenmeer. In Bruchteilen von Sekunden offenbarte er eine ganze Palette von Gefühlen. Angst war eines davon, Schmerz ein anderes. Die unausgesprochene Entschuldigung, die sie schließlich auch noch wahrnahm, akzeptierte sie mit einem kurzen Nicken. Offensichtlich wusste er von nichts. Durch das plötzliche Schweigen irritiert, wandte sich das Kolibri-Mädchen auf seinen Endlosbeinen um, und Marieke war es, als schaute sie in einen magischen Spiegel. Sie sah sich, gefühlte zwanzig Jahre jünger und knapp fünfzehn Kilo leichter. Der Mund etwas größer, die Augen etwas heller, aber sonst –

»Du bist Jessica, nicht wahr?«, sagte sie, streckte die Hand aus und schaltete ihr Lächeln ein. »Schön, dich kennenzulernen.«

Sie standen zusammen und redeten. Eine halbe Ewigkeit. Hans und Gabriele, Jochen und Jessica. Dazwischen Marieke. Als es klingelte, ging Hans öffnen, und Jessica folgte ihm in Richtung Küche. Marieke hatte gehofft, ein paar Sätze mit Jochen allein und in Ruhe wechseln zu können, doch vielleicht hatte Gabriele plötzlich Angst vor einem Eklat, denn sie wollte und wollte nicht gehen. Redete einfach weiter, auch wenn schon alles über den neuen Job ihrer ältesten Tochter gesagt war. Marieke hielt sich an ihrem Weinglas fest und nippte nur selten, denn sie befürchtete Unkontrollierbares, wenn sie trinken würde. Wie um Himmels willen sollte sie entspannt tanzen und lachen und flirten? *Reiß dich zusammen, es geht um deine Zukunft!*, mahnte die Alexandra in ihrem Hinterkopf. Mariekes Mundwinkel fühlten sich an, als wären sie an ihren Wangen festgetackert zu einem höflichen Lächeln. Jochen schien es ähnlich zu gehen. Mitten in Gabrieles Wortschwall blickte er zu Marieke, und ihr wurde weh ums Herz. Wie vertraut war ihr dieser Blick. Das Blau der Iris, das je nach Stimmung seine Farbe wechselte. Das kalte Stahlblau, wenn er wütend war, das milde Himmelblau kurz nach dem Aufwachen, wenn der Morgen frisch und alles im Leben noch möglich schien. Das tiefe Blau, das ins Grüne spielte, wenn er sehnte, begehrte, sich verlor. Sie musste ihre Augen niederschlagen, um ihre Fassung zu wahren. Durchatmen. Doch als sie wieder aufsah, war da immer noch sein Blick.

Er war ein schöner Mann, definitiv. Die Haare dicht und dunkel, nur ein paar Silberfäden, vereinzelt an den Schläfen. Sein Alter war ihm kaum anzumerken, höchstens in den Momenten, wenn er müde war, überarbeitet und sich die Falten um seine Mundwinkel tiefer gruben. Gern hätte Marieke etwas anderes gesehen. Vor allem keine Jessica, die gerade einen Teller Häppchen aus der Küche zurück ins Zimmer balancierte.

»Das sind aber schöne Ohrringe«, sagte sie zu Marieke und nahm eine kleine Gabel voll Fettuccine-Salat.

»Venedig«, sagten Jochen und Marieke wie aus einem Mund.

Wieder dieser Blick und für einen kurzen Moment Schweigen. Bis Gabriele, in dem Bemühen, eine vermeintliche Peinlichkeit zu überspielen, einen neuerlichen Monolog begann. Diesmal über Italienreisen.

»O bitte, holt mich hier raus. Ihr hattet es versprochen!«, flüsterte Marieke in ihr Handy, als sie sich von Gabriele loseisen konnte und im Bad verbarrikadierte.

»Ist es so schlimm?«, rief Susann ins Telefon. Im Hintergrund war die ausgelassene Partystimmung vom Hof zu hören.

»Nein, es ist viel schlimmer!«

»Hat er dich nicht erkannt, oder hat er dir einen Antrag gemacht?« Susann kicherte, und es klang ein wenig so, als wäre Frau Schröders Geburtstagsgesellschaft inzwischen vom Kaffee auf Früchtebowle und Bier umgestiegen.

»Nein, er hat seine Neue mitgebracht.« Als sie es aussprach, merkte Marieke, wie die Wut in ihr hochschwappte.

»Du meine Güte, das ist wirklich schlimmer als das Schlimmste! Kannst du nicht einfach abhauen?«

»Das wäre wie Flucht. Das würde ich mir nie verzeihen.« Und Alexandra wahrscheinlich auch nicht, dachte Marieke.

»Gut, dann bleib, wo du bist. Unser Wort gilt: Wir hauen dich da raus. Irgendwie. Uns fällt schon was ein.« Ohne weiteren Kommentar legte Susann auf.

Marieke lehnte sich an das Waschbecken und musterte sich im Spiegel. Hübsch hatte Alexandra gesagt. Oder, nein, noch viel besser: So hübsch wie lange nicht mehr. Sie atmete tief durch. Wer zum Henker war schon diese Suppenschüssel namens Jessica? Ha! Marieke war besser als der Heilige Gral, den es zu erobern galt. Sie war hier. Also: auf in den Kampf!

Zurück im Wohnzimmer, hatte sich an der Situation nichts geändert. Gabriele redete, Jessica knabberte an Blätterteigstangen, Hans kümmerte sich abwechselnd um die anderen Gäste und den Türsummer. Und Jochen beobachtete Marieke. Denn die hatte sich verändert, was er offensichtlich registrierte. Sie war aus dem Bad zurückgekommen, der Rücken gerade, das Kompliment ihrer Schwester wie einen Bannspruch im Hinterkopf, die Hoffnung, dass Susann wirklich etwas einfiel, um sie zu retten, wie eine Gloriole um sich herum. Allein das Wissen, dass es da draußen Menschen gab, denen sie wichtig und wertvoll war, ließ sie nun leuchten wie die Ohrringe aus venezianischem Glas.

Dann klingelte es erneut. Hans öffnete, und plötzlich war es, als leuchtete auch das Zimmer. Marieke brauchte einen Augenblick, bis sie wusste, warum. Bis sie ihn so unvermutet in dieser Runde erkannte. Als sprängen leise knisternde Funken vor der weißen Wand, während Ben seine Augen über die Köpfe der Gäste wandern ließ. Er suchte den Raum ab, und als er Marieke erblickte, strahlte sein Gesicht kurz auf. Wieso war er hier und nicht Susann oder Nada? Sollte das die Rettung sein oder nur ein übler Scherz? *Wir hauen dich da raus.* Auf was für eine bowle-selige Idee waren sie da nur gekommen? Marieke hatte sich das anders vorgestellt. Egal. Hauptsache, irgendjemand würde irgendetwas tun. Kastanienrotes Glimmen unter dem Kronleuchter, als er auf sie zukam. Und ein Lächeln, das echter war als alles, was sie bisher an diesem Abend gesehen hatte. Überrascht stellte sie fest, wie gut ihr das tat.

»Tut mir leid, dass ich so spät komme. Ich musste erst noch Hund unterbringen.«

»Aber Susann –«, begann sie.

»Ja, die hat ihn für heute Abend genommen.« Er überging ihren irritierten Blick. »Hallo, ich bin Benedikt«, sagte er dann in die Runde. »Ich vermute, Marieke hat noch nichts von mir erzählt.« Die Linke platzierte er bei diesen Sätzen sanft auf ihren Rücken, die Rechte reichte er Jochen.

»Hund!?«, sagte Jochen und sah fragend zu Marieke.

»Nein, Brawitz«, antwortete Ben, ohne die Miene zu verziehen. »Benedikt Brawitz.«

»Entschuldigung! Ich bin Jochen«, sagte er und dann wieder: »Hund?«, an Marieke gewandt.

»Also das mit Hund ist eher –«, begann Marieke, war sich dann aber nicht sicher, wie der Satz weitergehen könnte. Was war das mit Hund? Und was war das, was hier gerade passierte? Sie sah Ben an.

»Eine Fügung«, übernahm er. »Er ist uns einfach zugelaufen, und da sich keine Besitzer finden lassen, haben wir gedacht, warum sollten wir ihn nicht behalten. Marieke wollte ja schon immer einen.«

»Einen Hund?«, echote Jochen erneut.

»Ja, sicher. Wusstest du das nicht?« In Bens Stimme schwang eine Mischung aus Überraschung, leisem Vorwurf und, vielleicht nur für Marieke hörbar, stillem Vergnügen mit.

Jochen schüttelte den Kopf.

»Und es klappt wirklich gut mit ihm. Und mit uns.« Ben machte eine kurze Pause und sah Marieke an. Sie nickte stumm und war gespannt, wie es nun weiterging. Was für ein Spiel Ben da auch spielte, wenn sie ihr Gesicht wahren wollte, müsste sie wohl mitmachen. Also lächelte sie. Was ihr allerdings nicht allzu schwerfiel, da ihr Jochens verwunderter Blick eine große Genugtuung war, als Ben nachsetzte: »Da wir ja nun zusammenwohnen.« Sein Zwinkern schien Marieke nahezulegen, jetzt nicht ins Detail zu gehen, wie sich das mit dem Zusammenwohnen gestaltete, und zu erklären, dass zwischen ihnen etliche Quadratmeter Hof und ein paar Hügelbeete lagen, sondern lieber die Verwirrung ihres Ex auszukosten.

»Oh, ein Hund, das ist ja toll! Habt ihr Fotos?«, schaltete sich Jessica ein.

»Ja, haben wir«, sagte Ben, »und du bist –?«

»Jessica. Jochens«, sie schluckte, »neue Lebensgefährtin.«

»Ahhh ja«, sagte Ben gedehnt und nickte. »Also gut: Fotos.« Er scrollte durch sein Smartphone und reichte es weiter an Jochen und Jessica. Marieke konnte ein paar Blicke auf das Display erhaschen. Hund am See, Hund im Auslaufgebiet, Hund im Wald. Hund im Garten mit Marieke, Hund mit Susann und Nada, Hund wieder mit Marieke, diesmal unter der Kastanie. Marieke mit Sonnenbrille. Marieke lachend. Marieke ernst und schön. Marieke im Profil. Marieke zwinkert. Marieke redet. Marieke krault Hund.

»Ich glaub, das war's«, sagte Ben und nahm das Smartphone wieder an sich.

»Der ist ja süß!«, quietschte Jessica.

»Und du«, begann Jochen an Marieke gewandt und zögerte, »dir scheint es gutzugehen.« Unsicherheit in der Stimme, in den Augen so etwas wie – erkannte Marieke das richtig? – tiefblaues Begehren.

»Sieht fast so aus«, sagte sie, die sich nebenbei fragte, wann Ben eigentlich die ganzen Fotos gemacht hatte. Dass er Landschaften fotografierte, war sein Job. Aber sie? Die letzten Bilder stammten von heute Nachmittag. Und die anderen? Er hatte Hund in ihrer Wohnung abgeholt, wenn er, was in letzter Zeit sehr oft passiert war, auf ihn aufpasste. Oder sie hatten sich mit den anderen im Garten getroffen. Zusammen waren sie höchstens zwei-, dreimal zum Gassigehen unterwegs gewesen, mehr nicht. Vor allem aber wunderte sie sich, wie er es dabei geschafft hatte, sie, die jede Kameralinse kategorisch mied, so entspannt und unbemerkt festzuhalten.

»Bist du bei Facebook? Hast du da vielleicht auch Bilder von eurem Hund gepostet?«, fragte Jessica und hatte bereits ihr eigenes Smartphone in der Hand, den Finger wie am Abzug.

»Nein«, sagte Ben mit einem Schulterzucken. »Wozu?«

»Weil alle bei Facebook sind. Und weil es eine gute Art ist, sich zu informieren und in Kontakt zu bleiben. Ohne kommt man doch heute gar nicht mehr aus.« Jessica sah ihn an, als müsse sie ihm erklären, dass die Erde keine Scheibe sei.

»Ach, weißt du, ich glaube nicht, dass ich so viel Informationen verpasse, wenn ich nicht dabei bin. Und die Sache mit den Daumen und dem *Liken* – nun ja.« Er machte eine Pause, als überlege er. »Es ist so«, sagte er dann, »ich *like* eigentlich nicht – ich *liebe* lieber.« Dann neigte er den Kopf zur Seite und lächelte Marieke an: »Magst du tanzen?« Ohne ihre Antwort abzuwarten, nahm er sie bei der Hand und zog sie mit sich ins Nebenzimmer, aus dem lateinamerikanische Klänge zu ihnen herüberwehten. Im Augenwinkel konnte sie noch sehen, wie Jessica der Mund aufklappte und Jochen ihr nachstarrte.

»Bist du wirklich nicht bei Facebook?«, fragte sie, als sie außer Hörweite waren, obwohl sie eigentlich tausend andere Dinge wissen wollte.

»Doch natürlich bin ich das. Allein schon wegen der Kontakte und der Informationen, die ich sonst verpassen würde. Aber das muss ich doch nicht jeder Frau auf die Nase binden, die mich danach fragt. Und schon gar nicht einer mit viel zu weißen Zähnen.«

Pak Choi

Hund tapste bereits durch die Wohnung, als Marieke aus ihren Träumen erwachte. Sie wollte die Augen nicht öffnen, sondern lieber noch eine Weile in den Nachgeschmack des gestrigen Abends eintauchen. Wie lange hatte sie sich nicht mehr so lebendig gefühlt wie auf der Tanzfläche mit Ben? Ausgelassen war sie umhergewirbelt und für Momente in Bens Armen gelandet, um sich gleich wieder von neuem im Takt zu drehen. Jochens forschende Augen, Hans und Gabrieles heimliche Blicke. Sie räkelte sich. Wann hatte sie das letzte Mal nicht gegrübelt, hinterfragt und reflektiert, sondern einfach nur gefühlt? *Sich* gefühlt? Alles war gut. Keine Empörung mehr über Ben, der sie mit seinem Auftreten ziemlich überrumpelt hatte. Kein Groll mehr auf Susann und Nada, deren Idee das war. Keine Wut auf Jochen, der mit seiner Jessica in der Ecke gestanden und jede ihrer Bewegungen verfolgt hatte. So viele andere Emotionen nahmen Raum in ihr ein, dass Marieke meinte, platzen zu können. Vor Freiheit, vor Glück, vor Lebenslust. Einem jedoch waren diese unbändigen Gefühle völlig egal: Hund. Seine Tour durch die Wohnung führte ihn zielstrebig zur Matratze, vor der er nun stoisch stand und versuchte, Marieke mit seinem Hypnoseblick wachzugucken.

»Gut, du hast gewonnen«, sagte sie schließlich, schlug die Augen auf und die Bettdecke zur Seite, was mit einem fröhlichen Schwanzwedeln begrüßt wurde.

Nach der Gassi-Tour nahm Marieke die Tüte mit Croissants und ihre Kaffeeschale, rückte den Stuhl auf dem Balkon zurecht und blinzelte zufrieden in die Sonne. Die Cosmea in ihrem Balkonkasten waren in die Höhe geschossen und trugen kleine Knospen. Die Tomaten forderten mehr Raum in ihren Töpfen. Die Klematis, die Marieke nach dem Lob des Kunstlehrers von Samantha höchstpersönlich bekommen hatte, kletterte an einer Bindfadenkonstruktion die Balkonwand hinauf. Diverse Kräutertöpfe, entdeckt in einer Gärtnerei auf einer ihrer Taxitouren ins Umland, verströmten einen Duft von Sommer, und Nadas Wiesenblumenmischung, die Marieke vor einer Weile in den letzten unbewohnten Balkonkasten aussäen sollte, trieb die ersten Blüten. Malven und Kornblumen, so viel konnte sie bislang erkennen. Ein zaghaftes Summen war zu hören, als sich zwei Bienen auf der Suche nach Nektar über die erblühten Kelche hermachten. Marieke hatte das Gefühl, als würde das Leben, das sich so bunt, wuchernd und unverhofft auf ihrem Balkon ausbreitete, auch ihre eigenen Wurzeln stärken und ihre Lebendigkeit wieder zum Blühen bringen. Nie hätte sie gedacht, dass ein bisschen Grün und ein paar Pflanzen ihr Wohlgefühl so verändern könnten. Aber war es nur das? Sie lehnte sich zurück, strich sanft mit nackten Zehen über ihre Fette Henne, die inzwischen in einem großen Topf in der Balkonecke brütete, und genoss es zu spüren, zu riechen, zu sein. Mitten hinein in diese Harmonie klingelte ihr Handy.

»Gießen wäre auch nicht schlecht«, vernahm sie Bens Stimme am anderen Ende. Wie ertappt befühlte sie die Blumenerde und stellte fest, dass er leider recht hatte. An diesem Punkt musste sie an ihrem Balkondasein noch nachbessern. Dann sah sie hoch zum Dach gegenüber. Er stand zwischen den Bambuspflanzen auf seiner Terrasse und winkte ihr zu. »Aber darum rufe ich nicht an«, sagte er. »Eigentlich will ich dir nur für den Tanz danken.«

»Für welchen genau?«, wollte sie wissen.

»Für Chaka Khan. Und für sämtliche Motown-Stücke. Und für den Walzer am Schluss natürlich auch.« Sein Lächeln war in diesen Sätzen nicht zu überhören.

»War mir ein Vergnügen. Aber was ist mit dem Tango? Dafür gibt es keinen Dank?«, fragte sie kokett.

»Für den Tango? Hmmmm, eher nicht«, antwortete er.

»Wieso? Weil ich geführt habe?«

»Nein, weil mein Zeh immer noch weh tut.«

»Entschuldigung«, sagte sie und bemühte sich, wenigstens ein bisschen Mitgefühl mitschwingen zu lassen, denn ihr hatte besonders der Tango gefallen.

Viel geredet hatten sie nicht, nachdem sie das Fest bei Gabriele und Hans verlassen hatten. Zwar verband sie der gleiche Heimweg, doch sie waren mit zwei Autos da, was der Rest der Gäste allerdings nicht mitbekommen hatte und sich daher nun sicherlich noch weiter den Kopf zerbrach, wer dieser Mann an ihrer Seite wohl sein mochte. Allein diese Vorstellung beflügelte Mariekes Laune.

»Entschuldigung klingt gut. Wiedergutmachung klänge besser«, unterbrach Bens Stimme ihren Höhenflug.

»Wie bitte?«, fragte sie und blickte erneut hinauf zum Dach. »Wiedergutmachung? Wofür?«

»Für den Zeh. Vielleicht schenkst du mir als Entschädigung für meine Leiden ein bisschen Zeit, dann gäbe es bei einer Klage wegen Körperverletzung sicher mildernde Umstände. Ab nächster Woche bin ich für eine Weile weg. Und vorher wollte ich noch gern an unser Gespräch von gestern Nachmittag anknüpfen. Von wegen *sich treiben las-*

sen und so. Das könnte man bei diesem Wetter ganz gut da draußen tun. Passt es dir nachher?«

Es entstand eine kurze Pause, in der sich das Grübeln und die Vorsicht in Mariekes Kopf zurückmeldeten. Ben, der Feuerfuchs. Sollte sie nicht erst einmal herauskriegen, was es mit seinen nächtlichen Aktivitäten auf sich hatte, bevor sie sich mit ihm zum *Herumtreiben* verabredete? Doch dann gewann das Gefühl von gestern Abend wieder die Oberhand. Vielleicht bekam sie ja durch direktes Nachfragen mehr heraus. Sie könnte es wenigstens mal versuchen. Und im Grunde war es doch auch egal, was er mit fremden Autos veranstaltete, wenn sie selbst nicht mitging zum Zündeln. Was spräche also gegen einen guten nachbarschaftlichen Kontakt?

»Hund und ich kommen gern mit«, sagte sie und war sich nicht sicher, ob sie bei ihrer Antwort tatsächlich ein Aufatmen am anderen Ende wahrnahm oder ob es nur eine Windböe war, die über seine Sprechmuschel wehte.

»Dann um halb vier vor der Tür«, sagte er. »Und bitte: keine noble Garderobe.«

»Hattet ihr das schon gestern abgesprochen?«, fragte Marieke leicht genervt und krempelte sich das Hosenbein hoch. Unter *sich treiben lassen* hatte sie sich eindeutig etwas anderes vorgestellt.

»Neenee«, antwortete Matze, »aber schön, dass du auf mein Angebot so spontan zurückkommst.« Er lachte.

»Und du glaubst, Hund schafft das?«, fragte sie weiter, diesmal Ben.

»Jaha! Der Arzt meinte, er sei wieder voll belastbar.« Er nahm die Hundeleine, schwang sich auf sein Fahrrad und fuhr los. »Außerdem ist es nicht weit«, rief er über die Schulter hinweg.

Marieke war mit dem Sich-aufs-Rad-Schwingen und dem Losbrausen etwas zögerlicher. Sie konnte sich nicht mehr genau daran erinnern, wann sie das letzte Mal auf einem Fahrrad gesessen hatte. In der Schulzeit, klar, aber seit sie sich durch irgendwelche Jobs ein Auto leisten konnte, und sei es noch so eine Schrottmühle gewesen, war sie auf vier Rädern unterwegs. Und auch heute hätte sie es vorgezogen, das Auto zu nehmen. Aber Ben meinte, als Wiedergutmachung für seinen lädierten Zeh müsste sie ein wenig leiden. Er war bereits an der Straßenecke, während Marieke all ihren Mut zusammennahm und in leichten Schlangenlinien hinter ihm her schlingerte. Als er sich nach ihr umschaute, musste er bremsen, so sehr begann er zu lachen. Sie jedoch biss die Zähne zusammen, trat beherzt in die Pedale und überholte Ben, der immer noch prustend dastand.

Auf Schleichwegen fuhren sie durch die Stadt. Marieke wusste gar nicht, wie viele grüne Umwege es abseits der großen Straßen gab. Der Blick von zwei Rädern war jedenfalls ein völlig anderer als der aus dem Autofenster. Mitten in einem Wohngebiet, das nicht unbedingt den besten Ruf hatte, bog Ben in eine Sackgasse ein und stoppte schließlich. Marieke erinnerte sich, dass hier früher einmal Brachland gewesen war, auf dem Schotter, Müll und Altmetall lagerten. Jetzt stand sie vor einem bunt gestrichenen Zaun, an dem das Schild ›Flotte Schalotte – Interkultureller Gemeinschaftsgarten‹ hing. Sie schlossen ihre Räder an einen Baum und traten durch das Gartentor.

»Was ist das hier?«, fragte Marieke, auch wenn sie das Schild gelesen hatte.

»Ein Garten für alle. Als ich dich heute früh so glückselig auf deinem Balkon gesehen habe, dachte ich, dass das hier eventuell auch was für dich wäre«, antwortete Ben.

Sie gingen den Hauptweg entlang. In einigen kleinen Parzellen waren Menschen mit Graben und Pflanzen beschäftigt. Eine junge Familie pflückte Himbeeren. Die Kinder halfen, indem sie die Hälfte der Ernte lachend in rot verschmierten Mündern verschwinden ließen. Im Nachbargarten beugte sich eine Frau mit Kopftuch über dicht bewachsene Kräuterbeete, und eine Wolke von Minzduft breitete sich aus. Eine kleine, alte Asiatin winkte Ben zu sich, als sie ihn erblickte. Sie begrüßten sich herzlich, wechselten ein paar Worte, und zum Abschied drückte sie ihm zwei grüne Stauden in die Hand.

»Pak Choi«, sagte er zu Marieke. »Senfkohl für unseren Hinterhof.« Er hielt ihr die mangoldartigen Pflanzen hin, und ein würziger Duft stieg in ihre Nase.

Bänke standen versteckt an Wegbiegungen, ein Kräutergarten war in einem Rondell auf der Mitte des Hauptweges angelegt, Obstbäume rechts und links, genug Raum für tobende Kinder. »Ich dachte immer, das hier sei Industriegebiet«, sagte sie.

»War es auch mal«, bestätigte er, »aber die Gurken und die Tomaten haben über den Schrott gesiegt.«

Marieke schaute ihn fragend an, doch dann erinnerte sie sich dunkel, dass es vor ein paar Jahren Auseinandersetzungen um die Nutzung dieses Gebietes gegeben hatte. Die Bewohner des Stadtteils forderten eine Beteiligung daran. Allerdings hatte sie das Ganze nach dem ersten Aufruhr in den Medien nicht weiterverfolgt.

»Am Anfang hat sich noch alles am Rande der Illegalität bewegt«, füllte Ben ihre Lücken. »Ein paar der Menschen hier, die nicht nur zu Hause rumsitzen, sondern ein Stück Land bebauen, Gemüse anpflanzen, Wurzeln schlagen wollten, sind über den maroden Zaun geklettert, haben Steine und Müll entfernt, den Boden umgegraben, Kartoffeln gesetzt und den alten Baumbestand mit neuen Obstbäumen ergänzt. Dann haben sie kleine Parzellen für einzelne Gärtner abgeteilt und einen großen Gemeinschaftsgarten angelegt.«

Marieke schaute sich um und war beeindruckt. »Das muss eine Menge Arbeit gewesen sein.«

»Ja, aber je mehr Leute mit angepackt haben, desto leichter wurde es. Und irgendwann hat auch die Stadt, die anfangs noch mit Räumung und Polizei gedroht hatte, kapiert, dass sie mehr davon hat, wenn Bürger auf einem Gelände, das nicht genutzt wird und verrottet, friedlich ihr Gemüse anbauen.« Er wedelte erneut mit dem Senfkohl vor ihrer Nase herum und fing sich von ihr dafür einen gespielten Boxhieb in die Seite ein. »Die Bedingung war, dass der Garten für die Allgemeinheit zugänglich bleiben müsse. Die Stimmung im Stadtteil hat sich jedenfalls sehr geändert seitdem. Und mittlerweile ziehen nicht bloß Menschen hierher, die anderswo wenig Möglichkeiten haben, sondern auch solche.« Er deutete auf einen Mann, der in jeder Szene-Bar der Stadt plaudernd am Tresen stehen könnte, sich aber hier auf einen Spaten gestützt mit seinem südländisch aussehenden Parzellennachbarn über Wild- und Unkräuter austauschte.

Hinter der nächsten Wegkurve stießen sie auf ein Café. Jedenfalls sagte das die bunte Schiefertafel, die in einem der Apfelbäume hing. ›Charlotte's Schalotten-Café‹ war mit

Kreide darauf geschrieben. Ausrangierte Gartenstühle, wackelige Holztische und Bänke standen auf der Wiese. Der Bauwagen am Weg bot auf einem improvisierten Verkaufstresen selbst gebackene Obstkuchen, Quiches mit Gemüse aus eigener Ernte und Getränke an. Es roch nach Erdbeeren und Waldmeister. Kinder jagten durch die Gegend, und auch Hund hatte im Nu zwei vierbeinige Spielkameraden gefunden. Ben begrüßte die Kuchenbäckerin, die bei seinem Anblick erfreut in die Hände klatschte und im selben Atemzug, mit dem sie sich nach seinem Sein und Werden erkundigte, auch nach Nada fragte. Marieke registrierte es überrascht. Ben lud sie ein, sich etwas aus dem Angebot auszusuchen, dann ließ er sich den Kuchen einpacken, verstaute ihn im Rucksack und bedeutete ihr, dass es weiterging. Der hintere Teil der Wiese war von dichtem Baumbestand umgeben. Ben jedoch suchte zielstrebig nach einer Stelle, die beim Nähertreten etwas lichter war. Er pfiff nach Hund, der wie ein Blitz angesaust kam, schnüffelnd zwischen den Bäumen verschwand und das alles offensichtlich sehr aufregend fand. Marieke bemerkte, wie eingespielt die beiden waren. Belustigt schüttelte sie den Kopf. Sie folgte ihnen durch Gestrüpp und Unterholz. Ein Zweig traf sie unsanft an der Wange, und ein paar Schritte später verhedderte sie sich an einer Brennnessel, doch bevor sie sich beschweren konnte, wurde der schmale Trampelpfad wieder überschaubar und sie traten aus dem Wald heraus. In der Ferne erklangen noch immer die johlenden Stimmen der Kinder, vom Garten war aber nichts mehr zu sehen. Die Bäume umgaben sie wie eine Kathedrale aus Blättern und Licht. Am Stamm einer Eiche entdeckte Marieke ein kunstvolles Konstrukt, das auf den ersten Blick einem Ameisenhügel ähnelte, sich bei näherer Betrachtung jedoch als ein Flechtwerk aus Weidenruten herausstellte. Ein paar Meter weiter hing in einer Buche eine Art Bienenkorb, ebenfalls aus Weide geformt. Ähnliche Skulpturen waren ihr in den letzten Wochen bereits mehrmals in der Stadt aufgefallen. An Bäumen, auf Plätzen, unvermutet.

»Was ist das denn?«, fragte sie und untersuchte das Ganze genauer.

»Kunst im öffentlichen Raum? Die Schnittstelle zwischen Natur und Kultur? Nenn es, wie du willst. Ich dachte jedenfalls, es gefällt dir.«

»Sehr sogar!«, sagte sie und entdeckte auf den zweiten Blick eine weitere Anzahl kleiner Skulpturen, die zunächst wie zufällig entstanden wirkten, doch bei eingehender Betrachtung eine Logik und einen gestalterischen Plan erkennen ließen. Systematisch aufgerichtete Planken, Steinpyramiden, Mobiles aus Fundstücken. Alles integriert in das wuchernde Grün und die Umgebung. Sie war entzückt. Als sie sich umdrehte, hatte Ben bereits eine Decke aus dem Rucksack geholt und sie am anderen Ende der Lichtung ausgebreitet, wo ein kleiner Bach verlief. Mineralwasser, Quiche und Kuchen von Charlotte, Tee aus der Thermoskanne. Ein perfekt gedeckter Kaffeetisch am Sonntagnachmittag. Marieke setzte sich, zog die Schuhe aus und tauchte ihre Zehen ins Wasser. »Wer hat das alles hier gemacht?«, fragte sie schließlich.

»Menschen, die die Welt gern ein wenig schöner, bunter und besser hätten, als sie ist, und die auf diese Weise ihren Teil dazu beitragen wollen. Kunst und Kornblumen statt Kapitalismus.«

»Und was hat Nada mit dem Ganzen zu tun?«, fragte

sie, denn der Gruß von Charlotte beschäftigte sie weiterhin.

»Nada hat ihre Abschlussarbeit über diesen Garten hier geschrieben.« Er zögerte kurz und ergänzte dann: »Und sie war maßgeblich an der sogenannten Besetzung des Geländes beteiligt.«

Der letzte Satz klang wie *Ende der Durchsage*, doch Marieke wusste, wenn sie eine Chance hätte, ein bisschen mehr über ihn herauszufinden als die spärlichen Fakten, die er bisher verraten hatte, wäre dies genau der richtige Moment dafür. »Und du?«, wagte sie sich also vorsichtig ein Stück weiter vor. »Was hat es mit *dir* zu tun?« Sie hielt die Luft an, denn sie befürchtete, dass diese Frage verminte Gebiet sein könnte.

»Ich?«, sagte er und sah sie dann schweigend an, einen langen Augenblick. »Was genau möchtest du wissen?«

»Was hast du mit dem Garten zu tun?«, fragte sie und dachte heimlich: Und was mit Nada? Obwohl sie ja eigentlich denken wollte: Und was mit den brennenden Autos? Aber das schien gerade wie überwuchert mit Efeu und Pfefferminze.

»Ich war in der Zeit auch oft hier. Ich habe den Umbruch damals mit der Kamera dokumentiert. Beruflich und privat.«

Denk an den Abend in Glücksfelde, ermahnte sie sich. Passt doch eigentlich alles gut zusammen: am Rand der Illegalität, Besetzung und so …

»Aus dieser Zeit kennst du die ganzen Leute hier? Also so insgesamt«, fragte sie.

»Mhm. Einige sind von Anfang an dabei«, sagte er.

Mensch, Marieke, sieh zu, dass du langsam die Kurve

zu dem bekommst, was du eigentlich wissen willst!, riefen die Gedanken in ihrem Hinterkopf dazwischen, während sich die anderen Gedanken gerade mit dem hübschen Lächeln beschäftigten, das auf seinen Lippen lag. Und mit dem leicht herausfordernden Blick, mit dem er sie taxierte. Frag nach den Autos, binde es ein, hinterrücks, und vergiss das mit Nada, mahnte der Hinterkopf. »Und ihr habt dann auch einen Garten hier gehabt?«, kullerte es ungefiltert aus ihrem Mund. *Ihr?* Was war das denn für eine Frage? Die hinteren Gedanken verdrehten die Augen, während die restlichen Gedanken beschämt auf ihre Schuhspitzen schauten. Denn alle logischen Gedanken in ihrem Kopf wussten ja, dass Nada schon lange glücklich mit Susann zusammen war, nachdem sie sich von der Frau davor wegen Susann getrennt hatte. Und dass sie sich mit ihrer Ex immer noch gut verstand. Aber das, bitte schön, hatte in diesem Gespräch mit Ben absolut nichts zu suchen. Gar nichts! Weder im Hinterkopf noch sonst wo, denn sie alle, Nada und Susann, Ben, Matze, Frau Schröder und auch sie waren doch nur gute Nachbarn. Vermutlich war Ben sowieso schwul. Lesben und Schwule sind ja immer irgendwie befreundet. Außerdem konnte er tanzen, was der beste Beweis war. Na bitte!, riefen die Hinterkopf-Gedanken erleichtert und baten ab jetzt um Konzentration auf das Auto-Thema.

»Ja, hatten wir«, antwortete Ben nun aber auf ihre eben gestellte Frage nach dem *Wir* und dem Garten, und nicht auf die anderen, unausgesprochenen. »Erst den Garten, dann die Hündin – und dann hatte Nada Susann.«

Hilfe! Sämtliche Gedanken in Mariekes Kopf rissen gleichzeitig die Augen auf und vermutlich auch Marieke selbst.

Hatte Nada neulich Ex-Freundin gesagt oder Ex-Beziehung? Egal, was sie gesagt hatte: Marieke war dabei eindeutig von einer Frau ausgegangen. Doch warum brachte sie seine Antwort so durcheinander? Ben beobachtete sie, als hätte er etwas von dem Hin und Her in ihrem Kopf mitbekommen. Sie war nur froh, dass er nicht ihre Gedanken lesen konnte. Zumindest hoffte sie das.

»Du weißt ja, wie das ist mit Ex-Lieben«, sagte er schließlich, »am Anfang tut es weh. Aber manchmal verbindet einen so viel außer Sex, dass man gern zusammen ist, obwohl die eigentliche Liebesbeziehung vorbei ist. Wenn auch auf eine andere Art. Vielleicht macht das so etwas wie Familie aus.«

Marieke nickte, wobei sie innerlich allerdings heftig den Kopf schüttelte. Nie im Leben hätte sie einen ihrer Ex-Freunde als Familie bezeichnet. Bei den meisten hatte sie noch nicht einmal *während* der Beziehung solch ein Gefühl gehabt, geschweige denn hinterher. Bei Jochen vielleicht, manchmal. Aber da das Thema Familie für sie seit Jahren kontaminiert war von Verletzungen und Unwägbarkeiten, machte ihr das, was Ben gerade sagte, mehr Angst als nächtliche Feuer in Glücksfelde. Hätte sie doch einfach nur nach der Sache mit den Autos gefragt, nach der Gruppe dunkler Gestalten, nach dem Schraubenzieher in seinem Rucksack neulich Abend. Als entlarvter Feuerfuchs hätte er sie nicht halb so sprachlos gemacht wie als Ex ihrer schönen Nachbarin. Sie musste etwas sagen, irgendwie reagieren. »Das ist aber –«, begann sie, doch dann summte glücklicherweise ihr Handy. Sie griff hastig danach, als wäre es ein Rettungsring. »Entschuldige«, sagte sie und schaute auf das Display.

Ich muss dich sehen! Der Abend gestern hat alles auf den Kopf gestellt. Bitte melde dich, Jochen.

Sie merkte, wie sie rot wurde und ihre Hände zitterten. Ben kippte den Rest Tee aus seiner Tasse in die Büsche und begann einzuräumen.

»Das war nur –«, sagte sie zögernd.

»Dein Ex, der sich mit dir treffen will«, vollendete er den Satz hellseherisch und schnürte den Rucksack zu. »Ich denke, wir fahren jetzt besser nach Hause.«

Kornblumen

Auch wenn die Linie eine noch sehr schmale war, füllte sie doch ihren Blick bis zu den Rändern. Vielleicht hatte es etwas mit der Tiefe des Farbtons zu tun, mit seiner Intensität, dass Marieke schon beim zweiten Strich an nichts anderes mehr dachte. Nicht mehr an den Abend bei Gabriele und Hans, nicht mehr an Jochen, nicht mehr an Kolibris, nicht mehr an den Ausflug in den Gemeinschaftsgarten, nicht mehr an Taxis, an Autos überhaupt, an das Haus und all seine Bewohner. Sie dachte nur noch an das, was sich da direkt vor ihren Augen ausbreitete: eine eigene Welt aus Blau. Ein Blau, das sie hineinzog in seine Tiefe. Das ihre Seele öffnete und alles aus ihrem Hirn verschwinden ließ, was nichts mit dieser Farbe zu tun hatte. Alles, was ihre Gedanken gefangen nahm und ihren Blick vernebelte, löste sich auf. Sie hatte die Farbe in einer der alten Kisten aus Jochens Remise gefunden, als sie in der Nacht nach der Radtour die Wohnung aufgeräumt hatte, obwohl eigentlich schon alles aufgeräumt war. Hund hatte Mariekes Putzanfall offensichtlich genervt. Für ihn war es ein langer und aufregender Tag gewesen. Er war einen weiten Weg neben dem Rad hergelaufen, hatte mit den fremden Hunden getobt, am Bach und unter den Bäumen geschnuppert. Das alles musste erst einmal verarbeitet werden. Schließlich war er noch jung und brauchte seinen Schlaf. Aber Marieke hatte weiter geräumt und gerückt, auch über seinen Kopf hinweg. Irgendwann hatte er sich in die laue Sommerbrise auf den Balkon verzogen. Seine Pfoten liefen im

Traum weiter, und mit dem einen oder anderen Schnaufen schien er sich im Schlaf mit seinen fiktiven Spielkameraden auszutauschen. Mariekes Hände waren ebenfalls in Bewegung, nur im Gegensatz zu Hund war sie hellwach. Sie musste sich beschäftigen, weil eine kleine Hoffnung in ihr keimte, dass durch äußere Bewegung die Gedanken zur Ruhe kämen. Plötzlich und unvermutet hatte sie dann die Farbe zutage gefördert.

Sie strich das Blau auf die Leinwand. Sie hatte keinen Namen dafür. Es war nicht Ultramarin, es war nicht Lapislazuli. Es war ein Blau, das weiter war als der Himmel, höher als das All, tiefer als der Ozean und wertvoller als ein echter Saphir. Wertvoller für sie. Ein Farbton, der sie mehr berührte, als es ein Blick aus Jochens Augen jemals getan hatte. Es war ein Blau, das sie völlig absorbierte. Sie kannte die Klischees um blaue Farben und deren mystische Verklärung. Die Suche nach der blauen Blume. Die Sehnsucht. La peur bleue. Sie kannte die blauen Schaffensphasen der Maler – und deren andere blaue Phasen ebenfalls. Jene vernebelten Zustände, in denen sie nichts schufen und ihre Sehnsucht ebenso wie ihre Angst in Rotwein und Gin ertränkten. Mariekes Blau aber war ein starkes, klares. Es war wie das weite Meer dort am Horizont, wo die Grenze zum Himmel verschwimmt, nachdem die Sonne längst untergegangen ist, die Welt sich für die Nacht bereitet und nur die Farbe bleibt. Sie selbst trieb auf den Wellen, den Pinsel fest in der Hand wie einen Anker, den sie gerade mehr als alles andere brauchte. Sie setzte ihn erst ab, als Hund gegen Morgen lautstark zu verstehen gab, dass auch er Bedürfnisse hatte, die nicht blau waren und eher die Bäume auf der Straße betrafen als das Bild auf der Staffelei. Doch als sie wieder zurück in die Wohnung kamen, machte sie weiter, wo sie ihre Arbeit unterbrochen hatte, die Zeit und schließlich sich selbst vergessend.

»¡Qué escuche a su corazón! Qué salga que le está esperando su gran amor.«

Marieke schloss die Augen, um sich zu sammeln und nicht etwas sehr Unhöfliches zu sagen. Sie zählte bis fünf, atmete tief durch und fragte: »Muss ich wissen, was mir Doktor Sommer aus San José gerade geraten hat? Dann übersetze es mir doch bitte. Wenn nicht, kann er dir dann endlich wieder die Leitung überlassen?«

Irgendwo in Costa Rica entbrannte ein Gerangel um die Kameralinse, dann tauchte Babette wieder auf. »Er meinte, dass du auf dein Herz hören sollst und hinausgehen, weil da draußen die große Liebe wartet«, erklärte Babette und schob Miguel, dessen Gesicht sich immer noch bemühte, fröhlich nickend Mariekes Monitor zu entern, sanft, aber bestimmt zur Seite. »Sí claro, Miguel, tiene razón. No podrá salir usted también un toque que afuera le están esperando los trastes«, sagte sie dann so süß zu ihm, dass einem allein beim verständnislosen Zuhören die Zähne verklebten wie bei einem besonders zähen Karamellbonbon.

Babettes Einwand wurde von Miguel mit einem ebenso süß gehauchten »Está bien, mi princesa, ahorita lo hago« quittiert. Doch zumindest war Babette nun wieder allein auf dem Bildschirm zu sehen.

»Und was war das jetzt, Prinzessin?«, wollte Marieke wissen. Sie kannte zwar sämtliche Untertöne Babettes hervorragend und ahnte, dass sich hinter dem Karamell ein mittelschweres Unwetter zusammenbraute, doch konnte sie immer noch nicht genügend Spanisch, um die Gewitterwolken mit Inhalt zu füllen. Nur das Wort *princesa* hatte sie wirklich verstanden.

»Ich habe ihn freundlich darauf hingewiesen, dass auf ihn da draußen nicht die große Liebe, sondern der Abwasch wartet. Den er, wie er sagte, gleich erledigen will. Allerdings heißt *ahorita* genau übersetzt zwar *jetzt*, aber für Ticos bedeutet es ein Jetzt, das genauso gut *gleich* oder *nachher* oder *in zwei Stunden* oder *demnächst irgendwann* sein kann.« Babette blickte mit gespielter Verzweiflung in die Kamera, und im Hintergrund war ein Kichern zu hören. Sie wandte sich um und warf ein Kissen in Richtung des Gelächters. »¡Miguel! Estamos hablando de cosas de chicas«, rief sie genervt. »Das ist Mädelskram, hörst du!«

»Pero, mi amor, lavar trastes también son cosas de chicas y ya que están en eso«, konterte er, doch immerhin verschwand er von der Bildfläche.

»Er hat's echt mit *amor*, oder?«, stellte Marieke fest.

»Ja, aber damit meint er in diesem Fall nur, dass auch Abwasch Mädelskram sei.« Babette schüttelte den Kopf. »Einiges hier ist wirklich noch verbesserungswürdig. Wird Zeit, dass wir demnächst eine Spülmaschine bekommen.« Sie holte tief Luft. »Aber nun zu dir. Was genau bringt dich so durcheinander? Der zweieinhalbte Frühling deines Glücklicherweise-immer-noch-Ex oder dein netter junger Nachbar, für dessen Vorleben du dich so interessierst?«

»Woher weißt du, dass er jung ist, jedenfalls jünger als wir?«, fragte Marieke ertappt. »Das hatte ich dir nicht gesagt.«

»Weil kaum ein Mann um die fünfzig nach einer Stunde

Best of Motown noch einen beeindruckenden Walzer linksrum hinlegt, ohne zwischendrin seine Pulsfrequenz-Uhr zu kontrollieren«, antwortete Babette lachend. »Oder hat Jochen etwa getanzt? Vielleicht sogar mit dir?«

»Quatsch!«, antwortete Marieke. »Natürlich nicht. Jochen tanzt nicht. Das weißt du doch.« Oft genug hatte sie sich darüber beschwert. Ohne Erfolg. Irgendwann hatte sie sich damit abgefunden und sich auf die Kernkompetenzen der Beziehung – wie Alexandra es nennen würde – besonnen. Die Ruhe, die Sicherheit, die sonstigen Vorlieben. Die gemeinsame Arbeit in der Praxis und die ruhigen Sonntagnachmittage. Ein überraschender Kurztrip nach London zu einer Ausstellung in der Tate Gallery, ein Wochenende am Meer, die Freude an der unterkühlten Ästhetik eines 80er-Jahre-Films wie *Diva*. War das nicht genug? Da musste sie doch nicht noch mit ihm tanzen gehen. Die Lust auf lange Nächte war ihr mit den Jahren sowieso abhandengekommen. Wobei die Nachtschicht im Taxi eine ganz andere Kategorie darstellte.

»Aber was soll ich denn jetzt machen?«, fragte sie verzweifelt und wusste selbst nicht so genau, welcher der Punkte, von denen sie Babette erzählt hatte, der wichtigste war. Jochen, bei dem sie sich nach dem Fest immer noch nicht gemeldet hatte? Ben, der es ein ums andere Mal schaffte, sie zu verunsichern? Alexandras Pläne? Ihre Freiheit? »Bitte, gib mir einen Rat!«, jammerte sie.

»¡Qué escuche a su corazón! Qué salga que le esta esperando su gran amor«, wiederholte ihre Freundin jedoch nur Miguels Spruch von vorhin und lachte.

Rausgehen und mutig sein – na danke schön!, dachte Marieke. Ein konkreter Tipp, in welche Richtung sie da draußen gehen sollte, wäre ihr an dieser Stelle lieber gewesen.

»Das ist richtig gut«, sagte er, als er abends vorbeischaute und ihr blaues Bild auf der Staffelei entdeckte. Sie war tagsüber für Konrad unterwegs gewesen und Ben hatte wieder mal Hund übernommen. »Es hat etwas sehr Tiefes.« Er kaute an seiner Unterlippe, während er konzentriert die Leinwand betrachtete. »Und etwas Ungewisses.«

»Ich bin noch nicht fertig damit. Vielleicht liegt es daran«, sagte sie. »Es bestehen also noch Chancen, dass es etwas gewisser wird.« Sie lachte.

»Das wäre schade, denn gerade das Offene daran gefällt mir. Auf jeden Fall ist es ein ungewöhnliches Blau.«

Sie nickte. »Ich hatte vergessen, dass überhaupt noch etwas davon da ist. Früher habe ich es sehr oft verwendet. Ich bin damals sogar durch die halbe Stadt mäandert, um genau diesen Farbton zu bekommen. Ich hatte ihn vor Augen, ich habe von ihm geträumt, aber in keinem Geschäft den richtigen Ton gefunden. Babette habe ich damit wohl beinahe in den Wahnsinn getrieben. Schließlich habe ich aus all den Pigmenten, die in die richtige Richtung gingen, diesen Ton gemischt. Ich habe so lange probiert, bis ich zufrieden war. Und das hier muss ein Rest davon sein.«

Sie standen nebeneinander vor der Staffelei, schweigend. Dann wandte er sich zu Marieke um, betrachtete sie, ähnlich intensiv wie das Bild. Sie wagte nicht, ihren Blick von der Leinwand abzuwenden, ihn anzuschauen, sah einfach weiter hinein ins Blau.

»Glaubst du eigentlich wirklich an den Quatsch mit dem Sich-treiben-Lassen und dass du dein Leben nicht im Griff hast?« Ben löste seinen Blick nicht von ihrem Profil, von ihrer grüblerischen Stirn, von ihren Sommersprossen und der Locke, die sich aus ihrem nachlässig hochgesteckten Haar gelöst hatte.

»Wieso?«, fragte sie überrascht zurück. Sie konnte nicht anders, sie musste ihn ansehen dabei.

»Eine Person, die wegen eines ganz bestimmten Blaus die halbe Stadt auf den Kopf stellt und nicht Ruhe gibt, bevor sie es hat, lässt sich nicht treiben. Im Gegenteil. So eine Person bekommt sogar ziemlich viel geregelt. Vielleicht nicht das, was für andere wichtig ist, aber für sie. Sie bekommt nämlich ein Blau, das sonst niemand hat. Hast du dir das eigentlich mal überlegt?« Sanft strich er ihr die Locke aus der Stirn. Eine kurze Berührung seiner Fingerkuppen, nicht mehr, doch sie wagte kaum zu atmen. Diese Geste, wie nebenbei, war für sie intimer als sämtliche Berührungen, die sie vor vier Tagen auf dem Fest als vermeintliches Paar ausgetauscht hatten, denn jetzt gab es kein Publikum. Es gab nur sie und ihn. Sie mussten nichts vortäuschen. Dies hier war echt.

»Ich muss morgen Abend um sieben am Flughafen sein. Hast du Lust, mich zu fahren, oder muss ich mir irgendwo anders ein Taxi rufen?«

»Nein, Quatsch, natürlich bringe ich dich«, sagte sie und räusperte sich. Ihre Stimme klang wie brechendes Eis. »Ich bringe dich sehr gern.«

Es war erstaunlich, wie wenig er dabeihatte. Vielleicht lag es daran, dass Ben professionelles Reisen gewohnt war. Die Fotoausrüstung war das Schwerste an seinem Gepäck. Marieke war nicht wie sonst auf die Halte für Taxen gefahren, sondern hatte einen Parkplatz gesucht. Wenn schon zum Flughafen bringen, dann richtig, mit Aussteigen und Warten und Winken. Hund hatten sie mitgenommen. Aufgeregt schnupperte er sich durch die Halle und sauste zwischen ihnen hin und her, die Leine wie eine Stolperfalle gespannt. Er schien zu spüren, dass dies nicht nur eine kleine Spazierfahrt war. Koffer, das kannte er nicht. Das war etwas Neues. Auf »Sitz!« wollte er nicht hören, obwohl es Marieke mit stoischer Ruhe wiederholte, während Ben sein Gepäck aufgab. Sie saß auf einer der unbequemen Wartebänke und beobachtete ihn. Dabei versuchte sie sich vorzustellen, wie es wäre, wenn sich ihre Wege nicht an jenem Abend am Beckerplatz gekreuzt hätten. Würde sie Ben hier inmitten der anderen Menschen bemerken? Das nachtblaue Hemd, der dünne Wollpullover leger über die Schultern geworfen, die dunklen Jeans, die locker auf seinen Hüften saßen? Er war weder auffällig groß noch besonders breitschultrig, eher schmal. *Zäh*, dachte sie, *zäh und hartnäckig*. Nichts Außergewöhnliches. Seine Bewegungen jedoch waren bemerkenswert. Fließend, fast anmutig. Ja, er wäre ihr aufgefallen. Weil sie die Sicherheit, mit der er in seinem Körper ruhte, bewunderte. Als gäbe es irgendwo in ihm einen Punkt, an dem all seine Kraft gebündelt war, und von diesem Punkt ging jede seiner Bewegungen aus, bis hin zu diesem Strahlen, mit dem er nun auf sie zukam. Und spätestens jetzt hätten seine kastanienfarbenen Haare ihren Blick gefangen, dachte sie, als sie aufstand und ihm entgegenging.

»Ich muss gleich rein«, sagte er. »Der Autor, mit dem ich die nächsten beiden Wochen für die Reportage unterwegs sein werde, sitzt schon im Wartebereich. Er fliegt zum ersten Mal nach Japan und ist total nervös. Das kann heiter werden. Ich habe das dumme Gefühl, ich muss mich mehr um ihn kümmern, als ich eigentlich will. Gut, dass ich anschließend noch zwei Wochen für mich allein habe.« Er beugte sich hinunter zu Hund und murmelte: »Mach's gut, Kumpel.« Dann wuschelte er ihn noch einmal kräftig durch. »Und an dich habe ich noch eine Bitte«, sagte er, als er wieder Auge in Auge vor Marieke stand.

»Und die wäre?«, fragte sie verwundert.

»Wenn du jetzt zurückfährst, mach einen Schlenker über den Ritterplatz, fahr einmal um die Verkehrsinsel und denk an mich. Es wird dir gefallen.« Er lächelte.

»Okay«, sagte sie und zog die Augenbrauen in die Höhe. »Ich muss aber nicht irgendwelche magischen Beschwörungen dabei singen, oder?«

»Nein«, sagte er lachend, »doch wenn dir der eine oder andere nette Zauberspruch einfällt, tu dir keinen Zwang an. Vielleicht hilft's.« Mit einem erneuten Blick zum Warteraum sagte er: »Ich muss jetzt los«, trat einen Schritt auf sie zu und umarmte sie. »Pass auf dich auf.« Seine Stimme leise und dicht an ihrem Ohr. Sie war sich nicht sicher, ob es wirklich ein Kuss war, der ihre Wange streifte, zart, nur ein Hauch, als Ben sich von ihr löste.

Und plötzlich wollte sie noch so viel sagen, doch die Worte lagen wie betäubt auf ihrer Zunge. »Du auch«, krächzte sie, als er schon halb auf dem Weg war. Das war alles, was sie herausbekam. Hund bellte und zog an der Leine. Ben drehte sich ein letztes Mal um, winkte ihnen zu und verschwand hinter dem Absperrgitter.

Sie fuhr über die Hochbrücke Richtung Innenstadt. Die Straßen hatten sich geleert, aber der Abend war noch hell. Das Licht floss sanft über den Asphalt, und die Luft flirrte sommerlich. Das Fenster weit geöffnet, die Musik laut, fuhr sie über die Kurze Promenade auf den Ritterplatz zu. Sie sah es schon von weitem: ein blaues Leuchten mitten auf der Straße, illuminiert von der untergehenden Sonne. Die gesamte Verkehrsinsel war übersät von einem Meer blühender Kornblumen. Ein anderes Blau als ihres zwar, aber es verlockte genauso zum Versinken. Sie lachte laut auf. *Ben, du Fuchs, natürlich gefällt mir das.* Und als sie das dritte Mal um die Insel gefahren war, mahnte Hund mit einem Bellen, dass er nun langsam nach Hause wollte.

Im Hinterhof traf sie auf Susann, Nada und Knut, die auf der Bank unter der Kastanie saßen. »Magst du dich noch ein bisschen zu uns setzen?«, fragte Susann und wollte zur Seite rutschen.

»Nein, lass mal, ich bin müde und muss ins Bett«, antwortete Marieke, obwohl sie gar nicht müde war. Sie wollte einfach nur ihre Ruhe haben und nicht reden.

»Schade«, sagte Nada enttäuscht, »der Abend ist so schön. Sie haben Sternschnuppenregen vorausgesagt.« Ihre dunklen Augen suchten das kleine Quadrat Himmel ab, das zwischen der Baumkrone und dem Häuserdach hervorblitzte. »Ach, und wundere dich nicht, wenn du hochkommst. Es steht etwas vor deiner Tür, das ich dir geben sollte«, fügte sie hinzu, immer noch den Himmel fixierend, bevor sie laut rief: »Da, schnell, wünscht euch was!« Und alle folgten mit ihren Blicken Nadas Finger, der in die Nacht deutete, als würde er den Schweif des verglimmenden Sterns festhalten wollen.

Als Marieke die letzten Stufen zu ihrer Wohnung nahm, sah sie das blaue Leuchten vor ihrer Tür. Ein Topf Kornblumen, in dem ein ebenso blauer Briefumschlag steckte. Sie riss ihn auf, noch bevor sie die Tür aufschloss. Es war ein Foto von der Verkehrsinsel am Ritterplatz. Auf der Rückseite stand ein Gruß: *Und? Hat es dir gefallen? B.* Sie blickte zu Hund, der die Kornblumen beschnupperte, und fand, dass vier Wochen eine ganz schön lange Zeit sein konnten.

»Ich dachte ja, du meldest dich mal, aber anscheinend hast du schon wieder ganz andere Sachen im Kopf.« Der Vorwurf, der begleitet von einem Seufzen aus dem Telefon kugelte, war wie eine Feuerqualle. Auf den ersten Blick wirkten die recht harmlos, doch man konnte sich sehr daran verletzen, wenn man sie achtlos zur Seite schob.

»Ach, Lexie, wie süß, dass du anrufst«, lenkte Marieke sofort ein. »Ich wollte mir erst mal selbst klar werden, wie das Fest letztes Wochenende für mich gelaufen ist, und dich nicht als meine Analytikerin missbrauchen. Obwohl mir dein Urteil natürlich sehr wichtig ist.« Dankbarkeit zeigen, Lob und Anerkennung zollen, Eigenverantwortung übernehmen. Marieke fand ihre Reaktion recht professionell. Sie hatte viel gelernt in den Jahren als Therapeutinnen-Schwester, vor allem was das richtige Vokabular, das Bluffen und Zurechtrücken betraf. Der eigentliche Grund, warum sich Marieke bislang noch nicht bei ihrer Schwester gemeldet hatte, war nicht, weil sie Alexandras freie Zeit und ihre Kapazitäten schonen wollte, sondern zum eigenen Schutz. Marieke wollte ihre Gefühle nicht von Alexandra sezieren und analysieren lassen. Vor allem aber wollte sie ihr nicht zu viel von Ben verraten, dessen Anwesenheit in ihrem Leben sie der Schwester gegenüber bisher auf das Gassigehen mit Hund beschrankt hatte. Doch sie hätte gar nicht so viele Bedenken haben müssen, denn nachdem sie am Ende der Geschichte von Jochens Reaktion erzählt hatte, klang Alexandras Stimme mehr als euphorisch.

»Siehst du, es war doch genau das Richtige: Flirre, flirte, gib ihm das Gefühl, es gäbe einen anderen. Schon wird er sich wieder um dich bemühen«, juchzte sie begeistert. »Und nun hast du den Anderen gleich mitgebracht. Was für ein toller Plan. Herzlichen Glückwunsch!« Vielleicht lag es daran, dass Marieke nicht sofort in den Jubel mit einstimmte, vielleicht auch an den Antennen, die Schwestern im Laufe ihres Lebens füreinander entwickeln, dass Alexandra nach ihrem kurzen Freudentaumel plötzlich misstrauisch nachhakte: »Oder gibt es da etwa tatsächlich einen Anderen?«

Marieke verzog das Gesicht und sah Hund an, der neugierig den Kopf zur Seite neigte und die Ohren hob, als erwarte auch er eine Antwort. Oder ein Leckerli. »Nein, Lexie, ich schwöre, in meinem Leben gibt es zurzeit nur ein einziges männliches Wesen von Bedeutung: Hund!«, sagte sie dann mit so viel Überzeugung, dass Alexandra sich nach zwei, drei Atemzügen voll Schweigen und einiger Restzweifel mit Enthusiasmus dranmachte, den nächsten Teil ihres Jochen-Rückeroberungsplans vor Marieke auszubreiten.

Moos-Graffiti

›Ja, wir können uns treffen. Auf neutralem Boden! Gruß, M.‹

›*Endlich! Ich kann dir gar nicht sagen, wie sehr ich mich freue!!! Wie wär's Mittwoch um 20.30 Uhr? Und ist dir unser Italiener neutral genug? Jochen.*‹

Unser Italiener. Marieke zögerte. Wie neutral konnten Restaurants sein, die einen durch zwölf Jahre Beziehung begleitet hatten, deren Besitzer man duzte und deren Speisekarte man auswendig kannte?

›Mittwoch ist gut. Aber lass uns lieber zum Thai in der Kreuzstraße gehen. Bis dahin, M.‹

Sie straffte die Schultern. Nein, sie wollte sich nicht einlullen lassen. Noch nicht. Sie war selbstbewusst und ganz die Alte. Oder Neue? Eine Frau jedenfalls, die Entscheidungen traf. Darum kein kuscheliger Italiener. Sie wollte am Mittwoch ein neues Kapitel aufschlagen, und der Thai war ein guter Ort dafür.

»Es macht dir also wirklich nichts aus, wenn ich ihn hierlasse?«

Natürlich war Mariekes Frage am Freitag vor ihrer nächsten Tour reine Rhetorik. Zu sehr war Konrad bereits damit beschäftigt, Hund mit einem Rinderhautknochen zu locken. Er hielt ihm den Leckerbissen vor die Nase und ließ das Objekt der Begierde in dem Moment, wo Hund genüsslich zubeißen wollte, kichernd hinter dem Rücken verschwinden. Hund schaute so schnell nach rechts und links, dass seine Ohren flogen, schnüffelte irritiert, und dann blickte er zurück auf Konrad, den Kopf zu Seite geneigt, die Augen wach, als wollte er ihn auffordern, dieses magische Kunststück unverzüglich noch einmal vorzuführen, voll Hoffnung, beim nächsten Mal rechtzeitig zuschnappen zu können.

»Ich sehe schon«, sagte Marieke, »ich werde hier nicht mehr gebraucht. Wenn was ist, melde dich, ich komme dann.«

»Mhm«, murmelte Konrad, doch seine Konzentration galt allein Hund. Marieke schüttelte lachend den Kopf, ohne dass hierbei Ohren flogen, verließ das Büro und war erleichtert, dass die Hunde-Unterbringung während ihrer Fahrten für die nächste Zeit somit geklärt war.

Seit sie Ben zum Flughafen gebracht und den Heimweg über den Ritterplatz genommen hatte, fuhr sie mit anderen Augen durch die Stadt und bemerkte immer mehr Punkte, die nicht so waren, wie das stadtplanerische Konzept aus Stahl und Beton es vorgesehen hatte. Nach und nach fügte sich auf Mariekes innerem Stadtplan ein anderes Bild zusammen. Die Frühblüher in den Konservendosen an den Laternenpfählen, die ihr damals auf ihrem Weg nach Glücksfelde aufgefallen waren, hatten an der Ausfallstraße nach Norden inzwischen ein Pendant aus Efeu und Rankelgewächsen in Milchtüten bekommen. Zu den über die gesamte Stadt verteilten Bienenkörben und Ameisenbauten aus Weidenruten gesellten sich begrünte und blühende Gerüste unterschiedlicher Größe, unter denen Marieke als Stützskelett ähnliche Bauten aus Holzplanken vermutete wie die, die sie auf der Lichtung hinter dem Gemeinschaftsgarten gesehen hatte. Beim Warten an Ampeln blieb ihr Blick immer öfter an Straßenbäumen hängen, die von wuchernden Ensembles aus Stockrosen und Mohn umgeben waren, wo es früher nur Sand und Müll gab. Ganz zu schweigen von der kornblumenblauen Insel am Ritterplatz, die eindeutig ihr Herz gewonnen hatte. Ab und an fuhr sie daran vorbei, auch ohne eine Tour zu haben, und natürlich dachte sie jedes Mal an Ben. Am meisten aber war sie beeindruckt, als sie entdeckte, wie sich an der gesamten Lärmschutzwand der Umgehungsstraße Bohnenpflanzen emporrankten. Dass es Prunkbohnen waren, konnte sie mit Sicherheit sagen, da sie inzwischen Nadas Hügelbeete mehr als einmal gegossen hatte. Nur war diese vierspurige Straße kein Hinterhofparadies. Es war öffentlicher Raum. Es war Großstadtdschungel. Kein Ort für Gemüse und Gartenpflanzen. Ihr fiel einer der Sätze ein, den Ben auf der Lichtung gesagt hatte: *Kunst und Kornblumen statt Kapitalismus.* Das war eine schöne Art von Widerstand. Aber waren brennende Nobelkarossen vielleicht der nächste Schritt dieses Gedankens? Seine Weiterführung? Oder hatten Kornblumen und SUVs gar nichts miteinander zu tun? Jetzt wäre Marieke so weit, Ben diese Frage von Angesicht zu Angesicht zu stellen, aber leider lag Japan nicht im Bereich ihres Taxameters.

»Komm, setz dich zu uns. Keine Widerrede. Wir feiern heute ganz spontan die erste Zucchini-Ernte des Jahres«, sagte Nada. Ohne Mariekes Antwort abzuwarten, nahm sie einen weiteren Teller aus dem Korb zu ihren Füßen und stellte ihn auf den Tisch. Frau Schröder saß neben Knut auf der Bank unter der Kastanie, während sich Mohan und Declan, mit Klappstühlen und zwei Flaschen Weißwein bewaffnet, Plätze an der improvisierten Tafel suchten. »Svea und Matze kommen später. Sie müssen erst die Kinder zu Sveas Eltern bringen, denn heute ist Oma-Wochenende. Und Danny haben sie gleich mitgenommen. Bei Lehmanns hängt mal wieder der Haussegen schief.«

Marieke schaute Nada an, und es hätte sie nicht gewundert, wenn diese Gärtnerin aus Leidenschaft auch noch ein Füllhorn mit Obst und Spezereien hervorgezaubert hätte, als wäre sie die Göttin Demeter persönlich. Bei aller Zartheit wirkte sie in ihrem flatternd weiten Sommerkleid so in sich ruhend, so rund, so glücklich, dass es Marieke bis ins Tiefste rührte.

»Ein Toast auf die Köchinnen«, rief Mohan und erhob sein Glas, als Susann wie aufs Stichwort mit einem Kochtopf in den Ausmaßen eines Hexenkessels aus der Werkstatt-Küche kam.

»Ach, schön, Marieke, dass du mitisst. Ich hatte vorhin bei dir geklingelt, doch du warst noch unterwegs. Ich habe aber vorsichtshalber etwas mehr gemacht.«

»Mist!«, rief Knut dazwischen. »Das habe ich vergessen, euch auszurichten: Die Krieger-Damen können leider nicht kommen. Beide sind heute Abend unterwegs.« Schuldbewusst schaute er zu Nada und Susann.

»Oje, das heißt, wir könnten noch das halbe Nachbarhaus mit versorgen.« Susann blickte in den Topf, der randvoll mit Spaghetti gefüllt war, und dann in die Runde. »Kommt Tobi wenigstens?«, fragte sie die anwesenden und ihr zuprostenden Zweidrittel seiner WG.

»Nein«, antwortete Declan, »er hat ein Date!«

»Doch hoffentlich nicht mit Stella«, sagte Frau Schröder spontan und schlug dann schnell die Hand vor den Mund. Die anderen lachten.

»Nein, keine Wiederholung mit dem Vorderhaus, sondern eine Verabredung mit einer sehr netten Studentin, der er neulich den Computer repariert hat. Die will sich nun für seinen Sonderpreis revanchieren«, übernahm Mohan die zweite Hälfte der Antwort und grinste den anderen vielsagend zu.

»Da drücken wir ihm alle die Daumen«, sagte Nada fröhlich. »Möchte jemand Salat?«

Sie reichte die große Schüssel herum, in der ein buntes Durcheinander all der Köstlichkeiten zu finden war, die hier im Garten in den letzten Wochen von allen zusammen gehegt und gepflegt wurden. Ruccola, Eichblattsalat, junger Spinat, Mangold, dunkle Tomaten, die ersten Paprika.

»Das ist ja lecker!«, stellte Marieke nach ein paar Bissen fest. »Es schmeckt scharf und ein bisschen fruchtig. Was ist das?«

»Das Scharfe ist der Ruccola, das Fruchtige die Vinaigrette. Es sind ein paar verspätete Erdbeeren mit drin. Also die, die ich in letzter Sekunde vor den Kindern retten konnte«, Nada lachte. »Passt gut, oder?«

»Mhm«, bestätigten Mohan und Declan unisono und mit vollem Mund.

Dann gab es die Pasta. Marieke nahm den gefüllten Teller entgegen. Spaghetti, geröstete Pinienkerne, fein geschnittene Zucchini. Es war ein wunderbarer Duft. Ein ganzes Feld von Kräutern schien sich vor ihr auszubreiten. Beim ersten Bissen merkte sie, wie hungrig sie war. Und wie sehr sie es genoss, in dieser Runde unter der Kastanie zu sitzen. Wie früher in den riesigen WGs ihrer Studienzeit. Es gab genug zu essen, genug zu trinken und mehr als genug Themen, über die man sich austauschen konnte. Noch vor dem Nachtisch stießen Svea und Matze dazu, und auch die Kriegerin, die früher als gedacht nach Hause gekommen war, gesellte sich zu ihnen. Susann verteilte auf dem Tisch ein Meer von Teelichtern in alten Einweckgläsern. Knut hängte ein paar bunte Lampions in die unteren Kastanienäste und an die Überdachung der Mülltonnen. Für ein paar Momente lehnte Marieke sich in ihrem Stuhl zurück und betrachtete schweigend die Szene am Tisch. Wäre dies ein Foto, hätte Alexandra, die Wohnzeitschriften über alles liebte, mit Sicherheit darauf gedeutet und gesagt, dass das doch alles eine wunderbare Inszenierung wäre. Dass die Farben so herrlich aufeinander abgestimmt seien, die bunte Mischung des Geschirrs und der unterschiedlichen Gläser gerade sehr en vogue und das Essen sicher bio. Marieke hätte heulen können, als ein Gefühl durch drei Schichten ihres Bewusstseins drang, bis es ganz tief unten in ihrer Seele landete: Wie schön war es, hier zu sein, gerade weil nichts daran inszeniert war. Das Wunderbarste aber war für sie, dass sie wie selbstverständlich ein Teil davon sein durfte. ›Vielleicht macht das so etwas wie Familie aus‹, hatte Ben neulich gesagt. Und dieser kurze Moment eines ganz tief empfundenen Glücks, spontan und überwältigend, erfüllte Marieke bis in die Haarspitzen. Als sie langsam wieder aus ihrem Inneren auftauchte, traf sich ihr Blick mit dem von Frau Schröder, die sie anscheinend schon länger beobachtet hatte und nun lächelnd ihr Glas Apfelschorle erhob. »Es freut mich so, dass Ihr Übergang doch ein bisschen länger dauert und Sie immer noch bei uns sind.«

Ihr Plan für den Mittwochabend war eigentlich, mindestens zehn Minuten zu spät zu kommen, um einen richtig schönen Auftritt zu zelebrieren. Wehender Schal, gerötete Wangen und eine Prise Distanz, die das Gefühl vermitteln sollte: Im Grunde bist du mir egal. So hatte ihr das auch Alexandra geraten. Doch Marieke schaffte es einfach nicht, zu spät zu kommen. Seit sie wieder Taxi fuhr, war sie überpünktlich. Eine Ehrenrunde um den Block zu drehen, nur um die verbleibende Zeit zu überbrücken, wäre ihr zu blöd gewesen, also stieg sie bereits fünf Minuten zu früh aus dem Wagen. An dem Bau aus Beton und Glas an der Straßenecke schräg gegenüber prangte im milden Licht der Abendsonne ein großer grüner Schriftzug. *Glück statt Geld* stand da, in Riesenlettern. Allerdings nicht mit Neonschrift und ohne das Logo der Bankfiliale, die in dem Gebäude residierte, sondern, wenn Marieke es richtig gesehen hatte, aus lebenden Buchstaben. Die Schrift wirkte, als bestünde sie aus wucherndem Moos, das sich in den Beton krallte. *Glück*. Marieke nahm es als gutes Zeichen für diesen Abend, was immer dabei herauskommen würde.

Sie setzte sich an den Tisch neben dem Aquarium. Die Fische blickten stoisch durch die Scheibe. Gern hätte Marieke gewusst, was sie ihr für diesen Abend raten würden, aber es blieb ein Geheimnis. Zum Trost ließ sie noch einmal die Sätze, die sie in den letzten Tagen eingefangen hatte, durch ihren Kopf blättern wie eine Wahrsagerin Tarot-Karten. Alexandra stand für die Karte mit den Liebenden. Sie sah diesen Abend als einen Anfang, die Entscheidung für einen neuen, gemeinsamen Weg. Susanns Kommentar klang wie das Rad des Schicksals. Sie hatte Marieke nicht den Gefallen getan, ihr eine klare Antwort zu geben, was sie von diesem Treffen hielt. Es gab tausend Möglichkeiten zu gewinnen und ebenso viele zu verlieren. Das Roulette aber drehte sich unbeeindruckt weiter. ›Die Frage ist doch, ob du dieses Spiel überhaupt spielen willst, und wie hoch dein Einsatz ist. Oder dein Verlust‹, hatte sie etwas kryptisch gesagt. Babette hingegen war sehr klar. Für sie war Jochen wie Tod und Teufel. Der Verführer, der sinnbildlich sterben und hinter sich gelassen werden musste, damit das Leben endlich weiterging. Marieke fragte sich immer wieder, was sie selbst wollte, doch sie fand keine eindeutige Antwort. *Einfach mal schauen*, sagte ein Teil in ihr. *Revanche!*, rief ein anderer. Und eine dritte Stimme zählte die Vorteile auf, die ihr ein Leben mit Jochen bot: Ruhe, Sicherheit, Vertrautheit und Nähe, die durch Freundschaften nicht zu ersetzen war, ein bequemes Bett, eine Badewanne, nicht mehr über alles nachdenken müssen, aufwachen und nicht allein sein. Marieke war überrascht, wie viel ihr dazu einfiel. Die Goldfische im Becken schienen ihr inneres Hin und Her zu beobachten. *Ja, ich hätte es gern einfacher. Vielleicht ist es wirklich so simpel*, flüsterte sie ihnen zu. Die Fische aber öffneten und schlossen nur weiter ihr Maul, kommentarlos.

Schließlich war es Jochen, dem der verspätete Auftritt überlassen blieb. Er rauschte durch die Tür, entschuldigte sich tausendmal in dieser Mischung aus Stress und schlechtem Gewissen, die sie gut kannte. Er war unsicher, wie er sie begrüßen sollte, entschied sich dann aber, auf eine Umarmung zu verzichten, setzte sich ihr gegenüber und sah sie an. Ein zögerndes Lächeln, das Potenzial für mehr bot und das in ihrem leeren Magen umherkullerte wie die erste Roulettekugel des Abends. Gewinnend war das Wort, das Marieke spontan dazu einfiel. Sie musterte ihn. Sein Teint war sommerlich, doch anders als beim Fest wirkte er müde. Die Falten um seinen Mund waren tiefer, und die Schatten unter seinen Augen kündeten eindrücklich von dem, was er nur mit wenigen Sätzen andeutete: die Tatsache, dass er über fünfzig war – und das nun auch langsam schmerzlich spürte. Marieke nahm sich eines der Saté-Spießchen und genoss die Genugtuung, die sie bei seinen Sätzen empfand. Der Name Jessica musste hierbei gar nicht ausgesprochen werden, denn er hing über seinen kurzen Statements zu Alter und Müdigkeit wie der Knoblauchduft über der Erdnusssauce.

»Ich vermisse unsere ruhigen Sonntage«, sagte er schließlich und legte seine Hand auf ihre. Schmelzende Gletscher in seinem Blick.

Marieke zuckte zusammen. Sie wusste nicht, ob sie das wollte. Es war zu nah. Zu schnell. Zu sehr wie immer. Sie zog ihre Hand fort, entschuldigte sich und flüchtete auf die Toilette. Wenn es so weiterging, würde alles außer Kontrolle geraten. *Aber wäre das nicht wunderbar?*, jubelte der Teil in ihr, der vorhin die Badewanne ins Spiel gebracht hatte. *Nein, wäre es nicht!*, behauptete der andere Teil, der sich auf eine Revanche freute, und trat dabei trotzig und mit schweren Stiefeln auf den Boden ihrer Erinnerungen, womit er den emotionalen Staub all der durchwachten Nächte nach ihrem Umzug in Babettes Wohnung aufwirbelte. Also gut: nicht nachgeben. Noch nicht.

Sie hatte gespürt, wie er ihr nachgeschaut hatte, als sie aufgestanden war, und sie registrierte nun, wie er jede ihrer Bewegungen verfolgte, als sie sich wieder zu ihm an den Tisch setzte.

»Was sagt eigentlich dein neuer Freund dazu, dass du dich mit mir verabredet hast?«, fragte er unvermittelt.

Es war die Frage, mit der sie am wenigsten gerechnet hatte. Sie hörte Alexandras Stimme in ihrem Hinterkopf: nur nicht zugeben, dass da gar nichts ist. Spiele einfach weiter. Schüre seinen Jagdinstinkt!

»Und was sagt deine junge Freundin, dass du dich mit deiner alten triffst?«, konterte sie daher kokett, ohne seine Frage zu beantworten.

Schweigend stocherte er in seinem Reis, und sie konnte förmlich hören, wie das Rouletterad sich verlangsamte, zum Stehen kam, die Kugel auf Mariekes gesetzte Zahl fiel und ihren Gewinn verdoppelte. Er ließ die Stäbchen sinken, sah sie an und plötzlich wanderte seine linke Augenbraue in die Höhe. Ein Lächeln umspielte seine Lippen.

Marieke erinnerte sich an ihre Anfangszeit, wie er sie umgarnt hatte mit seinem Blick, und dass genau diese Geste nie ihre Wirkung verfehlt hatte. Es war so etwas wie eine Art optisches Vorspiel gewesen. Der Verführung erster Akt. Ein Aufblättern von Möglichkeiten. Ein Angebot.

Sie hingegen zog die Augen zu Schlitzen zusammen, wie eine Katze, die ihr Interesse verschleiern will, die gesamte Lage jedoch – die Maus, den Butterteller, die offene Kühlschranktür – sehr wohl im Blick behält.

Sie redeten über alles Mögliche, nur nicht über sich. Die Namen Ben und Jessica sparten sie aus, denn neben dem Gespräch über Alltägliches, über die Praxis, über das Taxifahren, flirteten sie. Ganz offensichtlich. Natürlich taten sie das. Weil sie darin einfach gut waren, auch früher schon, miteinander. Sie hatten es nur vergessen. Es war ihnen verloren gegangen zwischen den Krankenkassen-Abrechnungen, den Absaugeschläuchen, den klischeehaft vergessenen Jahrestagsessen und den nicht zugeschraubten Zahnpastatuben. Der *Revanche!* fordernde Teil in ihr hatte sich inzwischen schmollend in die hinterste Ecke ihres Verstandes verzogen, da es für ihn an diesem Abend nichts mehr zu tun gab. Marieke genoss das Treffen und das Flirren und Glitzern, das so gar nichts mehr mit der Inszenierung auf dem Fest bei Gabriele und Hans zu tun hatte. Vor allem aber genoss sie das Schwelgen in Erinnerungen. Sie fühlte sich plötzlich um Jahre jünger und wieder wie ganz am Anfang. Auch Jochen schien diese Vertrautheit zu genießen.

»Ich habe dich die ganze Zeit so sehr vermisst«, sagte er, nachdem sie beschlossen hatte, dass es nun an der Zeit war, den Abend zu beenden. »Und das nicht erst seit du gegangen bist, sondern schon viel früher.«

»Wie meinst du das?«, fragte sie und wurde hellhörig.

»Ich habe dein wildes Ich vermisst«, sagte er sanft. »Und jetzt bist du wieder da. Bist wieder so wie früher. Undurchschaubar, ein Stück unnahbar und sehrsehrsehr begehrenswert.«

Sie standen bereits auf der Straße, Auge in Auge, und er trat einen Schritt auf sie zu. Sie konnte ihn riechen, den vertrauten Duft, den sie so sehr vermisst hatte, weil sie ihn kannte wie kaum einen anderen. Seine Augen, das weite Meer. Sie hätte versinken mögen. Es wäre so einfach, jetzt.

Aber.

»Danke«, sagte sie schlicht und wich seinem Kuss aus. »Ich muss jetzt wirklich gehen.«

Er nickte und blickte zu Boden. »Das war ein Anfang, oder?«, fragte er leise. Seine Unsicherheit rührte sie.

»Vielleicht«, sagte sie. Alles andere hätte auch nicht gut in die Definition von Undurchschaubar gepasst. Dann setzte sie sich in das Taxi und verschwand, so schnell sie konnte.

Zucchini-Schwemme

»Ich mag nicht mehr!«, fluchte Nada und warf einen Zucchino auf den Boden. Hund war begeistert und stürzte sich auf das, was für ihn anscheinend ein Stöckchen, eine Beute, eine Aufforderung zum Spiel sein sollte. »Bei den ersten bist du noch begeistert, aber nach einer gefühlten Tonne sieht es anders aus. Jedes Jahr das Gleiche!«, jammerte Nada indes weiter. Ihre Beine steckten in Gummistiefeln, ihr T-Shirt hing formlos an ihr herunter. Hund hatte den Zucchino besiegt und wartete auf Nachschub.

»Nada, lass es und ruh dich verdammt noch mal aus. Bitte!«, versuchte Susann, ihre Freundin zu bremsen. »Wir sagen Knut Bescheid. Der kann bestimmt ein paar mehr loswerden. Und die Jungs vorn aus dem Laden wollen sicher auch noch welche.« Sie nahm Nada bei der Hand und manövrierte sie in Richtung Schneiderwerkstatt. »Macht's dir was aus?«, fragte sie Marieke über die Schulter blickend und deutete auf die Zucchinibüsche, wo eine Flut von reifen Früchten darauf wartete, geerntet zu werden.

Marieke schüttelte den Kopf. Bis eben hatte sie gemalt und wollte nur kurz zum Müll runter, aber im Grunde hatte sie nichts Besseres vor. Ein rascher Blick: Sie trug das alte Tank-Top und ihre mit Farben bekleckste Jeans. Also kein Problem. Die Flipflops stellte sie unter die Kastanie, stapfte barfuß in das Beet und bog die Blätter der Pflanzen beiseite. Etwas über drei Wochen waren seit dem großen gemeinsamen Essen im Hinterhof vergangen, und das feuchtwarme Wetter ließ die Früchte im Turbotempo reifen. Das gesamte Haus hatte genug von Zucchini-Pasta, Zucchini-Pizza, Zucchini-Reispfanne, Zucchini-Kuchen, Zucchini-Chutney, Zucchini-Salat, gegrillten Zucchini, gedünsteten Zucchini, pürierten Zucchini. Selbst alle Freunde des Hauses waren inzwischen damit eingedeckt und die Freunde der Freunde vermutlich ebenfalls. Trotzdem fanden sich immer noch Früchte zwischen den Blättern. Es war wie eine Invasion von Außerirdischen. Marieke pflückte die größten ab und legte sie zu den anderen in die Kiste. Sie genoss es, in der Erde zu wühlen, mochte den Geruch des feuchten Bodens und wie er nun nach dem Regen weich zwischen ihren Zehen hervorquoll. Es erinnerte sie an die besseren Tage ihrer Kindheit. Die unbeschwerten. Nie hätte sie gedacht, dass auch für sie das Pflanzen und Hegen etwas so ungeheuer Lebendiges und Befriedigendes haben könnte. Marieke mochte sogar das Unkrautjäten. Das, was wachsen sollte, von dem befreien, was ihm Luft und Raum nahm. Susann hatte neulich ein Sprichwort zitiert. Japanisch, chinesisch? Marieke wusste es nicht mehr. ›Wenn du glücklich sein willst für einen Tag, trink dir einen Rausch an. Wenn du glücklich sein willst für eine Woche, dann heirate. Wenn du glücklich sein willst ein Leben lang, dann schaff dir einen Garten an.‹ Langsam bekam auch sie ein Gespür dafür, was dieses Glück ausmachte. Sie legte die nächsten Zucchini in die Kiste, und Hund betrachtete das als Fortsetzung des Spiels. »Nein! Aus!«, rief Marieke und erklärte ihm, dass Zucchini keine Stöckchen waren, was er halbherzig akzeptierte. Aber ein bisschen Wühlen in der Erde ließ er sich nicht nehmen. Es war hier schließlich eine Art Gemeinschaftsgarten. Also auch seiner! So schien er jedenfalls Marieke Aktivitäten zu interpretieren. Lachend verzichtete sie auf weitere Aus!-, Platz!- und Sitz!-Kommandos, denn es sah einfach nur süß aus, wie er voll Konzentration buddelte, bis die Erdklumpen um seine Schnauze hingen, als wären es die Reste eines leckeren Schokoladenpuddings.

»Meinetwegen kann er ruhig mit dem Zerfleischen der Dinger weitermachen«, sagte Susann, als sie zurück in den Hof kam. »Es tut mir leid, dass du Zeugin des Zucchini-Schwemme-Kollers geworden bist.«

Marieke legte den letzten Zucchino für heute zu den anderen, und gemeinsam trugen sie die Ausbeute in den Raum neben Susanns Werkstatt, wo das Gartengerät und die Werkzeuge lagerten.

»Nada müsste sich ein bisschen schonen, aber sie ist und bleibt ein Dickkopf«, sagte Susann seufzend.

Marieke traute sich nicht nachzufragen, warum Nada sich schonen müsste, denn eigentlich sah sie in letzter Zeit aus wie das blühende Leben. Braungebrannt, nicht mehr ganz so zerbrechlich wie im Winter. Sie schien förmlich zu strahlen. Doch Susann kannte sie nun mal besser. »Aber ist es nicht genau ihre Dickköpfigkeit, die sie so liebenswert macht?«, fragte Marieke stattdessen. »Ohne diesen Dickkopf wären die Mülltonnen wahrscheinlich die einzigen Farbkleckse hier im Hof.«

»Da hast du sicher recht«, stimmte ihr Susann zu und schien das Thema damit abzuhaken. »Möchtest du vielleicht noch ein paar mitnehmen?«, fragte sie dann und tippte auf die Kisten mit der Ernte. »Für Konrad? Oder die anderen Fahrer? Oder für deine Schwester vielleicht? Oder die Patienten deiner Schwester?« Sie begann zu lachen. Fröhlich klang es jedoch nicht so recht.

Marieke wunderte sich nicht, als Susann abends vor ihrer Tür stand. Mit einem Schlüsselbund und einer Bitte.

»Ich habe kurzerhand beschlossen, dass Nada und ich eine Pause von dem Garten und dem Rest brauchen«, sagte sie. »Wir packen morgen früh ein paar Sachen ins Auto und fahren für drei Wochen in den Süden. Wohin genau, wissen wir noch nicht. Wir fahren einfach mal los. Anschließend liefere ich die Süße noch für eine Weile bei ihren Eltern ab. Könntest du in der Zeit vielleicht, bitte …«, sie klimperte mit den Augen und zog eine Kleinmädchenschnute, was bei Susann so absurd wirkte, dass Marieke sofort losprustete und ihr in dem Moment jede Bitte gewährt hätte. »Knut und Matze kümmern sich um die Zucchini. Die Jungs aus der WG wässern den Garten. Svea übernimmt die Bohnen, wenn die so weit sind. Außerdem ist die Ernte ja für alle da. Also greift zu. Je mehr weg ist, umso besser.«

»Und meine Aufgabe?«, fragte Marieke, weil die Arbeit im Hinterhof anscheinend schon gut verteilt war.

»Es wäre supertoll, wenn du die hier nimmst, nach unserer Post schaust, ein Auge auf Frau Schröder hast und bei Ben auf der Terrasse gießt. Ihr seid doch über Hund sowieso in Kontakt, und du kennst die Wohnung. Wenn ich mich nicht verrechnet habe, müsste er in drei Tagen wieder da sein.« Sie hielt Marieke die Schlüssel hin. »Meine Mobilnummer hast du. Die Mailadresse habe ich dir hier aufgeschrieben. Und den Rest auch. Wenn was ist, melde dich.«

Marieke nickte nur. Der Schlüsselbund lag sehr verlockend in ihrer Hand. Wie ein Zauberspruch, der ihr den Zugang zu geheimen Welten ermöglichte. »Mach ich gern«, sagte sie, bemüht, sich ihre Aufregung nicht anmerken zu lassen. »Ich kümmere mich um alles.«

Was sie mit *alles* meinte, konnte Susann allerdings nicht ahnen, als sie Marieke voll Dankbarkeit um den Hals fiel und in den Urlaub entschwebte.

Noch drei Tage also. Sie war dankbar für den Hinweis, denn Ben hatte ihr kein genaues Rückreisedatum genannt, und seit anderthalb Wochen hatte sie nichts mehr von ihm gehört. Davor hatte er ihr einige Nachrichten geschickt. Aber das hatte Jochen nach ihrem Treffen ebenfalls getan. SMS. Sogar mehr als ein paar. Und definitiv mehr als Ben. Damit war sie in letzter Zeit sehr beschäftigt gewesen, und es fühlte sich an wie die schriftliche Verlängerung seines Verführungsblicks. Zuckersüße Worte zum Morgenkaffee, sahneweiche Sätze zum Dahinschmelzen als Gruß zur guten Nacht. Jochen machte ihr Komplimente, erinnerte sie an gemeinsame Zeiten, drängte sie sanft auf ein Wiedersehen. Sie genoss sein Werben sehr, aber irgendetwas ließ sie weiterhin zögern, vollends darauf einzusteigen. Alexandra war nach Mariekes Bericht rundum zufrieden mit dem Verlauf des Abends gewesen, doch sie riet ihr, mit den nächsten Schritten zu warten, bis Jochen von sich aus das Thema Jessica ansprach.

Ben hatte ihr Mails geschrieben. Darin hatte er keine Komplimente gemacht und auch sonst keine großen Worte. Seine Nachrichten kamen Haikus gleich. Siebzehn Silben, selten mehr. Wie passend für Japan. Dafür schickte er Bilder im Anhang. Die hellblaue Reflexion des Himmels in den Glasscheiben eines Hochhauses. Ein abblätternder Fensterrahmen in Azurblau. Ein japanisches Mädchen in strenger Schuluniform mit glitzernd blauen Hightech-Kopfhörern. Eine neonblaue Leuchtreklame. Sein letztes Bild war ein Blick auf das Meer, nachdem die Sonne schon eine Weile untergegangen sein musste und es im Licht des nahenden Abends so aussah, als wollten sich die Wellen mit dem Himmel vereinigen. Das Bild traf sie wie ein Blitz. Kein Himmelblau, kein Azur, keine Kornblumen, keine Vergissmeinnicht. Es war exakt *ihr* Blau. Und diesmal war der Text wirklich ein Haiku:

zwischen raum und zeit
bist du manchmal hier bei mir
verbunden im blau

Ihre Hand hatte gezittert, als sie ihr Postfach schloss. Aber antworten konnte sie ihm nicht. Sie fand keine Worte für das, was er in ihr mit dieser Mail berührt hatte. Er hatte damit einen Ort betreten, den sie verschlossen glaubte, seit Jahren schon. Und nachdem ihre Antwort ausgeblieben war, hatte auch er geschwiegen.

Am liebsten hätte Marieke Bens Wohnung sofort unter die Lupe genommen, aber das war ihr etwas peinlich. Es hätte ausgesehen, als sei sie neugierig oder wolle spionieren. Aber Spionieren, nein, das war der falsche Ausdruck, fand sie. Blumen gießen und nach dem Rechten schauen, wäre für ihren Geschmack die bessere Formulierung. Und dazu hatte sie nun ganze drei Tage Zeit. Also wartete sie ab und schnappte sich an Tag zwei – sozusagen als Belohnung für ihre anstrengenden Stunden im brütend warmen Taxi – den Schlüsselbund, schaute zuerst bei Susann und

Nada nach Post, machte einen Abstecher zu Frau Schröder auf eine Tasse Tee, Kekse und ein paar Leckerli für Hund. Dann erklomm sie die Treppen zu Bens Dachwohnung. Seit sie die Schlüssel hatte, genoss sie das leichte Kribbeln in ihrem Körper. Aufregung, Vorfreude. Sie konnte es nicht richtig benennen. Mehr als sieben Monate hatte sie seine Wohnung im Blick gehabt und sich ausgemalt, wie es dort aussehen könnte. Silvester war sie noch davon ausgegangen, dass unterm Dach vermutlich ein Szenepärchen wohnte, mit Designermöbeln und persönlichem Innenausstatter. Als Anfang des Jahres die Fenster die meiste Zeit dunkel geblieben waren, hatte sie sich vorgestellt, dass ein einsamer Wolf dort oben sein Quartier hatte. Nachdem sie Ben im Mai begegnet war, variierten ihre Vorstellungen zwischen der Werkstatt eines zündelnden Freiheitskämpfers, dem Atelier eines begehrten Fotografen und dem Rückzugsort eines Weltenbummlers. Sie konnte sich nicht entscheiden. Warum sie ihn nie da oben besucht hatte, wusste sie selbst nicht so genau. Vielleicht weil er sie nicht eingeladen hatte. Aber das hatte sie umgekehrt ja auch nicht getan.

Schon auf dem letzten Treppenabsatz begann Hund zu schnüffeln, und als sie vor der Tür standen, wedelte er immer aufgeregter. »Brauchst dich gar nicht so zu freuen«, versuchte sie, seinen Enthusiasmus zu bremsen. Was Hund aber nicht davon abhielt, als Erster in die Wohnung zu stürmen und Ben überall zu suchen. *Wuff*, machte er, und es klang, als stünde ein Fragezeichen dahinter. »Dein Kumpel ist nicht da. Der kommt erst morgen wieder«, erklärte sie ihm, doch nun nahm auch sie wahr, was Hund gerochen haben musste: den olfaktorischen Schattenriss, den

Ben in seiner Wohnung hinterlassen hatte. Vorher war ihr nicht aufgefallen, dass es ihn gab, den typischen Ben-Duft, aber hier war er. Sie schloss die Augen, atmete ein und dachte an etwas Helles, Grünes, in dem sich das Licht brach. Goldene Reflexionen. Ein Hauch von Citrus und daneben Myrrhe, vielleicht auch Weihrauch. Etwas Schmeichelndes, Warmes. Ben war so präsent, dass sie schnell die Augen öffnete, weil sie fast erwartete, jeden Moment seine Stimme zu hören. Hund bellte erneut, und sie kraulte ihn beruhigend hinter den Ohren. »Heute gießen wir nur die Blumen.« Heimlich aber dachte sie den Satz weiter: *und schauen uns dabei ein bisschen um, ob wir einen Hinweis finden, was dein Kumpel nachts in der Stadt so alles macht.* Sie sprach es nicht aus, da sie, auch wenn es lächerlich war und völlig absurd, nicht wollte, dass Hund dahinterkam, was sie noch hierher führte. Zum Trost gab sie ihm ein weiteres Leckerli. Dann nahm sie die Wohnung in Augenschein.

Das große Zimmer war beeindruckend. Licht von drei Seiten, eine offene Küche und mitten im Raum ein riesiger Tisch aus hellen Holzbohlen. Die Stützbalken des Dachs waren freigelegt, abgeschliffen und geölt, ebenso der Fußboden. Das Holz schimmerte in einem warmen Honigton. Über dem Tisch hing eine Lampe aus Metall, die Marieke an einen verzweigten Korallenast erinnerte. An einigen Zweigenden befanden sich kleine Lämpchen, an anderen Wäscheklammern en miniature, die unterschiedliche Zettel und Fetzen aus buntem Transparentpapier hielten. Marieke schaute näher hin. Es waren kurze Gedichte in unterschiedlicher Handschrift, kleine Skizzen, eine Kinderzeichnung, pastellfarbene Fotos kopiert auf Pergament. In der Ecke stand ein riesiges Sofa, davor lagen Stapel diverser Zeitschriften, die, geschützt von einer Glasplatte, den Couchtisch ersetzten. Kein Grün, kaum Bilder. Damit hatte sie nicht gerechnet. An der Wand nur ein auf Leinwand gezogenes Bild einer Blüte, vermutlich von Ben fotografiert, und die gerahmte Ankündigung einer Ausstellung von Andy Goldsworthy. Marieke lachte. Goldsworthy, das hätte sie sich denken können. Die Bienenkörbe, die Ameisenhügel. Natürlich! Dann trat sie hinaus auf die Terrasse. Zur Straße und zum Hinterhof hin war alles abgeschirmt durch den Bambus, die dritte Seite jedoch, zu der keine Nachbarn wohnten, blieb offen für die Stadt, die vor Mariekes Augen ihr Dächermeer ausbreitete. Die Aussicht war atemberaubend. Das Beste aber war die alte, rot gestrichene Badewanne auf Löwenfüßen, die geschützt vom Bambus und der mit Blauregen bewachsenen Hauswand unter der Dachverlängerung im Freien stand. Von wegen Feuer. Der Rauch, den sie einige Male von ihrem Küchenfenster aus auf seiner Terrasse bemerkt hatte, war also gar kein Rauch gewesen, sondern Wasserdampf. Was für ein Luxus, am frühen Morgen im Freien zu baden. Die Bepflanzung der Terrasse überraschte sie ebenfalls. Marieke hätte bei einem Vielreisenden wie ihm mit etwas Ausgefallenem, Exotischem gerechnet, aber es war ein grüner Reigen aus Lavendel, zart blühenden Bodendeckern, immergrünen Büschen, Gräsern, Farnen und einem kleinen Ginkgo. Als Sichtschutz diente der Bambus. Zwischen dem Grün konnte sie allerdings kleine, versteckte Überraschungen entdecken, Mitbringsel von seinen Reisen, wie sie vermutete. Ein handtellergroßes Schneckenhaus, ein rötlicher Stein, der aussah wie die Silhouette eines Indianerkopfes, glattgeschliffene Äste, die wirkten, als seien sie an irgendeinem Strand der Welt angespült worden. Und mittendrin, was für Marieke allerdings keine Überraschung mehr war: eine Weidenrutenkonstruktion, die an ein Spinnennetz erinnerte. Dies hier war ein Garten, der den Blick und die Seele zur Ruhe kommen ließ und doch genug Ankerpunkte bot, damit der Geist sich nicht langweilte. Harmonisch. Perfekt.

Hund lag auf den Holzplanken, die den Boden der Terrasse auskleideten, und döste. Für Marieke war es nun an der Zeit, sich die anderen Zimmer vorzunehmen. Musste sie ja sowieso. Der Gartenschlauch hing zwar aufgerollt an der Hauswand, aber der Wasseranschluss war im Badezimmer, hatte Susann ihr aufgeschrieben. Also zurück in die Wohnung. Der kurze Flur, links das Bad – ein kleiner Raum mit Dusche, einem Regal für Handtücher, Rasierzeug und das Übliche – und das Schlafzimmer. Auch hier war alles reduziert auf das Wesentliche. Ein schöner Raum, viel Licht und Platz. Genügend Luft zu atmen. Ein antiker Schrank, ein Kelim auf dunklen Dielen, ein Doppelbett. Über dem Laken eine Tagesdecke in den Farben des Webteppichs. Taubenblau, Ecru, Lavendel. Helle Vorhänge, wehend, bis zum Boden. Er hatte Geschmack. Sie schloss die Tür und wandte sich der gegenüberliegenden Flurseite zu. Das Arbeitszimmer. Ein Grafikschrank, ähnlich wie ihrer, ein Leuchttisch, Computer, Drucker, Regale mit Aktenordern, Kisten und unzähligen übereinandergestapelten Fotopapierkästen, alle fein säuberlich an der Außenkante des Deckels beschriftet. In der Ecke des Zimmers stand ein Metallschrank, dessen linke Tür verschlossen war, was Mariekes Phantasie sofort in Gang setzte. Nicht zuletzt, weil sie hinter der offenen Tür eine Reihe von Chemikalien fand, die sich bei genauerem Hinsehen aber als Zutaten für die Fotoentwicklung entpuppten. Klar ließen sich damit Autos anzünden, doch das könnte man ebenso mit dem Terpentin, das zum Reinigen der Pinsel in ihrem Arbeitszimmer lagerte. Dass er oft analog fotografierte und die Bilder in Schwarzweiß meist selbst entwickelte, hatte er ihr neulich erzählt. Also waren hinter der verschlossenen Tür wohl seine Kameras und technisches Gerät und vielleicht Negative. Innerlich atmete sie auf, denn auch wenn der sensationslüsterne Teil in ihr die andere Variante ebenso aufregend wie beängstigend gefunden hätte, wünschte sie sich insgeheim, dass er doch einfach nur Ben, ihr Nachbar und Hundefreund wäre. *Und verbunden mit ihr im Blau* ... Den letzten Gedanken wischte sie ganz schnell fort und nahm das Regal mit den Fotokästen genauer unter die Lupe. Mit dem Finger glitt sie über die Beschriftungen und las. Ein Stapel war alphabetisch nach Ländern geordnet, ein zweiter nach Jahreszahlen. Ein dritter Stapel im Regal darunter nach Landschaften und Pflanzenarten, ein vierter war ein wildes Potpourri. Und in diesem Potpourri entdeckte sie endlich, wonach sie gesucht hatte, ohne eigentlich genau zu wissen, was es war. Zwei Fotopapierschachteln mit der Aufschrift *Guerilla-Anschläge* und *Guerilla-Doku*. Ihr Herz schlug schneller. Sie zog die beiden Kästen heraus und öffnete den oberen. Es waren Zeitungsausschnitte. *Kunst oder Zerstörung?*, war die erste Überschrift, die ihr ins Auge fiel. *Klage der Bank nach grünen Anschlägen*, war die zweite. Ihre Knie zitterten. Mit den Kästen unter dem Arm ging sie zurück ins große Zimmer, schenkte sich ein Glas Wasser ein, setzte sich an den Esstisch und öffnete die Dose der Pandora.

In Kasten Nummer zwei waren Fotoabzüge, größtenteils Nachtaufnahmen. Eine Gruppe von Menschen auf einer Straße. Dunkle Kleidung, verschmierte Gesichter, die Finger erhoben zum Victory-Zeichen. Das nächste Bild: Personen aus derselben Gruppe, einige mit Bergarbeiterlampen an der Stirn, andere winkten mit Metallgegenständen. Nächstes Bild: Nada, in einer Küche im Gespräch mit einer jungen Frau. Vor ihnen auf dem Tisch Haufen von irgendwas. Erde? Schwarzpulver? Gewürze? Nächstes Bild: eine andere Straße, wieder nachts. Kein Feuer, aber Autos im Hintergrund und vorn Menschen mit – Marieke traute ihren Augen nicht – Konservendosen voll Narzissen und Tapeband? Sie schaute genauer hin. Es war die Allee nach Glücksfelde. Sie blätterte weiter, schneller diesmal. Eine Person im Dunkeln von hinten, die mit großer Geste etwas in die Luft warf, das auf dem Foto einen verwischten Bogen schlug, prasselndem Regen gleich. Ort des Geschehens: die Verkehrsinsel am Ritterplatz. Die Uhr an der Straßenecke im linken Bildrand zeigte auf halb vier. Marieke blätterte zurück zum Foto mit Nada und schaute ganz genau. Schließlich war sie sicher: Einer der kleinen Haufen auf dem Küchentisch waren Prunkbohnen. Die gleichen, wie sie im Hügelbeet im Hinterhof wuchsen. Sie schob den Kasten mit den Fotos zur Seite und öffnete erneut den mit den Zeitungsausschnitten. Hier fand sie Berichte aus der Tagespresse. Über die Kornblumeninsel, über das Moos-Tattoo in der Kreuzstraße, *Glück statt Geld*, über die begrünte Lärmschutzwand, von der sich niemand erklären konnte, wieso ausgerechnet dort Bohnen wuchsen. Und von einer nächtlichen Apfelbaumpflanzung durch Unbekannte im Mai auf dem Rasen eines Seniorenheims in der Nähe des Beckerplatzes. Marieke schüttelte den Kopf. Darunter lagen Bauanleitungen für Bomben, allerdings ohne Brandbeschleuniger, sondern mit Sonnenblumen-, Malven- und Mohnsamen. Sie las und las, sichtete die Fotos, verteilte alles auf dem Tisch, ordnete zu, versuchte zu verstehen. Guerilla-Gardening. Sie ließ die Informationen sacken und lehnte sich schließlich zurück. Dann begann sie lauthals zu lachen. Hund sah sie verwundert an. Sie ging auf die Terrasse und wuschelte ihn durch. »Es sind gar keine Autos«, erklärte sie ihm, als wüsste er, worum es ging, »sondern nur Mohn und Bohnen.« Sie schüttelte den Kopf. So sah also seine Revolution aus. Feuerbohnen statt Flammen, Saatbomben statt Handgranaten, *Kornblumen statt Kapitalismus*. Wieso hatte sie sich so in die andere Möglichkeit verbissen? *Weil du nicht versinken willst, verdammt noch mal, weder im Blau noch in ihm*, kicherte eine Stimme in ihrem Kopf, die sehr nach Babette klang.

Als sie später das Grün auf der Terrasse gewässert hatte, war die Sonne längst untergegangen, und die ersten Sterne kamen heraus. Nur noch den Wasserschlauch aufrollen, die Bilder wegpacken, dann wäre alles hier erledigt. Der Wind raschelte im Bambus, und sie spürte, wie ihr Hemd am Körper klebte. Sie schaute zur Badewanne. Nächtliche Schwimmausflüge zum See hatte sie schon immer gemocht. Aber die Vorstellung, in einem Schaumbad zu versinken, mit Blick über die Stadt unterm Sternenhimmel, das war unschlagbar superkitschig und wundervoll! Wie dumm wäre sie, diese Möglichkeit ungenutzt zu lassen! Im Badezimmer suchte sie aus einer ganzen Reihe von Flaschen und Kügelchen etwas Passendes heraus, schnappte sich ein Handtuch und drehte noch einmal den Wasserhahn auf. Wohltemperiert diesmal.

In der Wanne Zitronengras, auf der Terrasse der Lavendel und über mir die ganze Milchstraße, dachte sie und wackelte mit den Zehen. Von Schneewittchen wehte Jazzmusik herauf. Perfekter ging es kaum. Sie schloss die Augen und lauschte. Bis sie mitbekam, dass zwischen den Klavierakkorden plötzlich Pfoten in Bewegung kamen. Hund hatte die Ohren aufgestellt, dann schoss er laut bellend durch die Wohnung. Gerade noch rechtzeitig, um seinen nach Hause kommenden Kumpel an der Tür zu begrüßen.

»Das ist ja ein Empfang«, war Bens Stimme im Flur zu hören.

Von wegen in drei Tagen! ›Wenn ich mich nicht verrechnet habe‹, war Susanns Zusatz gewesen. Marieke sank tiefer in den Schaum und malte sich aus, was gleich passieren würde. Aber vielleicht käme er ja gar nicht auf die Terrasse, weil er müde wäre, und sie bräuchte einfach nur abzutauchen und zu warten, bis er ins Bett ginge. Wie lange könnte sie die Luft anhalten? Zwei, drei, fünf Stunden?

»Was soll das denn hier?«, war sein nächster Satz, und seine Stimme wirkte gar nicht müde und auch nicht mehr so erfreut wie bei Hunds Begrüßung, sondern überrascht und, ja, erbost. Er stand vermutlich vor dem Tisch mit den Fotos.

Marieke erinnerte sich an den Unfall mit Hund. An jenem Abend hatte Bens Stimme ähnlich geklungen. Ihr Herz pochte. Würde es nicht so furchtbar peinlich sein, wäre sie am liebsten aus der Wanne gesprungen und geflüchtet.

»Was soll das alles?«, fragte er, als er neben ihr stand. »Bist du dreist, gemeingefährlich oder einfach nur neugierig?« Er hatte die Arme vor der Brust verschränkt und sah nicht aus, als ob ihm zum Spaßen zumute sei.

»Susann und Nada sind im Urlaub«, begann sie kleinlaut.

»Die Fotos«, sagte er. Mehr nicht.

»Tut mir leid. Ich wollte –« Sie brach den Satz ab und schwieg.

»Gut«, sagte er schließlich, nahm das Handtuch vom Stuhl neben der Badewanne und setzte sich. »Ich habe Zeit. Ich kann warten, bis du Schwimmhäute bekommst. Und ich lasse dich nicht eher hier raus, bis ich weiß, warum du meine Sachen durchwühlst.«

So hatte sie ihn noch nie gesehen. Sein Unterkiefer war angespannt, sein Blick hart und sehr wütend. Hätte sie vorhin nicht die Fotos gesehen und nun gewusst, dass er nicht bösartig war, wäre ihr jetzt mulmig. Oder gab es vielleicht doch noch eine Kiste, die sie nicht – Quatsch! Also nahm sie allen Mut zusammen und fing an zu erzählen. Zögernd. Von Anfang an, die Nacht in Glücksfelde. Und dann immer weiter.

Er hörte zu, sah sie völlig entgeistert an, und irgendwann warf er den Kopf in den Nacken und lachte schallend. »Ist das dein Ernst? Das hast du wirklich gedacht?«, fragte er, als er wieder zu Atem kam.

Marieke rutschte noch etwas tiefer in die Badewanne. Sie nickte, und der Schaum kitzelte an ihrer Nasenspitze.

»Das erklärt einiges.« Ungläubig schüttelte er den Kopf. »Aber warum hast du mich nie gefragt?«

»Was genau hätte ich denn fragen sollen? Entschuldige, bist du der Typ, der neulich Abend in Glücksfelde den Mercedes abgefackelt hat? Klingt ziemlich schlau, oder?«

Sie zog eine Grimasse. »Und angenommen, du wärst es gewesen, hättest du mir dann die Wahrheit gesagt? So etwas wie: Klar, das mache ich jeden Samstag, um die Revolution ein bisschen nach vorn zu bringen.«

»Stimmt, das hätte ich in dem Fall wahrscheinlich nicht getan. Aber ich dachte, spätestens seit der Kornblumeninsel hättest du eins und eins zusammengezählt und wüsstest Bescheid.«

»Ich bin nicht so schnell im Kopfrechnen«, sagte sie kleinlaut. »Und außerdem hättest du mir doch auch was sagen können. Du zeigst mir die Lichtung hinter dem Gemeinschaftsgarten, lässt mich aber mit dem ganzen Drumrum im Dunkeln. Wieso hast du nicht gesagt, was ihr da macht?«

»Ich habe es Nada versprochen. Es sind ihre Studenten, und offiziell darf sie als Dozentin davon nichts wissen. Und schon gar nicht dabei sein. Jedenfalls nicht, wenn sie heimlich Wiesenblumensamen auf gestutzte Vorstadtrasen verstreuen oder wie Graffiti-Sprayer die Fassade einer Bankfiliale erklimmen, um mit Buttermilch, Zucker und Moos ihre Botschaften anzubringen. Spätestens als die Bank Klage gegen Unbekannt einreichte, hätte sie ihren Job los sein können, wenn es rausgekommen wäre.«

»Und du dokumentierst es.«

Er nickte. »Und du findest es heraus.«

»Tut mir leid. Also nicht, dass ich es weiß, sondern der Rest.«

»Ach, egal«, sagte er und sah sie an, immer noch. Müde, aber lächelnd. Dann stand er auf und reichte ihr das Handtuch. »Ich mach dir einen Vorschlag. Ich schnapp mir jetzt Hund. Der steht nämlich schon die ganze Zeit an der Tür und will raus. Wenn du mir versprichst, dass du noch da bist, wenn wir gleich zurückkommen, bringe ich was zu essen mit, und dann fangen wir noch mal von vorn an.«

Klatschmohn

Ein langer Sommer, warm und hell. Ein Gefühl von Freiheit, von Unendlichkeit. Das Gras kitzelt unter den Füßen, und die alte Schaukel schwingt im Baum mit den Schattenmorellen. Das Mädchen läuft und landet in Armen, die es hochwerfen und schweben lassen wie einen Engel. Die es sicher und sanft wieder auffangen, um es erneut juchzend vor Glück in das hohe Blau zu katapultieren. Momente von Schwerelosigkeit, Wind in den Haaren. Das Sommerkleid unter ihr, leuchtender Klatschmohn auf wehendem Georgette, bauscht sich in einer Böe, weht fort, verschwindet. Der Flug wird zum freien Fall, das Juchzen bleibt in der Kehle stecken. Oben und unten verschwimmen, bis nur noch der Schwindel bleibt.

»Schsch, komm her. Alles ist gut.«

Ein Arm legte sich um sie. Sie spürte die Matratze, das Kissen, die Decke.

»Ganz ruhig. Es war nur ein Traum.«

Sie versuchte, Luft zu bekommen und nicht auf ihr Herz zu achten, das hämmerte und raste. Versuchte zu atmen, ein, aus, ein, aus, ganz langsam. Sie überließ sich den Händen, die sie hielten, den Armen, die sie umfingen, und schmiegte sich in die Höhle, zu der sich der warme Körper neben ihr formte. Ein Schutzraum, leibhaftige Sicherheit. Der Schwindel ließ nach. Sie traute sich kaum, die Augen zu öffnen, auch wenn sie die Hände spürte, die über ihren Rücken strichen, die Nase, die sich in ihrem Haar vergrub, die Lippen, die ihre Stirn mit einem Kuss bedachten.

»Komm, schau mich an«, sagte die Stimme nah an ihrem Ohr, doch Marieke befürchtete, dass dies hier der nächste Traum sein könnte, der sich verfluchtigen würde, sobald sie die Augen öffnete. Der im Nichts entschwand und verwehte wie die Klatschmohnblüten auf Georgette, und dass sie danach wirklich fallen würde, aufprallen, zerschmettern. Sie fürchtete sich davor, allein zu sein und zurückgelassen, wie jedes Mal, wenn sie sich fallen ließ. Wenn sie vertraute.

»Schau mich an«, flüsterte er erneut und hielt ihr Gesicht in seinen Händen. Mit den Daumen zeichneten er sanft die Linie ihrer Brauen nach, strich über ihre Lider, wischte ihre Tränen fort.

Marieke schlug die Augen auf und atmete durch. Er löste sich nicht auf wie ein Trugbild, sondern lag immer noch vor ihr, Nasenspitze an Nasenspitze. Im Morgenlicht waren seine Augen am schönsten, wenn sich ein Bernsteinglanz im Kastanienbraun brach und die Dunkelheit der Nacht einem hellen Leuchten wich. Obwohl ihr Herz ganz weich wurde, hatte sie Angst vor diesem Blick. Vielleicht aber auch, *weil* ihr Herz weich wurde, angreifbar und verletzlich. Sie fürchtete, sich zu verlieren. Ben ließ seinen Blick über ihr Gesicht wandern, forschend, wie auf Expedition.

Am ersten Morgen nach seiner Rückkehr und dem Von-vorn-Beginnen, das nun wirklich und unverhofft ein Anfang von etwas geworden war, das sich noch entfalten müsste, wäre sie bei diesem Blick am liebsten aus seinem Bett gesprungen, hinein in ihre Klamotten und geflüchtet, die Treppe hinunter und fort, ganz weit fort. Aber auch da waren seine Hände schneller gewesen und seine Arme ein Hafen.

»Das ist schon der dritte Alptraum in gut zwei Wochen. Ist es so furchtbar mit mir, dass du deswegen schreiend aufwachst? Wenn nicht, wäre es langsam an der Zeit, dass du mir erzählst, was da nachts mit dir passiert.«

»Nichts«, sagte Marieke knapp.

»Wie nichts wirkt es aber nicht«, beharrte er weiter auf eine Antwort.

Und weil sein Blick immer noch da war und ihr Halt bot, ebenso wie seine Arme, begann sie zu erzählen, worüber sie schon lange nicht mehr gesprochen hatte.

Die Leiterin des Kindergartens hatte damals beteuert, dass die kleine Rieke nichts von all dem gesehen haben konnte, was die nette und fröhliche Familie Sudhoff in diese wortlose Restgemeinschaft verwandelt hatte, die sie nun seit über vierzig Jahren war. Dass sie an der Hand der Erzieherin schon längst im Gruppenraum gewesen sei, als sich das Auto zu schnell und mit abgelenktem Fahrer dem Kindergarten näherte, woraufhin sich der Körper der Mutter einem Luftballon gleich in den Himmel erhoben hatte. Nur dass die Mutter kein Luftballon war, sondern ein Mensch aus Fleisch und Blut, der Schwerkraft unterworfen. Asphalt besitzt keine weichen Arme, die Schwebeengel auffangen und halten können. Der Körper der Mutter zerschellte auf Chrom und Teer, doch er atmete weiter. Die Ärzte hatten es ein Wunder genannt, dass er erst am Tag danach den Kampf gegen seine Verletzungen aufgab. Seither misstraute Marieke dem Wort *Wunder*, denn ein Wunder wäre es doch gewesen, wenn die Mutter wieder aufgestanden wäre vom Krankenhausbett. Wenn alles einfach nicht passiert wäre.

Erinnerungen wirken tief und lange, auch wenn alle anderen behaupten, dass man sie gar nicht haben könne. Dass es lediglich Phantasien seien, die man sich aus Halbwissen, Ahnungen und Gerede zusammenreimte. Weil das Kleid an jenem Tag ein anderes gewesen war als in den Träumen, weil die Mutter keine Sonnenbrille trug, als das Auto sie erwischte. Und doch wusste Marieke, was sie gesehen hatte. Vielleicht in einem anderen Kleid, vielleicht auch ohne Sonnenbrille. Aber sie *hatte* es gesehen.

Es war ein hektischer Morgen gewesen. Weil Rieke über ihr Frühstück quengelte, weil Lexie ihr Sportzeug vergessen hatte, weil der Vater zu spät dran gewesen war. Es war ein Morgen voller Streit und Vorwürfen, und nachdem die Verabschiedung am Kindergartentor infolgedessen nicht herzlich, sondern nur routiniert gewesen war, sehnte sich eine fast Fünfjährige danach, das Rad zurückzudrehen, einen weiteren mütterlichen Kuss zu erhaschen, ein Lachen auf den schönen und wie immer rot geschminkten Lippen zu sehen, die sie über alles liebte.

»Ich wollte, dass sie nicht mehr sauer auf mich ist. Dass sie sich noch einmal umdreht. Also habe ich gerufen, und sie blieb tatsächlich stehen, mitten auf der Straße. Und dann gab es den Knall, von dem alle sagten, dass ich ihn nicht gehört haben konnte. Aber ich weiß es besser. Ich sehe sie noch heute durch die Luft fliegen. Nachts. Dann werde ich sie, und ich bin es, die fällt. In diesen Nächten zerschelle ich und löse mich auf.«

Marieke machte eine Pause und versuchte, ihre Stimme

in den Griff zu bekommen, während sie an einem Faden zupfte, der aus der Bettdecke hing. Ben sah sie an, in den Augen die Bereitschaft, auch den Rest ihrer Geschichte zu hören. Also nahm sie ihren Mut zusammen und sprach weiter, obwohl ihre Stimme bebte.

»Jedes Mal, wenn ich mich auf jemanden einlasse, habe ich das Gefühl, dass ich ihn sowieso verlieren werde. Dann fange ich an zu träumen. Ich kann das eben nicht, mit Bindungen und so, verstehst du?« Sie hob ihren Blick, kurz davor, in Tränen auszubrechen. »Die Träume erinnern mich daran, dass ich auf mich aufpassen muss, weil immer ein Auto kommen wird, das alles zerstört. Das ist mein Schicksal, meine Strafe. Egal, ob ich mich bemühe oder nicht. Dabei muss das Auto nicht unbedingt ein Auto sein. Mal war es die Muse meines Bildhauer-Freundes, mit der die Beziehung an die Wand fuhr, als ich mich eingelassen hatte. Oder es war ein Stipendium in Amerika, das alles kaputt gemacht hat, in dem Moment, wo ich bereit war, mehr zu wagen. Letztes Mal hieß die Automarke schlicht und einfach Jessica.«

Ben lag schweigend neben ihr, nah genug, um sie zu halten, wenn sie vor Furcht zitternd die letzte Tür ihrer heimlichen Gedanken öffnete.

»Und nun bist *du* da«, flüsterte sie schließlich, »willst mit mir im Blau versinken, und ich habe eine Riesenangst davor, dass auch du genau in dem Moment verschwindest, wenn ich mich eingelassen habe.« Das Beben ihrer Worte ging in ein Schluchzen über.

Ohne eine äußerliche Regung hatte Ben ihrem Stammeln zugehört, hatte ihr die Haarsträhne aus ihrer Stirn gestrichen, ihre Tränen getrocknet, sie im Arm gehalten, bis ihr

Schluchzen nur noch ein Vibrieren der Lungenflügel war und sie ihn um Nachsicht bat mit ihren Träumen und ihren Tränen. Er schaute sie an, schüttelte den Kopf und erwiderte, dass sie alles machen dürfe, nur nicht sich entschuldigen für etwas, das für ihn ein Geschenk sei: ihr Vertrauen. Und dass er sie wolle. Als Gesamtpaket. Mit all ihren Geschichten, den traurigen und den hellen, mit den Narben auf ihrer Seele, mit ihrem wunden Körper und ihrer Lust. Dann zog er an der Bettdecke, in die sie sich beim Erzählen verkrochen hatte, und wickelte sie behutsam aus dem Stoff, als wäre sie etwas sehr Kostbares. Mit seinen Händen, die er mit einer nahezu unerträglichen Langsamkeit über ihren Körper wandern ließ, erzählte er ihr eine andere Geschichte vom Fallen und Aufgefangenwerden. Eine Geschichte, in der das Wort Angst nicht vorkam, die keine Zeit kannte und keine Zweifel. Es war, als würden seine Hände sie aus dem alten, viel zu engen Kokon befreien, der sie nicht atmen ließ, und aus ihrem gebrochenen Traum-Ich etwas Anderes formen, etwas Neues. Etwas mit Flügeln.

Marieke hatte das Gefühl, in einer Wolke aus Zuckerwatte umherzulaufen. Über drei Wochen ging das schon so. Sie wusste nicht mehr genau, wo sie selbst aufhörte und wo Ben anfing, ob sie gegessen hatte oder geschlafen. Sie redeten die halbe Nacht hindurch, dösten am Tag, liebten sich, trennten sich für eine Atempause, um zu arbeiten, zu lesen, Post zu erledigen, und riefen doch nach einer Stunde beim anderen an, weil sie sich vermissten. Die goldenen Tage des Altweibersommers ließen sie glühen. Diese Art von Aufgelöstsein hatte Marieke lange nicht mehr gespürt, weit vor

Jochen das letzte Mal. Die Zeit mit ihm war etwas anderes gewesen. Kontrollierter, rationaler. In die Beziehung mit ihm hatte sie sich mit vorsichtigen Schritten begeben, und sie hatte sich im Griff behalten, die ganze Zeit. Das mit Ben war Feuer und Wind. Es gab kein Halb, es gab kein Langsam, es gab kein Später. Es gab nur ein Jetzt und ein Alles. Aber hatte er nicht auch versprochen, dass er sie wollte? Dass er da wäre, was immer auch passierte? Und sie vertraute, grundlos, bedingungslos. Zum ersten Mal seit langem.

»Na endlich!«, rief Susann und klatschte in die rot verschmierten Hände, als Marieke und Ben den Hinterhof betraten. Zusammen mit Frau Schröder saß sie unter der Kastanie und entsteinte Pflaumen. Hund sauste wedelnd auf sie zu, als er ihre Stimme hörte. »Wir hatten schon Wetten abgeschlossen, wann ihr das da endlich auch mal kapiert.« Sie deutete auf Mariekes und Bens ineinander verschlungene Hände. »Herzlichen Glückwunsch!«

Marieke hätte im Erdboden versinken mögen und wollte ihre Finger zurückziehen, doch Ben hielt sie fest.

»War die Idee mit dem Schlüssel etwa Kuppelei?«, fragte sie und war sich nicht sicher, ob das mit der Wette metaphorisch gemeint war oder eine Tatsache. Entsprechend changierte ihr Ton zwischen amüsiert und zickig.

»Nein, das mit dem Schlüssel war Notwehr«, beschwichtigte Susann sie, »aber im Nachhinein doch recht hilfreich, wie es aussieht.« Sie schien sehr stolz zu sein über diesen gelungenen Coup.

»Fragen wir doch besser mal: Wer hat gewonnen, Nada oder du?«, wollte Ben wissen. Er schien sich die Frage nach der Metaphorik gar nicht zu stellen. Aber er kannte die beiden ja auch schon länger.

»Ich«, gestand Frau Schröder leise und schaute zu Boden, als wäre ihr ihre Treffsicherheit peinlich.

Marieke begann zu lachen. »Sie wetten mit diesen beiden zwielichtigen Damen darauf, wann ich«, sie suchte nach passenden Worten, »und er«, sie deutete auf Ben und ließ in Ermangelung der treffenden Beschreibung das Ende des Satzes offen.

Frau Schröder zuckte schüchtern mit den Schultern. »Jedenfalls hatte ich ein besseres Gespür für Sie beide als Matze und Svea.«

»Matze und Svea haben auch gewettet?« Marieke schüttelte ungläubig den Kopf und fragte sich, ob alle in diesem Haus zum Glücksspiel neigten. Dann fiel ihr ein, dass sie beim Essen im Juli eine der Ersten gewesen war, die sich verabschiedeten. »Es muss nach der Zucchini-Pasta noch ein sehr netter Abend gewesen sein«, sagte sie.

»O ja!«, bekräftigte Frau Schröder. »Und abgesehen davon, dass ich von den anderen nun ein Paar Filzhausschuhe bekomme, freue ich mich wirklich sehr für Sie beide. Aber das würde ich auch, wenn ich nicht gewonnen hätte.« Sie lächelte wie ein junges Mädchen.

»In diesem Haus bleibt einfach nichts verborgen«, stellte Ben fest. »Ist Nada auch schon zurück? Geht es ihr gut?«

»Sie kommt Anfang nächster Woche«, antwortete Susann. »Ihre Eltern wollten sie noch ein paar Tage für sich haben, bevor wir dann in absehbarer Zeit erst mal nur zu dritt bei ihnen auftauchen werden.«

»Zu dritt?«, warf Marieke verwundert ein. »Bekommt ihr jetzt auch einen Hund?«

Susann sah sie überrascht an. »Einen Hund? Nein!« Sie lachte. »Wir bekommen keinen Hund. Nada ist im sechsten Monat. Wir bekommen an Weihnachten ein Baby.«

Marieke fragte sich, ob sie blind war. Dass Nada schwanger sein könnte, war ihr weder aufgefallen noch in den Sinn gekommen. Klar, sie hatte registriert, dass sie ein bisschen runder geworden war. Und dann dieser Ausraster vor ihrem Urlaub wegen der Zucchini. Die weiten Kleider und T-Shirts. Susanns Bemühungen, sie zu bremsen, sie zu entlasten. Rückblickend setzten sich diese Bruchstücke zu einem Mosaik zusammen. Aber war sie die Einzige in diesem Haus, die so wenig mitbekam?

»Bei manchen Frauen sieht man erst ab dem fünften Monat etwas«, beruhigte Babette sie bei ihrer nächsten Skype-Sitzung. »Gerade wenn es die erste Schwangerschaft ist. Kann also gut sein, dass du vor ihrem Urlaub noch gar nicht viel von ihrem Baby-Bauch bemerken konntest.«

»Wieso weißt du das alles?«, fragte Marieke überrascht. »Habe ich bei dir etwa auch was verpasst?«

»Keine Bange, hast du nicht. Das ist bei mir definitiv erledigt und vorbei. Doch das mit den Schwangerschaften ist hier ebenfalls ein großes Thema. So ist das wohl mit den jungen Leuten. Guter Sex ohne den Kinderkram ist allerdings auch nicht zu verachten, oder?«, sagte Babette in die Kamera und schaute dann auf ihren Monitor. Plötzlich fing sie furchtbar an zu lachen.

»Was ist?«, fragte Marieke, obwohl sie sehr wohl merkte, was war. Ihre Wangen glühten.

»Na, der Spruch war ja wohl ein Volltreffer«, japste Babette. »So rot bist du seit dem letzten Jahrhundert nicht mehr geworden. Da kann ich nur gratulieren. Wird Zeit, dass ich deinen Guerillakämpfer endlich mal kennenlerne.«

Hund war mal wieder schneller und stand bellend an der Tür, noch bevor es klingelte. Als Marieke öffnete, war das Erste, was sie sah, zwei Weckgläser mit selbst gemalten Etiketten und bunten Stoffflicken über dem Deckel.

»Ich hoffe, du magst so was.« Nada sah sie fragend an. »Meine Eltern haben uns so viel Pflaumen mitgegeben, dass wir darin versinken. Susann kocht seit Tagen Mus und Marmelade.«

»Wie schön, danke«, sagte Marieke. »Komm doch rein. Dann kannst du dir auch gleich mal ansehen, was aus eurem Balkon geworden ist.«

»Dein Balkon«, korrigierte Nada lächelnd. »Gern.«

Sie folgten Hund, der schwanzwedelnd voranschritt und einen guten Wohnungsführer abgab wie jedes Mal, wenn Besuch kam. Marieke bewunderte, mit welcher Grazie Nada ihren Bauch und das Mehr an Gewicht trug, das sich jetzt sichtbar unter ihrem feuerroten Kleid abzeichnete. Dieses Outfit hatte nichts mehr zu tun mit den weiten Flattergewändern und übergroßen Männerhemden, die Nada im Hochsommer getragen hatte, sondern war enger geschnitten und beinahe elegant. Ihre Haare waren länger, ihre Züge weicher. So hatte Marieke sie noch nie gesehen.

»Du siehst wunderschön aus«, sagte sie. »Und ich freue mich für euch.«

»Vielen Dank.« Nada strahlte sie an. »Susann meinte, ich darf jetzt nicht mehr so viel im Garten wühlen. Und um das zu verhindern, hat sie mir ein paar Schwangerschaftskleider genäht, mit denen ich mich nicht schmutzig machen darf. Noch funktioniert ihre Taktik tatsächlich.« Sie lachte.

Marieke öffnete die Balkontür und ließ ihrem Gast den Vortritt.

»Oh, dein Mohn ist aber schön«, sagte Nada, als sie sich umschaute. »Die Samen kannst du sammeln und im nächsten Jahr aussäen.«

»Ich weiß. Hier oder rund um die Bäume draußen in der Allee.« Marieke lachte. »Er ist ein Geschenk von Ben.«

»Ah ja«, sagte Nada nur, nickte kurz und schwieg.

»Ich hatte ihm erzählt, dass ich viel mit Mohnblüten verbinde«, ergänzte Marieke, weil sie das Gefühl hatte, die sich ausbreitende Stille mit Worten und Erklärungen füllen zu müssen. »Meine Mutter trug ein Mohnblütenkleid. Das ist eine meiner liebsten und leider auch letzten Erinnerungen an sie.«

»Dann ist das sehr nett von Ben.« Nada nickte wieder. »Und dein Thymian macht sich ganz prächtig.«

»Das tut er«, bestätigte Marieke und fragte sich, ob das dumpfe Grummeln, das sich plötzlich in ihrer Magengrube ausbreitete, nur daher kam, dass sie vor lauter überbordenden Gefühlen mal wieder zu wenig gegessen hatte.

»Ich soll dich morgen wirklich nicht bringen?« Marieke hoffte, dass sie nicht klang wie eine Klette. »Ich bin zwar für die Spätschicht eingetragen, weil ich dachte, du fährst früher, aber ich kann diese Fahrt trotzdem gern übernehmen.« Bereits der Gedanke daran, nach anderthalb Monaten voll Nähe und Glück nun über zwei Wochen allein zu sein, weil Ben in Richtung Indian Summer aufbrechen musste, ließ sie schon jetzt an der Stelle, wo sein Arm um ihre Hüfte lag, eine Art Phantomschmerz empfinden.

»Nein, brauchst du wirklich nicht«, antwortete Ben. »Bevor es losgeht, muss ich hier noch etwas erledigen, und dann werde ich am frühen Abend abgeholt. Direkt vor der Haustür. Ich bin sicher schon weg, wenn du kommst.«

»Das heißt, wir verabschieden uns nach dem Mittagessen?« Ihr Hals wurde eng.

»Ja, aber bis dahin haben wir noch eine ganze Menge Zeit«, flüsterte er und zog sie an sich.

Überraschungen sind immer eine zweischneidige Sache. Das wusste Marieke. Das kannte Marieke. Und doch hatte sie sich, während sie im Taxi saß, eine rote Ampel übersah und ihre Seele am Ritterplatz beim Anblick der beinahe verblühten Kornblumen vor Sehnsucht fast zerkrümelte, die ganze Zeit ausgemalt, wie schön es wäre, Ben vor seinem Abflug einen letzten Kuss zu geben. Als Wegzehrung sozusagen. Kurzerhand hatte sie daher gegen halb sieben beschlossen, sich bei Konrad für eine Stunde abzumelden und zu Hause vorbeizufahren. Sie rannte die Treppen zu ihrer Wohnung hoch, zwei Stufen auf einmal, um sich rasch frisch zu machen. Die letzten beiden Kornblumen aus dem Blumenkasten pflücken, sie mit einer Karte und einem Kuss für ihn in einen Umschlag stecken und dann rüber, hoch aufs Dach, ehe die Spätschicht weitergehen sollte. Sie hatte sich sein Gesicht ausgemalt und sich die ganze Zeit darauf gefreut. Doch noch bevor sie die Balkontür geöffnet hatte, merkte sie, dass dies keine gute Idee gewesen war, denn diejenige, die nun überrascht wurde, war sie.

Bens Wohnung war hell erleuchtet. Sie konnte nicht sehen, was genau in den Zimmern passierte. Vielleicht packte er ja nur seine Tasche und suchte etwas. Trotzdem stand Marieke an ihrem Fenster, wie früher, und beobachtete misstrauisch, was drüben vor sich ging. Sie konnte Schatten sehen, die sich bewegten, und es waren eindeutig mehr als einer. Vielleicht waren die Leute, die ihn abholen wollten, ja früher da gewesen und nun auf einen Kaffee mit hochgekommen. Sie wartete ab. Das verschwitzte T-Shirt klebte an ihren Schulterblättern. Ihr war kalt, auch wenn draußen über zwanzig Grad waren. Und dann sah sie, was sie lieber nicht gesehen hätte und nur in Ausschnitten erkennen konnte, weil seine Scheiben so hoch lagen. Nada in ihrem feuerroten Sommerkleid. Sie stand mit dem Rücken direkt am Schlafzimmerfenster. Dann Ben, der auf sie zutrat, den Reißverschluss des Kleides öffnete, ihr den Stoff von den Schultern strich und mit einer entschlossenen Bewegung die Vorhänge zuzog.

Poison Ivy

Der geistige Bruder der Überraschung ist der Zufall. Seine Folgen sind zwar ebenso unvorhersehbar, aber man kann ihm besser die Schuld geben. Für alles. Da Konrad einen Termin hatte, musste sie Hund früher als geplant in der Taxizentrale abholen. Khalil, der ihren Wagen übernahm, setzte beide vor der Oper ab. Seit Ben fort war, hatte Marieke keine Lust mehr auf Ausflüge und lange Fußmärsche gehabt, was Hund ihr mit Kauspuren an ihrem Hausschuh quittiert hatte. Um Schlimmeres zu verhindern, plante sie nun, den Rest des Weges bis nach Hause zu laufen. Auf Mails, Anrufe und SMS war ihr seit fast zwei Wochen auch die Lust vergangen. Bens Nachrichten hatte sie, von einigen unterkühlten Reaktionen abgesehen, meist unbeantwortet gelassen, und von den Telefonaten kein einziges angenommen. Sie wollte nicht mit ihm reden, denn sie hatte keine Ahnung, was sie sagen sollte, mit ihrer Entdeckung am Abschiedsabend und dem ganzen Atlantik zwischen ihnen. Susann war sie seither ebenfalls aus dem Weg gegangen, obwohl Hund immer wieder an der Leine in Richtung Schneiderwerkstatt zog, wenn sie durch den Hinterhof gingen. Sie wusste nicht, was sie mit ihr reden sollte. Geschweige denn mit Nada. Dass Hund Ben vermisste, war unübersehbar. Er suchte ihn, in ihrer Wohnung, im Haus, überall. Ihr jedoch fehlte Ben nicht. Der Phantomschmerz, den sie vor seiner Abreise gefürchtet hatte, war einer düsteren Kälte gewichen. Marieke hatte ihr Gefühl abgestellt. Das konnte sie gut, hatte jahrelange Übung darin. Sie war wütend, verletzt, rastlos, aber das blieb leises Hintergrundrauschen. Im Alltag hatte sie auf Autopilot umgeschaltet. Ihre Bilder, die sie Nacht für Nacht in dicker, dunkler Farbe auf die Leinwand klatschte, brachten ihr keine Erleichterung. Im Gegenteil. Hund jedenfalls schien sehr erfreut über den Spaziergang, auch wenn in der Innenstadt wenig Grün zu finden war. Zu Schnüffeln gab es für ihn genug. Pommes, Pizza und Parfum. Die Duftmarken seiner vierbeinigen Kumpels. Hunds Nase klebte förmlich am Gehsteig.

Zuerst dachte Marieke, sie habe sich getäuscht. Doch dann blieb sie stehen. Statt einer Begrüßung fragte sie schlicht: »Du rauchst wieder?« Auch Hund hielt inne und schnüffelte nun an ihrem Gesprächspartner.

»Ab und an«, antwortete Jochen und blickte distanziert hinunter auf den Vierbeiner. Kein Kraulen, kein Hallo. »Familienausflug?«

»So ähnlich.«

»Ist dein junger Freund auch hier?« Er spähte über ihre Schulter.

»Amerika. Beruflich. Und deine junge Freundin?«

»Im Kino. Spätvorstellung mit ihrem Kindergarten.«

»Oho«, sagte Marieke. Das Thema Altersunterschied nagte also weiter an ihm. Sein Zynismus tat ihr gut. Und dass er litt, ebenfalls.

»Gehen wir etwas trinken?«, fragte er.

Sie überlegte kurz, doch sie hatte nichts vor. Sie hatte nichts dagegen. Und zu verlieren hatte sie auch nichts. Also nickte sie.

»O, il dottore ed il suo amore«, rief ihr Italiener hocherfreut, als sie das Restaurant betraten.

»Hat er noch nicht kapiert, dass du längst eine neue *Amore* hast?«, fragte Marieke überrascht.

»Seitdem du weg bist, war ich nicht mehr hier.«

»Dass du so sentimental bist, hätte ich nicht gedacht.«

»Dann hast du meine letzten Nachrichten tatsächlich nicht gelesen«, stellte er fest. »Seit gut zwei Monaten reagierst du ja nicht, egal was ich schreibe. Dabei war unser Treffen doch so vielversprechend.«

»Inwiefern?«, fragte sie.

»Da hast du von einem Anfang geredet.«

»*Du* hast von einem Anfang geredet. Ich habe *vielleicht* gesagt.«

»Deine Nachrichten nach dem Vielleicht klangen nicht so vage.« Er musterte sie, und da war er wieder, dieser Alles-ist-möglich-Blick. Und diesmal wehrte sie sich nicht dagegen.

Als sie in der Küche stand, wusste sie nicht, was sie zuerst tun sollte: einen Tee kochen oder eine Schmerztablette nehmen. Sie spürte nur ein dumpfes Pochen in ihrem Kopf, aber sie ahnte, dass sich das in den nächsten Stunden steigern würde. Sie zog den Bademantel enger um sich. Sie fror. Auch wenn sie geduscht hatte, war ihr, als klebten die letzten Stunden noch an ihr. Hund schmiegte sich an ihre Beine und schien erleichtert, dass sie nun wieder hier bei ihm war, nachdem er vorhin des Schlafzimmers verwiesen wurde.

Nach dem Wein waren sie zu Grappa übergegangen, und nach dem dritten Grappa hatte sie die Kontrolle verloren – über das Gespräch, über ihre Gedanken, über das, was sie wollte und was nicht. Und als seine Hand dann so sanft auf ihrer lag und er halb im Scherz, halb ernst den Kuss einforderte, den sie ihm beim letzten Treffen versagt hatte, fand sie in ihrem leeren Hirn keinen einzigen Grund, der sie hinderte. Also küsste sie ihn, und er küsste sie. Sie erinnerte sich auch noch, wie sie nach den *due espressi ed un amaretto sulla casa per la signora* ein Taxi rief, kichernd, weil sie es nicht gewohnt war, auf der Rückbank Platz zu nehmen. Dass er mit zu ihr ging, war da keine Frage mehr gewesen, sondern ein unausgesprochener Pakt. Sie waren durch die Wohnung getaumelt, um zu tun, was sie schon lange nicht mehr getan hatten, mit einer Mischung aus vertrauter Routine und dem Rausch eines Sieges. Ihre tastenden Finger glichen kolonialen Herrschern, die ehemaliges Territorium zurückeroberten. Vergeblich hatte Marieke zwischen den Worten und Blicken, den Händen und Mündern, ihr Herz gesucht, doch ihr Herz war bei alldem nicht dabei. Es war, als stünde es am Bettrand und beobachtete sie, so wie Hund es morgens tat, um sie zu wecken. Als Jochen schlief, versuchte sie, in seiner Armbeuge Ruhe zu finden, doch da ihr das nicht gelang, war sie aufgestanden, ins Bad gegangen, und nun lehnte sie am Küchenfenster.

Das Vorderhaus, ihr Anker. Die Kastanie hatte schon so viele Blätter eingebüßt, dass Marieke ungehindert zusehen konnte, wie Svea ihren Kaffee aufbrühte. Es musste also kurz nach fünf sein. Bei Lehmanns im Wohnzimmer leuchtete noch das blaue Licht des Fernsehers. Bei Schneewittchen flammte für Momente das Badlicht auf, bevor die Wohnung wieder im Dunkeln lag. Die Fenster des Phantoms waren schwarz wie immer und darüber – ihr Herz tat einen Schlag und geriet ins Stolpern. Dann summte ihr Handy.

»Wir müssen reden.« Seine Stimme nah und ohne transatlantisches Rauschen.

Marieke schwieg. Konnte nichts sagen.

Auch am anderen Ende Stille. Nur sein Atem, stockend, als ob er anschlucken müsste gegen das, was er nicht sagte.

»Wie lange bist du schon da?«, fragte sie. Ihre Stimme ein brüchiges Flüstern.

»Seit gestern Abend. Ich wollte wissen, was los ist. Warum du nicht schreibst. Darum bin ich zwei Tage früher gekommen.« Kein Vorwurf, keine Wut, einfach nur Sätze.

»Wie lange bist du schon da?«, wiederholte sie, noch leiser. »Da oben am Fenster?«

»Seit gestern Abend«, wiederholte er.

Dann legte er auf, schloss die Vorhänge und löschte das Licht. Etwas, das sie nicht getan hatte, als sie heimgekommen war.

Es gab kein Frühstück am Bett, als sie ihn gegen sieben weckte. Nur einen Kaffee im Gehen und Gesichter, die nicht wussten, wie sie einander anschauen sollten. Sie fragte sich, wie leicht es für sie wäre, von einem Leben in ein anderes zu springen. Einfach so, von jetzt auf gleich. In ihr altes Leben. In das, was sie eigentlich nie hatte aufgeben wollen.

Wie lange war das her?

»Marieke, meinst du, wir könnten –«

Sie legte einen Finger auf seine Lippen und stoppte die Worte, die folgen sollten. *Von vorn anfangen* oder *Freunde bleiben*? Sie wollte es nicht hören, weder das eine noch das andere, denn keines dieser Worte würde ihr zum Sprung reichen.

Als er fort war, zog sie das Bett ab, befüllte die Waschmaschine, riss die Fenster auf und die Tür zum Balkon. Die Luft war kalt und roch nach Erde und Laub. Nach Vergänglichkeit. Es wäre an der Zeit, die Blumensamen abzunehmen. Aber wo sollte sie sie aussäen? Wo wäre sie im nächsten Frühjahr? Immer noch hier? Sie blickte hoch zur Dachterrasse, wo zwischen dem Bambus eine Dampfwolke in den Himmel stieg. Ben schien ebenfalls schon wach zu sein. Eine halbe Stunde noch, dann würde sie ihn anrufen, um es hinter sich zu bringen.

Er saß an ihrem Küchentisch, rührte in seinem Tee, Earl Grey mit Milch, wie immer am Morgen, doch dieses Bild hatte seine Vertrautheit eingebüßt. Er ließ den Teelöffel am Tassenrand abtropfen, auch diese Geste kannte sie, legte ihn zurück auf den Tisch und dann sah er sie an. Noch nie hatte sie sich in Strickjacke und Rollkragenpullover so nackt gefühlt wie jetzt.

»Wenn das mit ihm wieder etwas Dauerhaftes werden soll, sag es mir bitte gleich. Dann gehe ich und lasse dich in Ruhe. Wenn nicht, möchte ich wenigstens versuchen, es zu verstehen.«

»Es war Zufall«, sagte sie nach einiger Überlegung, weil der Zufall ja immer Schuld war. Doch sie ahnte, dass Ben das nicht reichen würde. »Und zu viel Grappa«, fügte sie hinzu. Gern hätte sie es ihm erklärt, aber es gab keine Erklärung. Weil sie es selber nicht verstand.

Ben sagte Dinge, die klug und zärtlich waren, die eine Brücke bauen sollten, auf der sie sich in der Mitte treffen könnten, doch in Marieke hatte irgendetwas einen Hebel umgelegt. Sie war nicht bereit, sich zu entschuldigen und damit ihren Teil des Brückenbaus zu übernehmen. Denn der Abend gestern ging für sie Hand in Hand mit dem Abend seiner Abreise. Wenn er etwas klären wollte, dann müssten sie dort beginnen.

»Bevor du gefahren bist«, sagte sie also, »wollte ich dich überraschen. Ich habe gegen sieben Pause gemacht und war hier in der Wohnung, um dir für deine Reise die letzten Kornblumen zu pflücken. Als Talisman.« Sie hielt kurz inne, um zu sehen, wie er reagierte. Doch er blieb ruhig, sah sie an mit offenem Blick und war sich keiner Schuld bewusst. »Ich habe euch gesehen, Nada und dich. Ihr wart in deinem Schlafzimmer. Du hast ihr das Kleid ausgezogen. Nur warst du klüger als ich und hast die Gardinen zugemacht.«

Als hätte er einen Schlag in den Magen bekommen, stieß er die Luft aus und ließ den Kopf sinken. »Okay, ich verstehe.«

»Ich bin nicht blöd, Ben.«

»Ja, ich weiß. Und du siehst eine Menge. Aber warum fragst du nicht, ob die Schlüsse, die du daraus ziehst, auch stimmen?«

Sie zuckte mit den Schultern, schwieg, darum sprach er weiter.

»Ob du es glaubst oder nicht: Ich habe nur Fotos von Nada gemacht, mehr nicht. Das Übliche, was Schwangere wollen. Ich bin Fotograf, vergiss das nicht. Ich habe ihr versprochen, es niemandem zu sagen, weil es ein Geburtstagsgeschenk für Susann werden soll.«

Sie hätte aufatmen können, beruhigt sein. Alles glauben. Alles vergessen. Doch sie sagte: »Hast du eine Ahnung, wie müde mich das macht? Ich habe diese Geschichte schon mehr als einmal gehört. *Das bildest du dir ein, Schatz. Da ist nichts. Sie ist nur ein Modell.* All das habe ich dir erzählt. Darum hätte ich mir gerade von dir mehr Einfallsreichtum gewünscht.«

»Marieke, ich weiß, was du mir erzählt hast. Alles. Ich erinnere mich gut. Aber inzwischen frage ich mich ernsthaft, ob es dieses Auto gibt, das aus dem Nichts kommt und wie mit Geisterhand deine Träume und Wünsche über den Haufen fährt, oder ob du nicht selbst am Steuer sitzt und Gas gibst.«

Marieke schnappte nach Luft. Und dann brach es ungefiltert aus ihr heraus: »Schöne Analyse, Ben. Aber weißt du, was ich glaube? Ich war so lange gut für dich, wie Nada weg war. Und kaum taucht sie auf, ist alles vorbei von wegen Offenheit und Vertrauen. Als wären die letzten Wochen nicht gewesen.« Sie merkte, wie nicht nur ihre Worte zitterten. Ihr ganzer Körper war wie Espenlaub. »Du hättest doch auch reden können, mir erzählen, was los ist, aber du benimmst dich, als wäre ich nur das Klatschmaul aus dem Hinterhaus. Du schweigst über die Guerilla, um sie zu schützen, schweigst über ihre Schwangerschaft, schweigst über die Fotos. Weil sie es will. Als wäre sie die Einzige, die zählt für dich. Warum macht dir das mit Jochen dann eigentlich etwas aus?« Sie wusste, dass sie ihn verletzte. Aber genau das wollte sie. Damit er wenigstens einen Bruchteil des Schmerzes empfand, der in ihr seit fast zwei Wochen tobte. »Du bist ihr gegenüber so loyal, als wärst du immer noch mit ihr zusammen. Als wärt *ihr* das Paar.« Sie merkte, wie sich ihre Stimme überschlug. Durch das offene Fenster hatte inzwischen sicher das halbe Haus erfahren, was hier los war. Es war ihr egal. Sie machte weiter, auch wenn Hund sich mit einem Winseln einmischen wollte, Ruhe wollte, Harmonie. Aber sie konnte nicht zurück. »Ihr seid so eng miteinander, dass es zwischen euch keinen Platz gibt für mich. Wahrscheinlich erzählst du mir gleich auch noch, dass du der Vater ihres Kindes bist, und mir nur nichts davon gesagt hast, weil sie auch da wollte, dass du die Klappe hältst.«

Er hob den Blick, sah sie an, und plötzlich wusste sie, dass sie diese letzten Sätze am besten nicht ausgesprochen hätte, weil sie nicht hören wollte, was sie bereits wusste, noch bevor er den Mund öffnete.

»Ja, genau, ich *bin* der Vater, Marieke. Der biologische. Aber das Kind wird in erster Linie zwei Mütter haben. So haben wir es vereinbart. Darauf habe ich mich eingelassen. Und ja, du hast recht: Ich hatte ihr versprochen, es dir noch nicht zu erzählen, damit genau das hier nicht passiert. Vielleicht war das ein Fehler.«

Mariekes Blick verschwamm und färbte sich rot an den Rändern. In ihren Ohren erklang ein Ton wie quietschende Reifen. Ein Knall, Glas, Blech. Sie flog durch die Luft, zerschellte.

»Marieke, was ist?« Seine Stimme, besorgt, drang durch das Rauschen. Seine Hand wie eine Nachricht aus einer anderen Welt, umfasste ihre Schulter. Sie schob ihn fort. Wischte ihn weg mit einer einzigen Bewegung.

»Raus aus meiner Wohnung, Ben. Sofort.«

Herbstlaub

»Sag mal, Rieke, hast du dein Telefon abgestellt? Ich versuche seit Tagen, dich anzurufen.«

»Der Akku, Alexandra. Tut mir leid«, log Marieke.

»Ich wollte dir nur Bescheid sagen, dass Papa jetzt die neue Hüfte bekommt. Ich fahre am Montag hin und bleibe da, bis klar ist, wie es läuft.«

»Oh, das hatte ich vergessen. Du gibst mir dann Bescheid, ja?«

»Natürlich. Ach, und außerdem: Ich habe gestern beim Yoga deine Freundin getroffen. Gabriele. Sie hat mir erzählt, dass Jessica zu Jochen ziehen will. Wohl noch vor Weihnachten. Dann war das doch fester, als ich vermutet hatte. Sie drängt auf Familienplanung. Kein Wunder also, dass er dir gegenüber so zurückhaltend war«, schnatterte Alexandra ohne Punkt und Komma. »Er wollte dich sicher nicht verletzen und hat deswegen nichts gesagt. Gut nur, dass du gegen meine Ratschläge so immun warst und dich nicht gleich wieder auf ihn eingelassen hast. Sonst hättest du jetzt auch nicht diesen netten Fotografen. Rieke? ... Rieke, was ist denn los? ... Sag mal, weinst du? ... Oje, ich ahne! Darum warst du nicht zu erreichen.«

Hund lag am Fußende des Bettes und kaute hingebungsvoll auf Mariekes Hausschuh herum. Sie hatte aufgegeben, den Pantoffel zurückzuerobern, denn anziehen konnte sie ihn sowieso nicht mehr. Zwischendrin sah Hund sie mit großen Augen an, als wollte er die Situation einschätzen. Vorhin hatte er sich zum ersten Mal beschwert, dass es statt der langen Tour nur wieder die kurze gegeben hatte. Statt des ausgiebigen Wühlens auf der Wiese nur zweimal Beinchen heben auf dem Weg um den Block. Marieke aber fühlte sich nicht in der Lage für die lange Strecke. Sie fragte sich, ob Hund sich Sorgen machte oder beleidigt war. Er hatte sich so über Ben gefreut, doch als der nach dem Streit tatsächlich gegangen war, hatte Hund mit hängendem Schwanz auf dem Flur gestanden, die geschlossene Haustür angestarrt, und erst bei diesem Anblick war Marieke klar geworden, dass die Stunden davor etwas sehr Endgültiges ausgelöst hatten. Und ab da ging es auch ihr schlecht. Sehr schlecht. Durfte das Gefühl endlich da sein.

Als nun Schritte im Treppenhaus zu hören waren, wurde Hund auf einen Schlag hellwach. Die Ohren aufgestellt, ein Wedeln, dann sprang er in den Flur. Ein erfreutes *Wuff*, noch bevor es klingelte. Marieke wollte eigentlich nicht öffnen, doch wenn Hund bellte, war klar, dass auch sie in der Wohnung war, also hievte sie sich aus dem Bett, immer noch im Schlafanzug. Samantha stand draußen mit Pinselkasten und Malblock. Die Herbstferien waren vorbei, das hatte Marieke völlig vergessen.

»Meine Güte, gab es ein Erdbeben?«, fragte Samantha und inspizierte zuerst Marieke von oben bis unten, dann über deren Schulter hinweg das Tohuwabohu in der Wohnung.

»Tut mir leid, ich bin … ich habe nur … ich wollte …« Wieso fing sie an, sich vor einer Siebzehnjährigen zu entschuldigen? Sie musste ihr gar nichts erklären. Bräuchte einfach nur zu sagen, sie sei krank.

»Bleib, wo du bist. Ich bin in fünf Minuten wieder da«,

unterbrach Samantha das Gestammel und machte auf dem Absatz kehrt.

Wann hatte die Jugend eigentlich so viel Dominanz entwickelt, dass sie vor Erwachsenen keinen Respekt mehr hatte? Marieke schüttelte den Kopf, und zum ersten Mal, seit Ben gegangen war, musste sie lächeln.

»Mich interessiert wirklich nicht, was passiert ist«, sagte Samantha, als sie eine Weile später den Reis auf den Herd stellte, »aber du siehst so mies aus, dass es unterlassene Hilfeleistung wäre, dich hier einfach vergammeln zu lassen.« Als die Pfeife des Simmertopfes die ersten Töne von sich gab, stellte sie die Flamme kleiner und setzte sich. »Ich hoffe, du magst Milchreis. Den mache ich meiner Mutter immer, wenn sie mal wieder durchhängt. Und mir hilft er auch, wenn es mir so geht, wie du gerade aussiehst.« Sie schenkte sich einen Tee ein und zögerte. »Nur eins war eben gelogen: Natürlich bin ich neugierig, was los ist.« Erwartungsvoll hob sie den Blick.

Marieke rührte in ihrer Tasse, überlegte, ob sie ihrer beinahe noch pubertären Malschülerin erklären könnte, was mit ihr war. Mit Jessica und Jochen, mit Jochen und ihr, mit ihr und Ben, mit Ben und – Herrgottnochmal! Warum eigentlich nicht? Wenn sich jemand mit vertrackten Liebeskonstellationen auskannte, dann Siebzehnjährige. Wer sonst konnte so viel Chaos und Dramen veranstalten, wie diese von Hormonen überfluteten, unkontrollierbaren, wild entschlossenen und lichterloh entflammten Wesen? Wer sonst außer – Marieke vielleicht. Und genau das wäre ein guter Grund, Samantha von der ganzen Geschichte zu erzählen. Jedenfalls den Teil, der nicht dem Jugendschutz unter 18 unterlag. Und während sich in der Küche langsam ein wohliger Duft nach warmer Milch und geschmolzener Butter ausbreitete, hatte Marieke einige der jugendfreien Eckdaten auf den Tisch gelegt. Wie sie erfuhr, war das Haus über alles inzwischen schon recht gut informiert. Die Vorhänge, das Küchenfenster ... Natürlich. Marieke stöhnte auf.

»Kann es sein«, begann Samantha und tupfte bedächtig die Zimtzuckerkrümel vom Tellerrand, »dass sich Logik und Kunst irgendwie ausschließen? Ich meine: Ich bin supergut in Mathe, sogar im Leistungskurs, aber das mit der Kunst – du weißt schon. Und du kannst eben gut malen.«

Sie sah vom Teller auf, und erst jetzt bemerkte Marieke, wie sehr sich Samantha im letzten halben Jahr verändert hatte. Das Make-up war nicht mehr maskenhaft, sondern unterstrich das, was schön und eigen war in ihrem Gesicht. Die Augen verschwanden nicht mehr hinter einem Gefängnis aus Kajal, sondern leuchteten hell und erschreckend herausfordernd.

»Was genau willst du jetzt hören?«, fragte Marieke daher vorsichtig.

»Wenn du nachrechnest, kämst du darauf, dass Nadas Kind zu einem Zeitpunkt entstanden ist, als Ben von deiner Existenz noch gar nichts gewusst hat. Höchstens von der Existenz der Fetten Henne auf deinem Balkon. Wenn du dir das also genau überlegst, hat dich dein Freund, der nun dein Ex-Freund ist, gar nicht mit seiner Ex-Freundin hintergangen, weil das mit der Befruchtung zu einer Zeit geschah, in der er noch gar nicht dein Freund war. Während du aber wissentlich und willentlich deinen Da-noch-nicht-Ex-Freund mit deinem tatsächlichen Ex-Freund betrogen hast, aus Wut oder vielleicht in der Hoffnung, dass dein Ex-Freund dein Nicht-mehr-Ex-Freund wird. Der jedoch wollte nur, aus welchen Gründen auch immer, seine Immer-noch-Freundin mit seiner Immer-noch-Ex-Freundin betrügen.« Samantha holte Luft. »Noch etwas Milchreis?« Sie kratzte die Reste aus dem Topf.

»Nein, danke!« Marieke fühlte sich bei dieser klaren Analyse noch mieser als vorher, obwohl ihr Bauch so zufrieden schnurrte wie seit einer Woche nicht mehr. »Was wolltest du noch mal studieren? Jura?«, fragte sie.

»Jep.« Breit lächelnd füllte Samantha den restlichen Reis in den Napf neben der Spüle, was Hund begeisterte. Bevor er sich jedoch auf das Fressen stürzte, warf er einen kurzen Blick in Richtung Küchentisch, als hoffe er auf eine Prise Zimtzucker.

»Wenn ich deiner Argumentation folge, hört es sich fast so an, als ob das Arschloch in dieser Geschichte eindeutig ich bin.« Marieke schnaufte.

»Sagen wir so: Du hast auf der Grundlage von Vermutungen gehandelt, die für dich logisch waren. Und Ben hat nicht unbedingt dazu beigetragen, deine Vermutungen zu zerstreuen und ihnen Fakten entgegenzusetzen. Es könnte vielleicht auf einen Vergleich hinauslaufen.« Samantha lächelte zufrieden.

»Das hört sich schon besser an.«

»Eins allerdings verstehe ich nicht, doch ich weiß nicht, ob ich etwas dazu sagen darf.« Fragender Blick zu Marieke.

»Ich glaube, wir sind jetzt schon so weit im Eingemachten, dass mich langsam nichts mehr schockiert«, gab die grünes Licht.

»Dass Ben der Vater von Nadas und Susanns Baby ist, war im Haus die ganze Zeit ein offenes Geheimnis. Mama weiß es, Frau Schröder ahnt es. Und du? Einerseits fasziniert dich der Gedanke, der hinter dem Guerilla-Gardening steht. Dass Menschen aus Überzeugung und freien Stücken Gegenden Leben schenken, wo sonst nichts wachsen würde. Also dass sie im wörtlichen Sinne *Samenspender* sind. Aber wenn ein Lesbenpaar, das sich nun mal nicht gegenseitig befruchten kann, einen ähnlichen Weg geht, findest du das auf einmal nicht mehr so toll. Wobei es logisch betrachtet die einfachste und naheliegendste Lösung ist.«

Marieke schwieg. Sie kaute auf ihrer Unterlippe und malte kleine Muster in den Zimtstaub, während sie Samanthas Plädoyer sacken ließ. »Du bist auf seiner Seite, oder?«, fragte sie schließlich.

»Nein, aber zum einen hast du mir ganz am Anfang, als ich hier war und dein Bild mit den Pastellen verändern sollte, gesagt, dass man etwas, von dem man überzeugt ist, vertreten muss, auch wenn die anderen es völlig bescheuert finden. Das habe ich mir zu Herzen genommen. Zum anderen habe ich euch beide im Sommer zusammen gesehen.« Sie machte eine kurze Pause, seufzte dramatisch und rollte die Augen. »Ich fand euch so süß miteinander, dass ich richtig neidisch geworden bin«, stieß sie dann hervor. »Außerdem mag ich euch beide total gern und wäre echt stinkig, wenn das mit euch wegen so einer Lappalie wie einem Baby in die Brüche gehen würde.« Als sie das sagte, lächelte sie, wurde ein bisschen rot, und endlich hörte sie sich nicht mehr an wie ein Superhirn in einem Justizdrama, sondern wie eine ganz normale Siebzehnjähige, so dass ihre Sätze Marieke noch viel tiefer trafen als jegliches logisches Argument davor.

»'n Knöllchen wegen Geschwindigkeit und eins wegen Falschparken. Was'n los mit dir?«

»Nichts, Konrad. Hab wohl gerade eine schlechte Phase.«

»Bräuchst mal 'ne Pause.«

»Quatsch, ich krieg das hin. Gern auch noch mit einer Zusatz-Nachtschicht.«

»Nee, Mädel, so wie du aussiehst, gehörste ins Bett.«

»Konrad, wirklich, ich kann –«

»Das mit der Pause war keine Frage, das war 'ne Dienstanweisung. In zwei Wochen kuck'n wa weiter.«

Marieke hatte es immer vermieden, an den Ort ihrer Kindheit zu fahren, wenn es ihr nicht gut ging. Seit sie fortgezogen war, hatte sie eine Reise hierher nur angetreten, wenn ihr Inneres stabile Mauern hatte. Zu schnell passierte es, dass sie wieder zu der kleinen Rieke von früher wurde, ängstlich, sprachlos und sich bockig wehrend gegen die Welle des Schweigens, in der das Haus versank. Dieses alte Leben war immer dort, lauerte in einer Geste, in einem Nebensatz, und ehe sie sich versah, hatte sie sich ihr altes Ich angezogen wie eine vertraute Strickjacke, die schon seit Jahren unter den Achseln kniff. So gern wäre sie etwas anderes gewesen als ein Teil dieser Restfamilie. Ihre tüchtige Schwester, ihr schweigender Vater, die knarrenden Stufen der alten Holztreppe in den ersten Stock – das war nur in kleiner Dosis erträglich. Doch nun trat sie über die Schwelle in dieses Haus, weil sie nicht wusste, wohin sonst mit sich. Weil es das letzte Stück Vertrautheit war, ein Anker in ihrer versinkenden Welt.

In der Luft hing der Geruch von frischem Apfelkuchen und einem Holzfeuer. Alexandra hatte den Ofen im Wohnzimmer geheizt, bevor sie zuerst ins Krankenhaus und dann zum Bahnhof gefahren war, um Marieke abzuholen. Noch im Mantel warf sie neue Holzscheite ins Feuer und die restliche Glut loderte auf. Hund, der auf der Reise sehr unruhig gewesen war, weil Bahnfahren etwas Neues für ihn bedeutete und er aus dem Schauen und Schnuppern gar nicht mehr herauskam, wurde erst einmal in den Garten entlassen. Er tobte zwischen den Bäumen umher, jagte die herabfallenden Blätter, wälzte sich im Laub, bellte einen Igel an, verfolgte eine Maus, trank aus der Vogeltränke und erschnupperte sich die neue Umgebung mit solch einer Begeisterung, dass Marieke sich fragte, ob auch Hunde hyperventilieren konnten. Sie stellte ihre Sachen im Gästezimmer ab, zu dem ihr altes Mädchenzimmer umgestaltet worden war. Ein neues Klappsofa, das zum Doppelbett ausgezogen werden konnte, ein Bauernschrank, der früher im Nähzimmer ihrer Mutter gestanden hatte, Mariekes alter Schreibtisch. An der Wand, und hier musste sie zweimal hinschauen, hing ein Stillleben, das sie in der zwölften Klasse im Kunstunterricht gemalt hatte. Ein Ranunkelstrauß in einem Wasserglas, Aquarell, viele Rottöne, ein wässriges Blau, der Lichteinfall sehr schön gebrochen, Schatten auf der Tischdecke, ein paar verschmierte Kleckse am Bildrand. Jemand musste dafür ein Passepartout angefertigt haben. Sie war gerührt. Fast konnte sie ihr dreißig Jahre jüngeres Ich vor sich sehen, atmen hören, wie es über den Küchentisch gebeugt mit Wasser und Farben hantierte. Sie konnte die Leidenschaft spüren, mit der sie damals malen wollte und einen anderen Weg gehen als den üblichen. Einen Unkonventionellen! *Und auf einmal findest du das nicht mehr so toll*, hallten Samanthas Worte in ihrem Kopf wider. Wie toll hätte sie den Weg von Nada, Susann und Ben gefunden, wenn sie unbeteiligt von außen draufschauen würde. Aber das konnte sie nicht. Sie steckte mit drin, und genau darum fühlte sie sich ausgeschlossen, so widersprüchlich das auch klingen mochte. Marieke klopfte an die Fensterscheibe und winkte mit der Leckerli-Dose. Hund stellte umgehend das Buddeln ein, wedelte, bellte kurz als Aufforderung, dass jemand zum Stöckchenwerfen hinauskommen sollte, doch dann überlegte er es sich anders und rannte zur Hintertür, um seinen Ausflug in die neue Welt mit ein paar trockenen Fischchen zu krönen.

Abends lagen sie dann alle drei gemeinsam vor dem Fernseher. Alexandra hatte gekocht, und als Dessert gab es einen Nachschlag vom Apfelkuchen mit Sahne und Sherry auf dem Sofa. Hund schnarchte leise und beruhigend mit dem Bauch auf Mariekes Füßen. Sie zappten durch die Kanäle, redeten, lachten, und als Alexandra noch etwas Holz für das Feuer holte, brachte sie Schokolade und Chips aus der Vorratskammer mit.

»Nicht fettreduziert, kein Stevia«, stellte Marieke fest. »Was ist los mit dir?«

Alexandra zuckte mit den Schultern und riss die Chipstüte auf. Marieke fragte sich, wie lange sie so etwas nicht mehr gemacht hatten. *Wann* sie so etwas überhaupt zusammen gemacht hatten.

»Weißt du«, sagte Alexandra plötzlich, »im Grunde habe ich dich immer beneidet. Deine Kreativität, deine Gradlinigkeit, deinen Dickkopf.« Sie seufzte und streckte sich auf dem Sofa aus. »Ich bin so müde, immer wieder die Große, Vernünftige zu sein. Erwachsen und verantwortlich.« Sie nahm eine Handvoll Chips, blickte sie kurz und kritisch an, bevor sie alle auf einmal in den Mund steckte.

Marieke schüttelte ungläubig den Kopf. Die eingespielte Debatte über Geschwisterhierarchien vermied sie, weil sich das hier anders anfühlte als sonst.

»Ich hätte es so gern gesehen, dass du weiter mit Jochen zusammen bist«, fuhr Alexandra fort, »damit ich neben dir nicht immer so furchtbar normal dastehe. Aber wenn ich ehrlich bin, ist doch so eine Konstellation, wie es sich jetzt mit Ben, den beiden Frauen und dir gestalten könnte, genau das, was zu dir passt. Findest du nicht? Es wäre so typisch Marieke.« Das klang nicht bitter, sondern wie eine Feststellung.

Anstatt sich mit der Frage aufzuhalten, was daran so typisch für sie wäre, fragte Marieke: »*Du* bist neidisch auf *mich*?« Denn eigentlich war doch Alexandra all die Jahre unausgesprochen das Vorbild gewesen. Das *role model* einer erfolgreichen Frau.

»Natürlich bin ich neidisch. Hast du eine Ahnung, wie anstrengend es ist, vernünftig zu sein? Und wie langweilig! Bin ich jemals etwas anderes als vernünftig gewesen? Seit Mutter tot ist, war ich doch nichts anderes. Heute frage ich mich, ob das Studium nur die logische Fortsetzung dieser Rolle war. Sprachrohr zu sein für alle. Warum bin ich nicht Reisekauffrau geworden? Journalistin? Archäologin? Kapitänin? Weil ich das mit der Verantwortung schon immer konnte. Weil ich es kannte. Weil ich zu bequem für etwas anderes war. Du warst immer unbequem und hast dich beherzt in alles Neue geworfen.« Sie beugte sich zu Hund und kraulte seine Ohren. »Ich werde bald fünfundfünfzig«, sagte sie nach einer Weile. »Die Kinder sind auf dem Absprung, und was mache ich? Ich bemuttere jetzt meine Klienten. Und manchmal meinen Mann. Anschließend supervidieren wir uns dann gegenseitig.« Sie nahm ein Stück Schokolade und sprach weiter. »Was meinst du, wie oft ich in diesen Gesprächen auf die Uhr schiele und mich danach sehne, genau das hier zu haben: eine Tüte Chips, einen Fernseher und nicht reden müssen.« Sie lachte kurz auf, weil sie feststellte, dass sie diejenige war, die gerade einen kleinen Monolog hielt. »Also nicht überhaupt nicht zu reden«, erklärte sie darum, »sondern nicht dies Kontrollierte, Therapeutische. Doch wenn ich das offen zugeben würde, kämen wohl noch ein paar weitere Stunden Gespräch auf mich zu.« Sie zog ihr Gesicht zu einer Grimasse. Nun war es Marieke, die lachte. »Lehrer«, ergänzte Alexandra, »die beneide ich ebenfalls. Die können ein Sabbatical nehmen.«

»Eine berufliche Auszeit? Das kannst du doch auch machen«, sagte Marieke, obwohl sie ahnte, dass es um mehr ging.

»Eine Auszeit als Therapeutin, ja, liebend gern.« Alexandra nickte. »Und eine Pause als Partnerin. Und als Mutter. Und als gute Tochter. Und als figurbewusste, yogagestählte Vollwertköstlerin.« Sie griff erneut zu den Kartoffelchips. »Ob ich eine Auszeit als große Schwester möchte«, sagte sie dann mit vollem Mund, »würde ich mir gern noch überlegen. Denn gerade gefällt es mir mit dir ziemlich gut.«

Sie hatte damit gerechnet, dass ihre Träume wiederkehrten. Die Schaukel, das Kleid mit den Mohnblüten, das Übliche. Alles schien ihr hier viel näher als sonst. Aber nichts geschah. Hund schlief die ganze Nacht wie ein Schutzgeist auf dem Teppich vor dem Bett und wurde erst wach, als Alexandra in der Küche mit dem Frühstücksgeschirr klapperte. Marieke ließ ihn hinaus in den Garten, setzte sich an den Küchentisch und nahm dankbar die Tasse Kaffee entgegen, die Alexandra ihr reichte.

»Ich fahre nachher ins Krankenhaus. Es gibt Probleme mit dem Reha-Antrag. Was hältst du von Rosenkohlauflauf heute Abend?« Alexandra machte eine kurze Pause. »Oder willst du mit?«

Marieke schüttelte den Kopf. Hier zu sein war schon merkwürdig genug. Jetzt noch ihren Vater im Krankenhaus zu besuchen, dazu fühlte sie sich nicht in der Lage. »Ich denke, ich drehe lieber eine große Runde mit Hund. Durch die Felder und dann am Wald entlang. So viel Raum ohne Häuser, das kennt er gar nicht.«

Alexandra nickte. Marieke war sehr erleichtert, dass sie keinerlei Vorwurf erkennen konnte. Als würde die Tatsache, dass sie hier war, schon ausreichen, um Nähe zwischen ihnen zu stiften und die Zeit zu etwas Gemeinsamen, Besonderen machen.

Hund genoss es sichtlich, so viel Auslauf zu haben, und Marieke genoss es ebenfalls. Wege, die sie seit vielen Jahren nicht mehr gegangen war, der Blick über den Ort vom Hügel hinunter, die kleine, baufällige Brücke über den Bach. Sie sog alles in sich auf, ihr Blick weitete sich. Und je weiter er wurde, desto stärker fühlte sie so etwas wie Wurzeln.

Wie Kraft. Vielleicht war es das, was ihr dann auch den Mut gab, die Treppe nach oben zu gehen, in das Arbeitszimmer ihres Vaters.

Als Alexandra zurückkam, saß Marieke im Schneidersitz auf dem Fußboden, einen Stapel alter Fotos wie einen riesigen Fächer um sich gebreitet. Verwirrt hob sie den Kopf, als sie Alexandra bemerkte. »Warum hast du nie etwas davon gesagt?«, fragte sie und deutete auf die Wand hinter dem Schreibtisch.

»Er fand es passender, wenn du es selber entdeckst, also habe ich mich nicht weiter eingemischt.« Alexandra hockte sich neben sie auf den alten Perserteppich.

»Ich wusste nur, dass es schon vor der Ausstellung reserviert war. Der Galerist meinte damals, dass der Käufer nicht genannt werden wollte.« Sie schüttelte den Kopf. »Und ich habe mich so aufgeregt, dass er nicht zu der Vernissage kam, obwohl ich ihn eingeladen hatte.« Sie starrte auf das Bild, das sie so gut kannte, das sie liebte, das sie vermisst hatte, seit es verkauft war. Es musste vor über fünfzehn Jahren gewesen sein. Ihre erste blaue Phase. Sie erinnerte sich noch genau, wie viele Schichten Lasur sie aufgetragen hatte, und an das Blau, ihr Blau, das ganz bestimmte, an den ersten Strich, an die letzten Korrekturen.

»Er wollte kommen, aber dann waren ihm die Leute zu viel. Darum ist er vor all den anderen da gewesen, als du noch mal nach Hause gefahren bist, um dich umzuziehen. Ich sollte es dir nicht sagen, weil es ihm peinlich war. Er hat sich sofort in das Bild verliebt. Er meinte, keines hätte dich besser getroffen, weil es so viel Tiefe hat.«

»Ja, und etwas Ungewisses.« Marieke sank in sich zusammen.

»Jetzt hast du es ja gefunden«, sagte Alexandra und lächelte.

Marieke nickte. »Und dann das hier.« Sie hielt Alexandra ein Foto hin. Ein kleines Mädchen auf der Schaukel, ein Mann in Polohemd und Sommerhose gab Schwung. »Ich dachte immer, sie wäre es gewesen. Sie hätte mich angestoßen. Aber das stimmt gar nicht. Das mit der Schaukel«, Marieke begann zu schluchzen, »das war er. Und ich habe gejuchzt, weil er mich viel höher hat schaukeln lassen als sie. Ein Teil von mir erinnert sich wieder. Es ist aber eher ein Gefühl als ein klares Bild. Und dann hier: das mit dem Schwebeengel. Sie hat die Fotos gemacht. Gefangen hat er mich. Auch das hast du mir nie gesagt, wenn ich von meinen Träumen erzählt habe.«

»Ich hatte es versucht. Aber dann haben wir uns deswegen gestritten. Mehr als einmal. Weil du dachtest, ich wollte dir deine Erinnerungen an sie kaputt machen. Reden hilft eben nicht immer.« Sie nahm Marieke in den Arm. »Nur weil er nach ihrem Tod wie versteinert war, bedeutet es nicht, dass auch er dich verlassen hat. Im Gegenteil. Er war da und hat dich begleitet. Auf seine eigene, merkwürdig schweigsame Art. Nur manchmal hört man es leider nicht, wenn Menschen einen leise lieben, ohne viele Worte.«

Ihr erster Besuch im Krankenhaus war merkwürdig gewesen. Ihr Herz hatte geklopft, als sie die Klinke der Zimmertür drückte. Alexandra hatte sie nicht angekündigt, und auch wenn ihr Vater keine Überraschungen mochte, war er doch auf seine Art erfreut gewesen, Marieke zu sehen. ›Und was habt ihr gemacht?‹, hatte Alexandra später gefragt. ›Zusammen geschwiegen. Was sonst?‹, hatte Marieke geantwortet. Und genau so war es auch. Nur hatte das Schweigen für sie nun eine andere Dimension bekommen. Eine Farbe. Es war blau und tief und etwas anderes als vorher.

Rhizom

Nach ihrer Spätschicht stellte Marieke das Taxi in der Nebenstraße ab und nahm den Eingang durch den Seitenflügel. Sie wollte Ben nicht im vorderen Hausgang über den Weg laufen. Seit sie wieder zurück war, hatten sie sich nur einmal und aus der Ferne auf dem Weg zu den Mülltonnen gesehen. Er war schon wieder halb im Vorderhaus verschwunden, als sie mit ihrem Altpapier aus dem Hinterhaus trat. Beide hatten gezögert, aber keiner hatte gewagt, den ersten Schritt zu tun und über die Hürde von Verletzungen und Unausgesprochenem zu springen. Sie würde versuchen, es ihm zu erklären, irgendwann. Noch war sie nicht so weit. Deswegen ging sie jeder möglichen Begegnung aus dem Weg.

Bereits an der Haustür bemerkte sie Hunds Nervosität. Er spitzte die Ohren, rannte durch den Hausflur, kratzte an der Tür zum Hof. Sie dachte zunächst, dass er nach oben wollte zu seinem Fressnapf, aber im Hinterhof war es das Gleiche. Lauschend und schnüffelnd stand er da und ließ sich nicht bewegen, auch nur einen Schritt ins Hinterhaus zu gehen. »Mensch, Hund«, sagte sie, »das war ein langer Tag, außerdem fängt es an zu regnen. Ich will endlich ins Bett.« Doch statt ihr zu folgen, blieb Hund einfach stehen, sah sie an und bellte. Wieder setzte er sich in Bewegung, lief vor den Fenstern von Susanns Werkstatt hin und her und hielt schließlich vor der Tür des Geräteraums inne. Erneut schnüffelte er, lauschte, und ehe er am Türblatt zu kratzen begann, hörte es auch Marieke: ein leises, schmerzerfülltes Wimmern. Ohne weitere Überlegungen riss sie die Tür zum Geräteraum auf. Im Lichtkegel der nackten Glühbirne stand Nada zwischen umgekippten Obstkisten und umherkullernden Äpfeln. Hund lief zu ihr und stupste sie. Nada blickte ihn an, als tauchte sie aus einem Traum auf, und als sie Marieke erkannte, flüsterte sie: »Ich weiß nicht, ob ich mich verhoben habe. Gestern dachte ich noch, es sind bloß Rückenschmerzen. Aber nun bin ich mir nicht mehr sicher. Das jetzt fühlt sich ganz anders an.« Sie stöhnte auf und hielt sich an den Obstkisten fest. »Ich glaube, da läuft was schief«, japste sie.

»Wo ist Susann?«, fragte Marieke. »Und Ben?« Ihre Stimme vibrierte.

»Unterwegs. Beide. Ich habe es schon versucht, aber ich kann sie nicht erreichen.« Wieder krümmte sie sich.

»Soll ich dich nach oben bringen?«

Nada schüttelte den Kopf. »Es wird immer schlimmer. Ich will nicht nach oben. Ich will, dass jemand danach guckt. Sofort. Ich will –« Sie schnappte nach Luft.

»Komm, ich bin da«, sagte Marieke, bemüht, so viel Zuversicht wie möglich auszustrahlen. »Ganz ruhig. Zuallererst bringen wir dich hier raus.« Sie legte ihren Arm um Nada und half ihr in den Hof. Wie zart und zerbrechlich ihr Körper war, trotz dieses immensen Bauches. Ein Zittern, ein Beben. Marieke schaute in Nadas weit aufgerissene Augen, und plötzlich waren im irrlichternden Flimmern dieses angsterfüllten Blicks all ihre Phantasien über Nada und Ben, die Eifersucht und der Groll der letzten Wochen geschmolzen. »Zum nächsten Krankenhaus sind es nur zehn Minuten«, sagte sie sanft. »Ich habe das Taxi vor der Tür. Brauchst du noch etwas?«

Ein schwaches Kopfschütteln als Antwort.

»Na gut, dann wollen wir mal.«

Marieke öffnete die Autotür und half Nada, sich auf die Rückbank zu legen. Wie selbstverständlich sprang Hund dazu. Da Nada immer blasser wurde und schon wieder nach Atem rang, wollte Marieke sich jetzt nicht zusätzlich Gedanken machen, wo sie ihn auf die Schnelle unterbringen könnte. Es würde sich schon etwas finden. Also rückte sie den Beifahrersitz nach vorn, damit er hinten im Fußraum genug Platz hatte. Nadas Hand suchte seinen Kopf, und er lehnte sich an sie. Als Marieke den Wagen startete und einen Blick nach hinten warf, kam ihr Hund ungeheuer würdevoll vor, wie er da saß und Nada bewachte. *Wie der Schutzheilige der werdenden Mütter*, schoss es ihr durch den Kopf. Und das machte ihr Mut, als sie Gas gab.

Zwei Dinge muss ein Taxifahrer in seiner Laufbahn erlebt haben: einen Überfall und eine Storchenfahrt. Den Überfall hatte Marieke ja bereits hinter sich. *Dann ist dies vielleicht die Storchenfahrt*, dachte der Teil von ihr, der mitten in der Aufregung den Überblick behalten hatte und sie nun wie in Trance zum Krankenhaus dirigierte.

»Nee, Frolleinchen, die werdende Mutter, die nehmen wir gern, aber für Hunde können wir hier nichts tun.« Der Hüter der Krankenhaus-Gesetze warf einen Blick aus der Sprechluke des Pförtnerhäuschens hinunter auf Hund.

»Ich kann ihn sonst nirgends lassen«, sagte Marieke verzweifelt. Das Taxi wollte sie besser nicht erwähnen, denn Hund war noch nie allein im Auto gewesen, und bei seiner momentanen Neigung, auf Dingen herumzukauen, befürchtete sie Schlimmes, wenn sie es ausgerechnet jetzt probieren würde.

»Machen Sie ihn doch da vorn fest.« Der Uniformärmel wies auf einen einsamen Laternenpfahl an den Fahrradständern.

Marieke blickte zu Hund – und Hund blickte zu dem freundlichen Gesicht, das sich neben das des Verwalters der Krankenhausordnung an die Sprechluke geschoben hatte. Er neigte den Kopf zur Seite und bestätigte einmal mehr Mariekes Verdacht, dass er eindeutig wusste, wie er seinen Charme einsetzen musste. Und bei wem.

»Mensch, Kuddel, so ein süßer Kerl im Regen? Sei mal nicht so. Jetzt ist keine Besuchszeit mehr, die Verwaltung ist aus dem Haus, und gegen einen geliehenen Wachhund kann man doch nichts einwenden, oder?«

Blicke wurden getauscht, Worte getuschelt, Rückzugsgefechte ausgefochten. Dann wurde die Seitentür zur Pförtnerloge geöffnet.

»Rein in die gute Stube mit dir«, sagte die nette Kollegin. »So ein Lieber wie du muss doch nicht draußen sitzen, bis sein Frauchen wieder da ist.« Hund ließ sich nicht zweimal bitten. Hätte er seinem *Frauchen* zuzwinkern können, er hätte es vermutlich getan. »Wie heißt er denn?«, wurde Marieke gefragt.

»Hund«, antwortete sie. Und um dem üblichen Kommentar zuvorzukommen, ergänzte sie: »Er hat Besseres verdient, ich weiß. Aber vielleicht wird das ja noch.«

»Marieke?«

»Ben, endlich!«

Stille am anderen Ende.

»Hör zu, wir sind im Krankenhaus.«

»Ihr? Du und Hund?«

Der auch, dachte sie kurz, aber das zu erklären hätte jetzt einiges verkompliziert. »Ich kann Susann nicht erreichen«, sagte sie stattdessen.

»O nein – also Nada! In welchem?«

»Im Rosenhain. Kannst du dich darum kümmern, dass Susann kommt? Ich muss schnell machen. Sie will, dass ich mit reinkomme.«

»Mit reinkommen? Wohin? Was genau ist los?«

»Sie wissen es noch nicht hundertprozentig. Wie es aussieht, sind es Wehen.«

In Arztfilmen wirkte alles immer so schön aufgeräumt, selbst bei der Notfallrettung farblich abgestimmt und wohl sortiert. Die Kittel, die Wände, der Intubator. Und im Kino setzte an der passenden Stelle die Musik ein, je nach Genre mit Geigen oder Bass. Im richtigen Leben fand sich Marieke in einem nüchternen Raum wieder, schlammfarbenes Linoleum, gallegrüne Vorhänge, Plastik mit Gebrauchsspuren. Immerhin waren die Halogenstrahler gedimmt. Nada lag in einem Krankenhaushemd auf einer Liege, technisches Wirrwarr am Arm und am Bettgalgen über ihr. Ihr Atem flatterte, ihr Gesicht verzerrte sich und ihre Hände ballten sich zu Fäusten, als die nächste Welle kam. Solidarisch zog sich im selben Takt Mariekes Magen zusammen. Schließlich tat sie das, was sie früher einmal in einer dieser Arztserien gesehen hatte. Sie ergriff Nadas Hand und sagte: »Atmen. Du musst atmen.« Zu irgendetwas musste Fernsehen doch gut sein.

»Versprichst du mir, dass du mich nicht allein lässt?«,

fragte Nada. Es klang sehr kläglich. »Zumindest so lange, bis Susann da ist?«

»Nur wenn du mir versprichst, dass du dir das mit dem Gebären noch ein bisschen verkneifen kannst«, antwortete Marieke. »Ich kann nämlich kein Blut sehen.«

»Ich auch nicht«, gestand Nada und kicherte nervös. »Jedenfalls nicht mein eigenes.«

Die diensthabende Ärztin trat ins Zimmer, doch ihre Erklärungen rauschten an Marieke vorbei. Einige wenige Brocken fing sie auf, konnte sie aber nicht so recht zusammensetzen. Die Worte Urogenitalinfekt, Muttermundöffnung und Grenzwert fielen, ebenso Fruchtwasser, Wehenschreiber und ›im Falle eines Falles eine PDA‹. Dies musste eine sehr wichtige Buchstabenkombination sein, denn Nada schüttelte heftig den Kopf. »Wir wollten ins Geburtshaus. Kurz vor Weihnachten«, jammerte sie. »Mit denen ist alles schon abgesprochen.«

Die Ärztin zuckte mit den Schultern. »Da kommen Sie nun wohl nicht mehr hin. Ihr Kind hat andere Pläne. Dafür haben Sie es aber mit etwas Glück morgen hier schon hinter sich.«

Marieke schaute auf die Uhr. Es war fast elf. Blieb also nur noch eine Stunde bis morgen. *Himmel, bitte, lass Susann endlich auftauchen!* Nada wand sich erneut.

»Sehen Sie, die Wehen sind inzwischen ganz regelmäßig. Und vier Wochen zu früh, das ist kein Drama.« Die Gelassenheit der Ärztin hatte etwas Erschreckendes. »Haben Sie den werdenden Vater schon verständigt, falls er Sie begleiten möchte?«

»Ja, haben wir«, sagte Marieke. »Er gibt der Mutter Bescheid. Die wird bei der Geburt dabei sein.«

»Ach, die werdende Oma unterstützt Sie«, schlussfolgerte die Ärztin. »Das gibt es hier nicht oft. Mutter, Oma, Enkelkind. Eine richtige Großfamilie. Das ist ja nett.«

»Nein, nicht die Oma«, korrigierte Marieke, »sondern die Mutter.«

»Aber die Mutter haben wir ja hier«, sagte die Ärztin. Der Ton wurde etwas strenger, als redete sie mit einem uneinsichtigen Kind. »Die liegt neben Ihnen in den Wehen.«

»Ja, die eine Mutter«, klärte Marieke beharrlich den Sachverhalt. »Die andere Mutter ist verständigt, um diese Mutter zu begleiten.« Sie atmete durch.

»Und Sie sind?«, fragte die Ärztin Marieke scharf.

»Das ist meine Freundin«, übernahm Nada die Antwort. Sie sah Marieke an und drückte deren Hand, als besiegele sie hiermit einen Pakt. Ein Lächeln huschte über ihr Gesicht, während sie ergänzte: »Außerdem ist sie die Frau des werdenden Vaters. Die Mutter, die jetzt noch kommt, ist meine Frau. Und ja, wir sind wirklich eine große Familie.« Bevor die Ärztin weitere Erklärungen verlangen konnte, streckten wie aufs Stichwort Susann und Ben ihre Köpfe in das Zimmer, während Nada mit lautem Stöhnen die nächste Welle ankündigte. Dies schien Marieke ein guter Zeitpunkt, das Feld zu räumen.

»Er war ganz brav«, sagte die Pförtnerin, als Marieke Hund abholte und sich bedankte. »Ihr Mann hat vorhin schon nach ihm geguckt.«

»Mein Mann?« Da war es wieder. Sie ließ die Worte sacken. An einem einzigen Abend mit Nada hatte sie nun also nicht nur eine neue Freundin gewonnen und eine ganze Großfamilie dazubekommen, sondern auch einen Mann –

für den das jedoch ein sehr zweifelhaftes Vergnügen sein musste. Hund sprang wedelnd aus dem Pförtnerhäuschen und wirkte recht zufrieden mit seiner bisherigen Abendgestaltung. »Ach, und da kommt Ihr Mann ja schon«, sagte die Pförtnerin, als sie die Seitentür schloss. »Dann kann es für Sie nun wohl nach Hause gehen.«

Marieke atmete durch. *Mein Mann*, wiederholte sie in Gedanken, als sie sich zu Ben umdrehte, und war erstaunt, wie sich diese Worte anfühlten, Auge in Auge mit ihm. Eigentlich gar nicht schlecht.

Über sein Gesicht zog ein Lächeln.

»Komm, Schatz, wollen wir los?«, fragte er.

»Wir haben uns doch noch nie geschatzt«, zischte Marieke leise, statt die Sätze auszusprechen, die sie sich in den letzten Wochen zurechtgelegt hatte. Sie kniff die Augen zusammen und sah ihn fragend an.

»Dann wird es Zeit, dass ich damit anfange«, sagte er und nickte grüßend der Pförtnerin zu. »Als dein Mann darf ich das.« Er übernahm die Hundeleine, legte seinen Arm um Mariekes Schultern und steuerte auf den Ausgang zu.

»Willst du nicht wieder rein?«, fragte sie, als sie vor dem Krankenhaus standen.

Ben schüttelte den Kopf. »Warum sollte ich? Die beiden machen das ganz gut alleine. Abgesehen davon, bin ich eigentlich deinetwegen hier.«

Marieke musste schlucken. Sie hatte so sehr an dem gefeilt, was sie ihm sagen wollte, erklären müsste. Wie das Gespräch ablaufen sollte. In den zwei Wochen bei ihrem Vater. Und in den zwei Wochen danach, in denen sie Ben aus dem Weg gegangen war. Doch hier und jetzt wären mit Abstand der schlechteste Ort und der dümmste Zeitpunkt, dieses Gespräch zu führen. Wobei ihr aber auch nichts Geeigneteres einfiel.

»Tut mir leid«, begann sie darum. »Alles.«

»Mir auch«, sagte er.

»Ich vermute zu viel und frage zu wenig«, fuhr sie fort.

»Und ich mache zu viele Geheimnisse und erkläre zu wenig«, konterte er.

»Außerdem habe ich Probleme mit Vertrauen und Bindungen«, sagte sie.

»Ich weiß. Aber ich nicht.« Erneut ein Lächeln. »Vielleicht reicht das ja erst mal für uns beide zusammen. Was meinst du?«

Sie schloss die Augen, weil alles plötzlich so einfach schien. Mit ihm. Mit der ganzen Familie. Und bevor sie sicher war, ob es ein Lachen oder ein Schluchzen werden wollte, das sich von tief unten einen Weg in ihre Kehle bahnte, zog er sie an sich und hielt sie fest.

»Wie wäre es, wenn wir noch mal von vorn beginnen?«, flüsterte er.

»Ein drittes Mal?«, fragte sie. »Glaubst du, das geht?«

»Natürlich.« Er nickte. »Im Märchen gibt es doch immer die drei Wünsche. Wunsch eins und zwei stiften das Chaos, und der dritte ist der, der alles, was die beiden anderen angerichtet haben, wieder ausbügelt.«

»Das klingt gut«, sagte Marieke und sah ihn an. »Dann beginnen wir also noch mal ganz von vorn.«

Christrosen

Raketen und Knaller seit nachmittags um zwei. Funkenregen über den Dächern in leuchtendem Rot und Gold. Nur zu gut erinnerte sich Marieke, wie sie im letzten Jahr in der beinahe leeren Wohnung im Hinterhaus gestanden hatte und der Lärm der Silvesternacht aus ihren Ohren nicht weichen wollte. Als sie vorhin die Tür zur Dachterrasse öffnete, musste sie daran denken, wie sie von der anderen Seite des Hofes aus das Fest hier oben beobachtet hatte. Traurig, neidisch, hoffnungslos. Jetzt sah sie in den weiten Himmel und fühlte sich wie auf einem sicheren Atlantikdampfer, der sie noch weit, weit tragen würde.

Die Wogen der letzten Wochen hatten sich gelegt. Das Baby war tatsächlich am nächsten Morgen da gewesen, ein bisschen klein zwar, aber gesund und munter. Nach drei Tagen auf einem Wärmebett konnte es mit Susann und Nada nach Hause. Es war ein Mädchen und hieß Flora. Jemandem einen Namen zu geben bedeutet, sich einzulassen und zu vertrauen. Und was das heißt, hatte Marieke inzwischen verstanden. Selten wurde ein neues Hundehalsband mit so viel Stolz von vier Pfoten getragen wie das, auf dem nun nicht *Hund* als Name eingewebt war, sondern *Luckie*. Schließlich, so fand sie, war er ein Hund, der Glück brachte und diesen Namen mehr als verdiente.

Vorhin hatte sie mit Babette geskypt, um ihr zu erzählen, dass der Auto-Brandstifter nach Weihnachten gefasst worden war. Es gab keine Guerilla, keine politischen Hintergründe. Es war ein Einzeltäter mit Wut und Benzin. Anschließend hatte sie ihren Vater angerufen. Die neue Nähe fühlte sich immer noch merkwürdig an, aber richtig. Im Januar wollten Ben und sie für einen Nachmittag bei ihm vorbeifahren.

Und in einer Stunde würden dann die Gäste kommen. Die Großfamilie. Knut und die Kriegerin wollten Frau Schröder nach oben helfen, die WG aus dem Seitenflügel hatte schon vor Tagen ihre gefährliche Bowle angekündigt, und sogar Samantha wollte vorbeischauen. Um auf das Baby aufzupassen, damit Susann und Nada in Ruhe mitfeiern konnten, hatte sie gesagt. Wegen Tobi, wurde gemunkelt.

Marieke trat ans Fenster und blickte hinüber in Babettes, in *ihre* Wohnung. Die Fenster waren erleuchtet, denn auch an diesem Jahreswechsel bot sie Raum für eine Heimatlose, die nach endlosen Gesprächen an den Feiertagen beschlossen hatte, dass es nun wirklich an der Zeit war, ein Sabbatical von Job und Familie zu nehmen. Wie lange diese Pause dauern würde, war nicht klar. Bis sie wusste, was der nächste Schritt sein sollte, hatte Marieke ihr eine Bleibe auf ihrem Sofa zugesichert. Hinter der Balkontür im zweiten Stock sah sie die vertrauten Umrisse ihrer Schwester. Sie zog ihr Handy hervor und wählte.

»Willst du wirklich nicht rüberkommen?«, fragte sie.

»Nein, alles gut. Ich bleibe hier.«

»Wenigstens zum Essen«, drängelte sie.

»Nein. Ich mag sowieso nichts. Und ich denke, dass mir die Ruhe ganz guttut.«

»Ruhe? Du bist echt optimistisch!« Marieke musste lachen.

»Du weißt, was ich meine.«

»Natürlich«, sagte sie sanft.

Sie standen an den Fenstern, Alexandra hinter der Balkontür, Marieke auf dem Dach. Sie sahen sich an, und auch wenn der ganze Hof zwischen ihnen lag, waren sie sich doch so nah wie schon lange nicht mehr. Vielleicht so nah wie noch nie in ihrem Leben.

»Wenn was ist, melde dich. Ich bin da«, sagte Marieke leise.

»Ich weiß«, war die Antwort, ebenfalls ein Flüstern.

Und dann war Schweigen in der Leitung.

»Bis morgen früh dann«, sagte Marieke schließlich ins Nichts, »und ein schönes neues Jahr.«

Alexandra wandte sich um und schloss die Vorhänge. Es waren nicht mehr die mit den Tulpen. Die hingen jetzt in Floras Kinderzimmer bei Susann und Nada. Es waren die neuen Vorhänge, die Ben Marieke zu Weihnachten geschenkt hatte. Dünnes Leinen in diesem ganz bestimmten Blau. Auf ihrem Balkon hatte sie gestern Abend neben den Hyazinthenzwiebeln noch ein paar Christrosen eingepflanzt. Winterhart und mehrjährig. Und das war bestimmt ein gutes Omen.

Von Herzen Dank

an *Die Familie*:
Max Bachstein
Annette Piwko-Löffler, Heinke Zurheide, Sarah Mondegrin und Schirin Walter
Karsten und Inge Prick
Leila Chammaa und Martina Machel
für Euer Zur-rechten-Zeit-und-immer-wieder-für-mich-da-Sein … und für den ganzen Rest!

sowie an
Mathias Guhl, den Taxifahrer meines Vertrauens, für seine sachdienlichen Hinweise
Katharina Buck für ihre Masterarbeit über Urban Gardening

Catering ins Glück

Luises Leben ist alles andere als perfekt: Im Job kommt sie nicht voran, in der Liebe will es auch nicht so recht klappen, und ihre ins Alter gekommene Mutter erlebt ihren zweiten Frühling. Richtig glücklich ist sie nur, wenn sie ihre Freunde um den Küchentisch versammelt und nach allen Regeln der Kunst bekocht. Als sie von heute auf morgen ihren Job verliert, macht sie ihre Passion zum Beruf und gründet den Catering-Service »Essen mit Freunden«. Dabei erlebt sie nicht nur kulinarische Überraschungen …

Ein spritziger und warmherziger Roman über Neuanfänge, gutes Essen und die Unvorhersehbarkeiten der Liebe.

»Mit viel Liebe erzählt, ein bisschen schnulzig, sehr kulinarisch und absolut herzerwärmend.« *Existenzielle.de*

Ilke S. Prick, Essen mit Freunden. Roman. it 4246. 253 Seiten

NF 187/1/9.13

NF 245/1/3.15

»Ein ganz erstaunliches Buch.«
Martin Walser

Ein Forschungsauftrag über einen vergessenen Dichter verschlägt die junge Germanistin Julia Völcker auf eine kleine Ostseeinsel. Auf den ersten Blick eine Idylle! Doch hier gelten andere Regeln als in der Großstadt auf dem Festland, wie Julia bald am eigenen Leib erfährt. Die Inselbewohner bilden eine eingeschworene und wortkarge Gemeinschaft und begegnen der Zugezogenen zunächst mit einer gehörigen Portion Skepsis. Aber Julia lässt sich nicht unterkriegen. Sie fragt nicht, macht ihre Arbeit, trotzt Stürmen und Widrigkeiten aller Art. Als sie sich in den Tierarzt Hanno verliebt, scheint sie endlich angekommen, doch die Beziehung wird auf eine harte Probe gestellt …

Gabriela Jaskulla, Ostseeliebe. Roman. insel taschenbuch 4451. 350 Seiten

NF 314/1/1.16

Eine Buchhandlung als Lebensglück

Ein Segelboot im Sturm. Skeptisch beobachten die Bewohner der kleinen Ostseeinsel den Kampf der beiden Segler gegen die Wellen. Wieder irgendwelche unerfahrenen Landratten, die sich bei einem solchen Unwetter aufs Meer hinauswagen! Sie ahnen nicht, dass ihre verschworene Gemeinschaft durch die zwei Schiffbrüchigen bald gehörig aufgemischt wird: Die umtriebige Svea und der stets zögerliche Daniel wollen auf der Insel einen Neuanfang wagen – und Teil dieses neuen Lebensglücks soll eine Buchhandlung sein. Eine Buchhandlung? Hier? Überhaupt stellt die Neue viel zu viele Fragen, und er fotografiert alles und jeden, der ihm vor die Linse kommt. Doch die Neugier siegt! Es kommt zu ersten zögerlichen Annäherungen und ersten Freundschaften. Alles scheint sich zu fügen, bis etwas geschieht, womit niemand jemals gerechnet hätte …

Gabriela Jaskulla, Septembermeer. Roman.
insel taschenbuch 4450. 430 Seiten

NF 313/1/1.16

NF 311/1/1.16

Es geschah in jenem Sommer …

Seit ihrer Kindheit sind die drei Schwestern unzertrennlich, obwohl sie unterschiedlicher kaum sein könnten: Sylvia, Lektorin um die siebzig, ist lebenslustig und frisch verliebt. Judith, Bibliothekarin im Ruhestand, kämpft mit Symptomen der Vergesslichkeit. Elvira ist Lehrerin und ihre Gedanken kreisen ausschließlich um ihren erfolgreichen Mann – bis ihre heile Welt aus den Fugen gerät: Ihr Mann hat eine Affäre. Als dieser einen Schlaganfall erleidet, kommt ein Familiengeheimnis ans Licht, das die Schwestern in ihre turbulente Jugend zurückführt und ihre Beziehung auf eine harte Probe stellt …

Herrad Schenk, Für immer Schwestern. Roman. insel taschenbuch 4391. 219 Seiten.

NF 258/1/7.15

»**Poetisch und witzig!**« ***Woman***

Paulina Neblo war gefeierte Tänzerin und erfolgreiche Choreographin, die Männer lagen ihr zu Füßen, sie hatte eine wundervolle Tochter und eine erfüllte Ehe. Als ihr Mann bei einem Autounfall ums Leben kommt und kurz darauf ihre Tochter stirbt, zieht sie sich aus dem Leben zurück – bis sie mit 70 Jahren beschließt, der scheinbaren Zukunftslosigkeit des Alters trotzig die Stirn zu bieten: Auf einem Laptop beginnt sie, Tagebuch zu schreiben und dabei über ihr Leben zu sinnieren …

Erika Pluhar hat ein berührendes Portrait einer kompromisslosen Frau geschrieben, die im Alter die Liebe und das Leben wiederfindet.

Erika Pluhar, Spätes Tagebuch. Roman. insel taschenbuch 4091. 219 Seiten

NF 157/1/8.12

NF 307/1/1.16

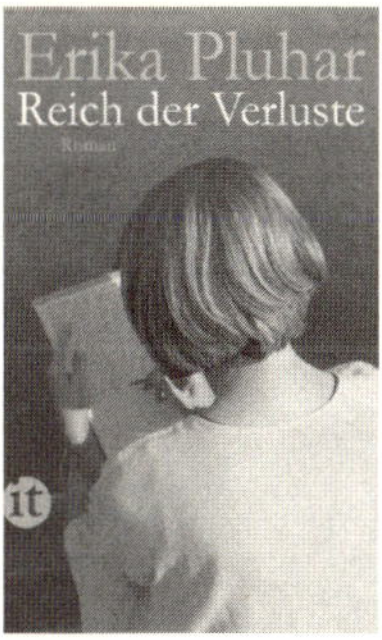

Die berührende Geschichte zweier eindrucksvoller Frauen

Es beginnt mit einer Postkarte: Sie habe in ihrer Wohnung versehentlich ein Fenster offen gelassen, schreibt Magda an ihre Hausmeistersfrau Maria in der Stadt. Magda schreibt es von einer Mittelmeerinsel, auf die sie sich nach diversen Schicksalsschlägen zurückgezogen hat. Das Fenster wird geschlossen – ein Briefwechsel beginnt, in dem sich die beiden so unterschiedlichen Frauen einander immer mehr annähern und schließlich Freundinnen werden. Sie erzählen ihre Lebensgeschichten. Kränkungen, Lebensleiden oder Liebesverluste werden noch einmal durchlebt, lang unterdrückte Tränen endlich geweint. Die schlichte, warmherzige Maria entdeckt die Macht der Wörter und das Vergnügen, sich schreibend mitzuteilen. Mit neuem Selbstbewusstsein nimmt sie ihr Schicksal in die Hand, während Magda neuen Mut schöpft und zurück ins Leben kehrt.

Ein gefühlvolles, lebendiges, mitreißendes Buch voller Hoffnung und Sehnsucht.

Erika Pluhar, Reich der Verluste. Roman. insel taschenbuch 4282. 282 Seiten

NF 235/1/11.14

›Sex and the City‹ auf Isländisch

Am liebsten verbringen die vier jungen Frauen ihre Tage im Café und ihre Nächte auf Partys und in Kneipen, denn Reykjavik im Winter ist dunkel und kalt, ihr Alltag turbulent und chaotisch. Karen, die bei ihren Großeltern lebt, trinkt zu viel und wacht immer wieder in fremden Betten auf. Hervör, nach abgebrochenem Studium, jobbt im Café und wird von ihrem Gelegenheitslover hingehalten. Mia, die von ihrem Freund verlassen wurde, sitzt seither zwischen Umzugskartons. Silja, die Ärztin, erwischt ihren Ehemann mit einem »blonden Flittchen«. Das Leben ist ein großes Drama, in dem auch Liam, der kleine (charmante) Engländer, und Georg, der zuverlässige, aber schüchterne Barista, eine Rolle spielen. Die tragende Rolle? (Schließlich sind es vier Männer, die vier Frauen zusammenbringen.)

Ein erfrischender Roman über die Liebe, das Leben und die Einsicht, dass ein glückliches Single-Dasein viel wichtiger ist als der Traum von der großen Liebe.

Sólveig Jónsdóttir, Ganze Tage im Café. Roman. Aus dem Isländischen von Sabine Leskopf. insel taschenbuch 4281. 415 Seiten

NF 319/1/2.16

NF 321/1/2.16